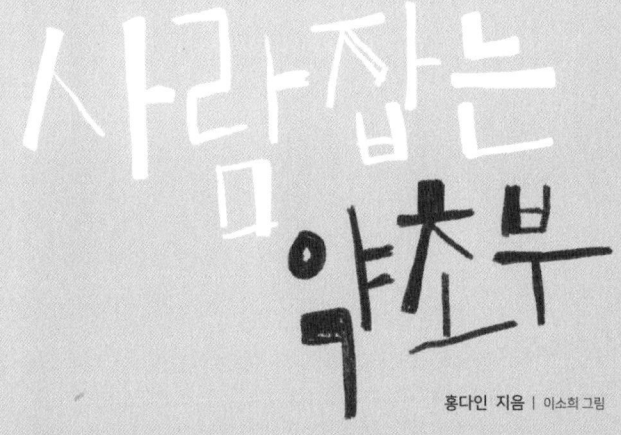

사람잡는 약초부

홍다인 지음 | 이소희 그림

목차

3월
아니 땐 굴뚝에 연기 날까   9
봄에는 봄노래를 꺼줘   44
생각보단 괜찮네   72

4월
고래 싸움에 새우 등 터진다   88
진심을 담아 하는 거짓말   130

5월
도둑에게 도둑질하기   152
물방울에 반사된   200

6월
물 준 곳에 또 주기   238
똑같아 보여도 정 반대   244
원앤온리   262

7월
뒤풀이가 더 재밌는 법   284

3월

아니 땐 굴뚝에 연기 날까

"쌤, 진짜 약초부 말고 다른 덴 없어요?"
"없어. 그러게, 직전에 탈퇴하는 건 대체 무슨 심보냐? 어엉? 이제 2학년이야. 동아리 정도는 알아서 챙겼어야지."
열 내는 은재와 달리 담임은 삐딱한 자세로 노트북 모니터 화면을 들여다보며 동아리 명단 문서를 작성하고 있었다.

"그게 아니라요, 쌤…."
"자아-. 종 치기 5분 전-. 얼른 가서 수업 들을 준비해라."
"……그럼 혹시라도 다른 데에 자리 나면 꼭 말해 주셔야 돼요!"
"그럴 일 없어, 얼른 가, 인마."

은재는 시무룩한 표정으로 교무실을 나갔다. 교무실 문이 닫히는 소리가 들리자 담임 옆자리의 김 선생이 의자를 빙 돌리고는 소곤댔다.
"쌤도 너무 한다, 다른 동아리에 자리도 있으면서."
"… 교장 선생님이 절대 폐부는 안 된다잖아요. 학교의 명맥이라나 뭐라나. 은재 저거 들어가면 인원이 딱 맞거든요."
"쯧, 명맥은 무슨. 아마 그 외부 강사랑 지역 축제 때문이겠죠."
김 선생의 말에 담임은 고개를 끄덕였다.
"근데, 저놈도 문제예요. 적응은 잘 하는 거 같은데, 보니까 반에서 혼자만 동아리 가입을 안 했더라고요. 원래 있었던 동아리에서는 나오고."
"반에 그런 애들 꼭 하나씩은 있잖아요."
김 선생은 기지개를 켜며 넋두리를 하듯 말하고는 다시 의자를 돌려 자기 업무를 보기 시작했다.

※※

'아니, 내가 나가고 싶어서 나갔냐고.'
 은재는 반으로 돌아가는 짧은 시간 동안 작년에 들었던 '논리 추론부'에 대해 회상했다. 눈속임을 위한 동아리 이름이었을 뿐 '추리물 동호회' 정도로 바꾸는 게 좀 더 정확했다. 부원들은 대개 책상에 엎어져서 추리 소설을 읽거나 보드게임을 했다. 가장 성실하게 생긴 부장은 동아리 시간마다 구석에서 서늘한 표정으로 추리 소설을 쓰곤 했다. 알 수 없는 혼잣말을 하며 킥킥대기도 했다.
'윽, 그 소설 진짜 엽기적이었는데…….'
은재는 부끄러워하며 글을 보여주던 기장 언니의 얼굴이 생각나 웃음이 났다.

'다들 잘 지내나.'

추리부는 기장을 주축으로 어찌어찌 돌아가던 역사가 매우 짧은 동아리였다. 기장의 졸업 후, 학교에서는 동아리 목적이 겹친다는 구실로 추리부를 '논술 글쓰기 동아리'와 통합시켜버렸다. 진짜 이유는? 추리부는 대입에 전혀 도움이 안 되는 동아리니까. '논술 글쓰기 동아리'는 이름만 비슷할 뿐 '논리 추론부'와는 전혀 다른 동아리로, 1,200자의 논술문을 써내고, 첨삭 받고, 또 써내는, 한마디로 입시 준비반이었다.

갑작스러운 동아리 통폐합 소식에 새 동아리를 구하려 했지만 동아리 입부 행사는 진작에 끝난 뒤였다. 그런 줄 모르고 '논술 글쓰기 동아리'를 이미 탈퇴해 버린 은재에게 남은 선택지라곤 인원을 다 못 채운 폐부 직전의 동아리에 가입하는 것뿐이었다.

그리고 그게 바로 이 '약초부'다.

'결국 학교가 정해준 주제에 학생들을 욱여넣는 식이라니까.'
은재는 한숨을 푹 쉬며 교실 뒷문을 드르륵 열었다. 사물함에 기대서 떠들던 승미와 진아가 은재를 발견했다.

"야, 담임 쌤이 뭐래?"
"없대, 약초부 밖에. 귀찮아 죽겠어-."
은재가 인상을 쓰며 대답했다.
"차라리 그냥 논술부에 남지…"
진아는 안타깝다는 표정으로 말했다.
"됐어, 이제 와서 다시 넣어달라고 빌 수도 없고. 거긴 진짜 분위기 숨 막혀 죽을 거 같거든."
진저리를 치는 은재에게 승미가 씨익 웃으며 다가왔다.

"죽을 걱정은 이제부터 해야 될 걸? 약초밭에 묻히기 싫으면."
승미가 겁을 주려는 듯 목소리를 깔고 말했다. 진아는 약간 곤란한 표정으로 웃어 보이고는 은재의 눈치를 살폈다.
"그게 무슨 소리야?"
은재가 의아하다는 표정으로 되물었다. 그 모습을 본 승미는 표정을 풀고 깔깔댔다.
"봐, 얘 모르는 거 같다고 했잖아. 너, 그건 알지. 작년 수능 한 달 전에 자살한 고3. 김현나."
"야아-, 자살은 좀…."
진아가 주변 눈치를 살피며 승미에게 주의를 줬다.
"그래, 실종, 실종. 에이, 어쨌든…."
승미는 은재에게 자세한 얘기를 하기 시작했다.

**

곧 수업 종이 울렸다. 아이들은 각자의 자리로 돌아갔다. 지루하고 소심한 영어 선생의 시간이었다. 은재는 따분하게 늘어지는 영어 독해를 백색 소음 삼아 승미가 들려준 이야기를 회상했다.

'너, 이번에 약초부 인원 왜 미달 난 건 줄 알아? …… 에이씨, 무슨 사람들이 다 너처럼 움직이는 걸 싫어하는 줄 아냐? 그래도 매년 나름 인기 있었어. '뒷산할매'가 담당 교사라는 게 좀 그렇긴 해도, 이렇게 간당간당할 동아리는 아니었다는 거지. …… 고3이 수능 한 달 전에 갑자기 전학? 말이 된다고 생각해? 뻔하지. 수험장에도 당연히 안 나타났고. …… 그 실종된 선배가 작년에 약초부 기장이었대. 사라진 날도 동아리 마지막 날이었고. 거기 몇몇 부원들이랑은 엄청 친한 사이였다던데, 좀 찜찜하잖아. 아마 아직도 분위기 엄청 뒤숭숭할걸? 그런데 또 그런 얘기도 있더라? 그 동아리 사람들이랑 실종이랑 관련 있는 거 같다고. 이번 겨울 방학 때, 졸업한 선배들이 와서 막 빈 밭에서 뭘 하고 있었대. 좀 이상하지 않아? 그래서 심지어 무슨 말까지 있냐면……'

- 약초부 텃밭에 작년에 실종된 김현나의 시체가 묻혀 있다.

은재는 교과서 귀퉁이에 '실종'이라는 글자를 적고는 동그라미를 쳤다. 성적, 얼굴, 성격 뭐든 빠지는 게 없는, 질투조차 나지 않는 완벽한 모범생이 사라져 버렸다. 흔한 일은 아니었다. 이런 질 나쁜 괴소문을 진지하게 믿는 학생이 몇이나 되겠냐만 약초부 부원들의 태도가 소문의 도화선인 듯했다. 누군가 그 선배에 대한 질문을 조금이라도 꺼내려 하면 그들은 화를 내거나, 입을 꾹 다물거나 모르쇠로 일관했다고 했다. 김현나의 가족들이 진짜 실종 처리를 한 것인지, 아니면 이미 죽었는지는 알 수 없는 일이었지만, 학생들은 어쨌든 모두들 그걸 '실종'이라고 불렀다.

'승미 말로는 친구관계나 성적에도 아무런 문제가 없었고, 입시 끝나고 사귀기로 한 사람도 있었고, 심지어 대학 면접까지 잘 봤다고 그랬어. ……음, 그 선배도 이제 스무 살이겠네.'
은재는 샤프 뒤로 입술을 툭툭 건드렸다. 찜찜하면서도 한편으론 호기심이 갔다. 이런 일을 흥미롭다고 여기는 건 좋지 못한 버릇이라는 걸 알고 있었지만, 어쩔 수 없었다.
'설마 진짜 밭일하다가 그 선배 시체라도 튀어나오는 건 아니겠지……?'
은재는 코웃음을 쳤다. 스스로 생각해도 터무니없는 걱정이었다. 생각은 꼬리에 꼬리를 물고 늘어져 곧 전혀 다른 주제로 흘러갔다. 창문으로 흘러들어오는 봄바람이 따스했다. 졸음이 꾸벅꾸벅 오기 시작했다. 적막한 교실에서는 소심한 영어 선생만 진땀을 뻘뻘 흘리며 떠벌대고 있었다.
**

3월 셋째 주 5교시를 마친 쉬는 시간. 학교 분위기가 어수선하다.
"우리 간다?"
진아가 걱정된다는 듯 반을 나서기 전 말을 걸었다.
"그래, 신입생 많이 받았다며. 잘 갔다 와."
은재는 덤덤한 표정으로 손바닥을 휘휘 저었다. 진아는 안심된다는 듯 웃고는 승미와 교실문 밖으로 나갔다. 곧 문밖으로 둘의 웃음소리가 나더니 이내 멀어졌다.

오늘은 동아리 활동의 첫날. 대부분의 학생들은 한 달에 한 번 있는 이 동아리 날을 좋아했다. 금요일 6, 7교시에 이루어지는 동아리 활동이 끝나면 보충수업이나 야자 없이 곧장 하교를 하면 됐기 때문이다.

'슬슬 가볼까.'
은재는 몸을 구부정하게 일으키고는 교실 문밖으로 나갔다. 복도는 학생들로 북적거렸다. 설레하는 표정, 긴장한 표정, 지루한 표정. 전교생이 삼삼오오 무리 지어 각 동아리실로 이동했다. 은재는 혼자 1층으로 느적느적 걸어 내려갔다. 하필이면 교실도 후문이랑 제일 가까운 1학년 1반. 후미지고 햇빛도 잘 안 들어오는 교실이었다. 1학년 1반에 가까워져갈수록 학생들의 왁자지껄한 소리는 작아지고, 복도는 한산해졌다.

교실 앞에 선 은재는 마음의 준비를 했다.
'분위기 괜찮으려나. 좀 찜찜하긴 하다. 밭일할 거 생각하면 귀찮기도 하고.'

이미 늦었어, 은재는 약간의 긴장감에 아랫입술을 깨물고는 드르륵, 교문을 열었다.

자리에 앉은 사람들의 눈이 은재에게 잠깐 쏠렸다.
"오, 안녕, 안녕-. 야, 정혜진! 신입생 왔다."
문가에 앉아 있던 활달해 보이는 남학생이 큰 소리로 은재를 반겼다. 그 말에 멀찍이 앉은 여학생은 물끄러미 은재를 쳐다봤다. 콘센트가 있는 뒷자리에 앉아 노트북을 꽂아 놓고는 종이와 노트북을 심각한 표정으로 대조하고 있었다. 명찰 색을 확인하니 두 사람 다 3학년이었다.
"아, 안녕하세요."
"어, 안녕. 미안, 지금 좀 바빠서."
혜진이라고 불린 여학생은 무뚝뚝한 표정으로 인사를 받아주고는 다시 문서 정리를 시작했다. 어색한 자세로 서 있는 은재에게 남학생은 말을 붙였다.
"일단 아무 데나 앉아. 쟤가 기장인데 지금 바빠서 그래. …오, 이은재. 네가 그 마지막에 들어온 2학년이구나? 고맙다."
"네."
남학생이 악수하자는 의미로 손을 내밀었다. 손을 잡고 위아래로 세차게 흔들었다. 명찰을 슥 보니, 이 활달한 선배의 이름은 유제이었다. 은재는 적당한 자리에 앉기 위해 교실을 전체적으로 둘러봤다.

'1학년들인가 보네. ……쟤네도 나처럼 소문도 모르고 들어온 걸까?'
은재의 눈에 두 남학생이 들어왔다. 붙어 앉아 자기들끼리 뭐가 그렇게 재미있는지 쉴 새 없이 속닥거리고 있었다. 한 명은 초등학생이라 해도 믿을 만큼 앳된 얼굴이었다. 까무잡잡한 피부 위로 불그스름한 홍조가 올라와 있었다. 그 옆의 남학생은 그와는 반대로 군인이라고 해도 믿을 만큼 노안이었는데, 얼굴 골격이 발달한 데다가 짧은 스포츠머리를 하고 있어서 더 그래 보였다.
그 외에는 여학생 두 명이 각자 떨어져 앉아있었다.
'나처럼 신입 부원인가?'
은재는 더 이상 살펴보는 게 실례라고 생각해 어색하게 시선 처리를 하며 적당히 떨어진 자리에 혼자 앉았다.

**

곧 종이 쳤지만 선생님이 오지 않아 아무 일도 시작되지 않았다. 은재는 핸드폰을 만지작거리다가 승미와 진아가 있는 그룹 채팅방에 메시지를 남겼다.

[은재] 아는 사람 아무도 없다.. 망했어ㅠㅠ 오늘 야자도 없는데 끝나고 머 먹으러 갈래?

어색한 마음에 채팅방을 들락날락하며 친구들이 읽었는지를 확인했다. 둘 다 바쁜지 안 읽음 표시가 사라지지 않았다. 둘은 아마 한창 신입생을 받고 있을 참이었다.

그때 교실 앞문이 드르륵 열리며 누군가가 팔자걸음으로 들어왔다. 누가 봐도 체육 담당인 남자 선생님이었다. 트레이닝복 위에 바람막이를 걸치고 똥파리 선글라스를 목깃에 끼우고 있었다. 젊은데도 다크서클 때문인지 활력 없이 만사 피곤하고 귀찮아 보였다. 은재는 들고 있던 핸드폰을 끄고 카디건 주머니에 대충 쑤셔 넣었다.

"다 왔어?"
"아뇨. 한 명이 아직 안 왔어요. 뭐 가지러 갔거든요."
기장인 혜진이 대답했다.
"그래? 얜 첫날부터 지각이냐."
체육 선생이 한숨을 쉬며 말했다.
'본인이 할 말은 아닌 거 같은데…….'
은재는 생각했다.

"자, 3학년들은 이미 알겠지만, 나는 지태권 선생님이라고 하고, 너네 담당 선생님이다. 나 말고 외부 강사 선생님이 또 따로 있으니까, 나중에 그분에게도 인사 자알 드리고…. 정혜진이가 기장이지?"
"네."
혜진은 여전히 무뚝뚝한 표정이었다.
"오케이. 우리 정혜진이면 믿을만하지."
지 선생은 고개를 끄덕거리며 말했다. 혜진을 꽤나 신임하는 듯했다.
곧 뒷문이 열리는 소리가 났다.
"늦어서 죄송합니다."
지각한 남학생은 은재 뒷자리에 의자를 빼 앉았다. 고개를 숙이고 들어와서 얼굴이 잘 보이지는 않았다.
"일찍일찍 다녀라. ……오케이 그럼 …, 하나, 둘, 서이, 너이, 여덟 명 다 왔고……, 에이씨."
지 선생의 핸드폰에서 벨 소리가 우렁차게 울렸다. 수신자를 확인하더니 떨떠름한 표정으로 짜증을 짧게 읊조렸다.

"미안하다, 너네끼리 먼저 알아서 오티 진행하고 있거라-. 여보세요? ……예, 쌤. 아니에요, 안 바빠요."

지 선생은 전화를 받으며 교실을 나갔다. 교실 밖 복도에서는 지 선생의 예, 예, 알겠습니다. 하는 업무 전화 소리가 작게 메아리쳤다. 그러고는 척척 계단 올라가는 소리가 들리더니 아무 소리도 들리지 않았다.
'무책임하긴, 뭐, 크게 간섭은 안 할 거 같기도 하고…, 더 좋은 건가?'
은재는 속으로 생각했다.

"그럼 오리엔테이션 시작하겠습니다."
혜진은 약간의 한숨이 섞인 목소리로 말했다. 혜진이 제이에게 눈짓을 보내자 제이가 앞으로 나왔다. 교실 불을 타닥타닥 끄고는 교실 스크린 화면에 PPT를 띄웠다.
"시작할게요. 안녕하세요. 저희는 약초부 자청비입니다!"

휘이 이익, 짝짝 짝짝, 와아아아!

'깜짝이야!'
PPT가 넘어가면서 제이가 삽입해 놓은 박수소리 음향 파일이 실행됐다. 과한 환호, 휘파람, 박수 소리였다. 1학년 남학생들은 키득거렸고 큰 소리에 깜짝 놀란 은재는 민망함에 소리가 거의 나지 않는 박수만 톡톡 쳤다.
"감사합니다."
제이가 장난스럽게 꾸벅 인사를 하며 말했다.
"저희 약초부, 자청비는 진례고에서 15년간 이어진 동아리입니다. '자청비'는 우리나라 신화에 나오는 농사의 여신 이름이에요."
'윽, 오래된 동아리다운 이름이네….'
은재는 생각했다. 제이가 약초밭과 그에 심어졌던 식물 사진을 빠르게 넘기며 보여줬다.

"저희는 학교에 있는 텃밭에다가 약초를 키우는 게 주 활동이에요. 원하시면 채소나 과일도 키워도 돼요. 작년에는 상추를 키워서 삼겹살 파티도 했거든요."
제이가 사진을 넘기자 혜진이 입을 쩍 벌려 상추쌈을 먹으려는 순간을 포착한 사진이 대문짝만하게 튀어나왔다.
"맛있었겠죠?"
제이의 말에 뒷자리 남학생이 낮게 웃음소리를 냈다.
"야! 유제이, 너, 언제. 아오, 사진 빨리 넘겨, 진짜."
혜진이 민망한지 말문이 막힌 듯 제이에게 짜증을 냈지만 제이는 사진은 넘기지 않고 윙크만 해 보였다. 애들이 키득거렸다.

'그렇게 분위기가 뒤숭숭하지는 않은데? 기존 부원들이 탈퇴도 많이 했다고 했었지. 김현나라는 선배랑 별로 관련 없는 사람들만 남은 건가?'
생각보다 나쁘지 않은 동아리 분위기에 은재도 어느새 마음을 놓고 편히 웃었다.

이번엔 '부원 소개'로 화면이 넘어갔다.
"저기 앉은 뚱-한 표정의 학생이 기장이에요. 아까 쌈 싸 먹던 사람. 이름은 정혜진이고요. 저는 유제이이에요. 그리고 2학년에 방금 지각한 우리 서범이가 밭 지기를 맡아줬어요. 밭을 총 관리 감독하는 사람이에요. 저랑 혜진이는 둘 다 고3이라 밭일에 종종 못 올 수가 있거든요. 미리 양해의 말씀드립니다. 아, 밭일을 같이할 짝꿍은 좀 이따가 짜기로 할게요."

생각만 해도 귀찮은 밭일. 짝은 누구랑 해야 하지? 은재는 고개를 오른쪽으로 살짝 돌렸다. 자신처럼 혼자 앉아있는 안경 쓴 여자애가 눈에 들어왔다. 무릎에 담요를 덮고는 순한 양처럼 생긴 얼굴로 집중하여 발표를 듣고 있었다. 명찰을 보니 은재와 같은 2학년이었다.
'좋아, 2학년에다가 혼자 앉아있는 걸 보면 신입 부원인 느낌이야. 발표 끝나자마자 쟤한테 물어본다!'
은재는 머릿속으로 시뮬레이션을 하기 시작했다. 뭐라고 하면서 말을 걸지? 혹시 싫다고 하면? 그러다 제이의 목소리에 다시 정신을 퍼뜩 차렸다.

"우리 진례시에 큰 한약재 시장이 있는 건 다들 아시죠? 우리 동아리의 장점! 시장의 지원을 받기 때문에 돈이 빵빵하다는 겁니다. 대신, 방학하고 나서 7월에 열리는 진례시 약재 축제에 참가해야 돼요. 그래도 봉사시간 10시간에, 잘 하면 동아리 활동상을 받을 수도 있으니까, 다 같이 잘해 봅시다. 그럼, 이상입니다."
부원들은 가볍게 박수를 보냈다. 제이는 뿌듯한 표정을 지어 보였다.

혜진은 앞으로 걸어 나와 다시 교실 불을 켰다. 그러고는 제이에게 작게 주먹질하는 시늉을 했다. 제이는 그런 혜진을 보고 얄밉게 웃으며 자리로 들어갔다.
"자, 이제 아까 말했던 밭 짝꿍을 지어야 돼. 쉽게 말하면 같이 물 주고, 활동 할 일 있으면 같이하고, 뭐 그런 거야."
혜진이 교탁 앞에 서서 말했다.
"아까 말했듯이 나랑 제이는 고3이라 물 주러 자주는 못 나올 수도 있어. 대신 우리 둘이 같은 조를 해서 1, 2학년이 독박으로 물주는 일은 최소한으로 할게."
그 말에, 한 여학생이 손을 들었다.
"나도 고3인데, 나머지는 다들 1, 2학년이네. 그럼 나 먼저 조원 골라도 되니?"
높고 또렷한 목소리였다. 혜진의 표정이 떨떠름하게 바뀌었다.

"…음. 상대방도 동의하면."
은재는 3학년이라는 여학생을 슬쩍 쳐다봤다. 명찰에는 '이기주'라고 적혀있었다. 야무지게 머리를 질끈 묶은 선배였다.

'선배가 짝하자고 했는데 그걸 바로 거절할 수 있는 후배가 있나? 일부러 선언하듯 말한건가? 3학년이 돼서 동아리를 옮기는 건 흔한 일은 아닌데……. 설마 나를 짝으로 선택하지는 않겠지? 그럼 독박으로 물 주기 당첨일 거야. 눈 마주치지 말자. 아니지, 오히려 그게 나으려나? 그냥 혼자 물주는 게 마음은 더 편할지도 몰라…….'
빠르게 돌아가는 은재의 걱정과 달리 기주의 손끝은 다른 학생을 향했다.

"저기 앉은 안경 쓴 친구랑 할게. 괜찮니?"
기주는 씽긋 웃어 보였다. 은재는 기주의 손끝을 따라 시선을 옮겼다.
'얘는 아까 내가 물어보려고 했던 애삲아!'
지목된 여학생은 당황한 표정으로 얼굴이 붉어지더니 고개를 숙이고는 아주 작은 목소리로 대답했다.
"……네…."
선배의 말을 거스를 수 없다는 듯한 표정이었다. 혜진은 잠시 생각하는 듯하더니 말했다.
"…음, 그럼. 둘 다 이름이 어떻게 돼?"
"난 이기주."
"…전……… 최고봉이요."

한참 뜸을 들이던 2학년 학생이 대답했다. 얼굴은 아까보다 더 붉었다.

'최…고봉?'
너무나도 안 어울리는 거창한 이름에 은재는 입술에 힘을 꾹 주고는 무표정을 유지했다. 웃으면 안 돼, 웃으면!
"오케이, 고봉이, 언니랑 잘해 보자?"
고봉이, 고봉이…. 기주의 목소리가 은재의 머릿속에서 은은하게 메아리쳤다. 은재는 입술이 하얗게 질릴 만큼 입에 더 힘을 줬다. 어색한 상황 속에 웃음을 참으려니 괜히 웃음이 터질 거 같은 기분이었다. 웃으면 안 돼. 슬픈 생각을 하자, 슬픈 생각….
고봉밥, 꼬붕…. 다짐과는 달리 메아리는 이리저리 변형되기 시작했다.

그때 1학년의 두 남학생 중 앳된 얼굴의 학생이 눈치를 보더니 재빨리 손을 들고 혜진에게 말했다.
"누나, 저희 둘이 같은 조 할게요. 저는 김슬기고 애는 이로훈이에요."
"그래, 둘 다 1학년이지?"
"네"
슬기는 로훈에게 뿌듯한 표정을 내보였다. 뭐가 그렇게 좋은지 작게 하이파이브까지 하는 둘이었다.

'잠깐, 이렇게 되면….'
은재의 짝 역시 자동으로 정해졌다. 그 짝은 바로 뒷자리에 앉은 남학생, 밭 지기를 맡은 '서범'이라는 애였다.
'밭 담당이면 엄청 깐깐한 거 아니야? 아까 얼굴도 제대로 못 봤는데. 게다가 남자애랑은 어색하고……. 내가 물어봐야 하나? 쟤가 말을 걸려나?'

은재는 생각이 많은 애였다.

그때, 뒷자리에서 먼저 은재를 톡톡 쳤다. 놀란 은재의 어깨는 고양이 털처럼 바짝 섰다. 어색하고 뻣뻣하게 뒷자리 남학생에게로 얼굴을 돌렸다. 천천히 돌린 고개 끝으로 남학생의 얼굴이 들어왔다.

"저기, 나랑 짝하는 거 괜찮아?"

서범의 짙은 머리카락은 부드럽게 너풀거리고 있었고, 깔끔하게 정리된 눈썹 아래로 시원하게 트인 적갈색 눈이 은재를 향하고 있었다. 쌍꺼풀이 한쪽에만 있어서 부드럽고 온화해 보이면서도 동시에 건들건들하고 장난기 있는 인상을 주었다. 곧은 코 아래로 발그스름한 입술이 맵시 있게 걸려있었다.

'잘 생겼네……'
은재는 서범을 넋 놓고 바라보았다.

'우리 학교에 이런 애가 있었나? 처음 보는 거 같은데. 근데 나, 대답을 좀 오랫동안 안 한 것 같은데……. 2초는 지난 거 같아. 이제 3초. 아이 씨, 그만 생각하고 얼른 대답이나 하자. 아무렇지 않은 척!'

"……어, 어. 좋아."
다짐과는 다르게 나온 바보 같은 대답이었다. 서범은 싱그럽게 웃더니 은재의 명찰을 스윽 보고는 썩 다정한 목소리로 물었다.
"이름이… 이은재 맞지?"
"응."

"누나, 저랑 은재랑 할게요."
'은재…. 보통 저렇게 성 떼고 이름만 부르기도 하나?'
동아리에 얽힌 괴담 같은 소문은 어느새 은재의 기억 저편이었다. 혜진은 명단에 두 사람의 이름을 적어 넣기 시작했다.

"아, 내 이름은 진서범이야."
서범이 자기소개를 했다. 서 범이 아니라 진서범이었구나. 진서범……. 진서범?
은재는 그 이름을 곱씹으면 곱씹을수록 기묘한 기분에 빠져드는 것만 같았다. 뭔가 놓친 거 같은 기분. 아무리 생각해도 그 이유를 알 수가 없었다. 뭔가 익숙한 것 같기도 하고, 아닌 거 같기도 하고.

'하긴, 저 정도로 잘생긴 애라면 이름 정도는 들어봤을지도 모르지.'
은재는 평소답지 않게 의구심을 금방 내려놔버렸다.

"잘 해보자."
서범이 은재만 들릴 만큼 작은 목소리로 인사했다.

**

쉬는 시간을 알리는 종소리. 서범은 은재 옆자리에 가방을 걸고는 털썩 앉았다.
"옆에 앉아도 되지?"
"어, 어."
은재가 뻣뻣한 표정을 지으며 말했다.
"동아리엔 어쩌다 들어온 거야? 직전에 들어와서 놀랐어. 폐부 되는 건 아닌가 걱정했었거든."
서범의 말에 은재는 잠깐 고민하다가 솔직하게 말했다.
"그게……, 그냥 하던 동아리가 없어져서 어쩌다 들어온 거야. 관심 있는 사람이 들어오면 좋았을 텐데. 하하, 좀 그렇지?"
은재가 괜히 눈치를 보며 말했다. 서범은 씩 웃더니 말했다.
"상관없어. 곧 재미있다고 느낄 거니까."
서범의 확신에 찬 말투에 은재는 왠지 삐딱한 마음이 들었다. 글쎄, 내가 약초를 재밌어한다고?
"정말이야."
서범이 마치 은재의 속마음을 읽기라도 한 것처럼 말했다. 서범은 밭 지기라고 했다. 애초에 그만큼 좋아하니까 하는 거겠지. 좋아하는 게 있어서 밭 지기까지 하고 있는 서범과 남는 동아리에 억지로 들어온 자신이 괜히 비교되었다.

그때 누군가 불쑥 다가와 서범의 어깨에 팔을 둘렀다.
"범아, 벌써 나 말고 딴 사람 생긴 거야?"
제이였다.
"아, 깜짝이야. 형!"
서범이 활짝 웃으며 제이를 반겼다.
"은재라고 했지? 잘 들어왔어. 자청비 진짜 좋은 동아리거든. 다른 동아리랑은 질적으로 틀려. 재밌을 거야. 그리고 범이랑 친해지는 건 좋은데……조심해."
제이가 속삭이듯 말했다.
"왜요?"
은재가 물었다.
"얘 얼굴 딱 보면 모르겠어? '저는 여자 울리는 나쁜 남자입니다.' 쓰여있잖아."
제이가 서범의 볼을 콕콕 찌르며 말했다.
"맨날 그 얘기야. 장난칠 거면 가세요."
서범이 제이의 팔을 풀어내며 불평했다.
"어어? 나도 운다?"
"어휴, 진짜."
서범이 고개를 절레절레 저었다.
"참, 부탁했던 활동지 수정본은 인쇄해왔어?"
"네, 미리미리 좀 주시지. 뽑느라 늦었잖아요. 자요."
서범이 투덜거리며 제이에게 활동지를 건넸다.
"오, 땡큐 땡큐. 하여튼, 은재, 잘 들어왔어. 그럼 둘이마저 더 친해지고 있어-."
제이는 혜진에게 그랬던 것처럼 두 사람에게 윙크를 하고는 다른 먹잇감에게 말을 걸어 갔다. 은재는 멀어져 가는 제이의 모습을 맹한 표정으로 쫓았다. 서범이 턱을 괴고는 그런 은재를 옆에서 뚫어져라 쳐다봤다. 시선을 느낀 은재는 고개를 서범 쪽으로 돌렸다. 서범은 능글맞은 표정으로 웃고 있었다.
"……왜?"
"무슨 생각을 그렇게 골똘히 하나 해서. 저런 스타일 좋아해?"
서범이 턱으로 짧게 제이를 가리키고는 벌써 제법이라는 듯한 표정을 지었다.
"아, 아니? 본 건 맞는데……."
은재가 우물쭈물 말했다.
"그럼 무슨 생각 했는데?"
"……그냥, 정말 인쇄하다가 늦은 건가 생각했어."
"어?"

서범이 얄궂은 표정을 지우고는 놀란 듯 물었다.
"그러면?"
"농구도 하다가 온 것 같아서."
"……어떻게 알았어? 오는 길에 봤어? 혹시 땀 냄새 나?"
서범은 당황한 듯 교복 와이셔츠를 킁킁거렸다. 은재는 손사래를 치며 말했다.
"아니, 전혀 안 나. 그냥 농구 코트 페인트 자국이 묻은 걸 보고 말한 거야."
은재는 학교 농구 코트에서 농구를 하고 나면 손에 꼭 초록색 페인트가 묻어나던 걸 떠올리며 말했다. 서범은 자신의 손바닥을 들여다봤다.
"나 그래서 일부러 손까지 잘 씻고 왔는데?"
서범의 손바닥은 아무런 자국 없이 깨끗했다.
"손 말고, 아까 프린트 건넬 때 종이에 묻어있었어. 직전 쉬는 시간에 인쇄했다고 했는데 묻었다는 건, 종이를 들고 오기 직전에 농구를 했다는 거니까."
은재가 말했다. 은재는 이내 정신을 차리고 바로 후회했다.
'그냥 평소처럼 멍때렸다고 둘러댈걸.'
남을 의심하는 것은 추리소설 마니아인 은재의 버릇이었다. 의심받은 사람은 대체로 기분 나빠했기 때문에, 평소에는 굳이 의심한 얘기를 입 밖으로 꺼내지 않았다.
"미안, 뭐 따지려던 건 아니고 그냥……."
"하하하, 야, 너 눈썰미 되게 좋다!"
서범이 너털웃음을 터뜨리더니 감탄을 했다.
"다음부터는 조심해야겠다. 이런 거 혜진 누나한테는 걸리면 진짜 혼나거든."
서범이 웃으며 속닥거렸다. 멀리서 제이가 1학년 신입생 남자애들을 웃겼는지 슬기의 요란한 웃음소리가 들려왔다.

*

동아리의 두 번째 교시가 시작됐다. 지 선생은 아무 일 없었다는 듯 돌아와 교탁 옆에서 다리를 꼬고 앉아 노트북으로 무언가를 하고 있었다.

별안간 기주가 자리에서 일어나 큰 목소리로 선언하듯 물었다.
"저기, 시작하기 전에 물어보고 싶은 게 있는데, 너네 부기장은 정했어?"
"응. 유제이이야. 임시지만."
혜진이 턱으로 제이를 가리키며 대답했다.
"제이? 너, 부기장 진짜 할 생각 있어? 아까 소개할 때 말이 없길래-."
기주는 생글생글 웃으며 제이에게 물었다. 지 선생은 기주를 흘끗 쳐다보고는 다시 노트북 화면을 쳐다봤다.
"아니? 왜? 너 하고 싶어?"
제이가 기대하는 얼굴로 물었다. 혜진이 유제이, 하고 낮게 제이를 불렀다.
"응. 너만 괜찮으면."
기주는 아랑곳하지 않고 대답했다. 혜진이 헛기침을 했다.
"기주 넌 아직 자청비에 대해 잘 모르잖아. 부기장 하려는 특별한 이유가 있어?"
혜진이 물었다.
"난 원래 일하는 거 좋아하거든. 감투 쓰는 건 더 좋고."
기주가 빙긋 웃으며 말했다.
"……뭐, 부기장을 꼭 기존 부원이 해야 한다는 말은 없잖아. 사실 하는 일도 그다지 없고. 그렇죠, 쌔앰-."

제이는 하기 귀찮았다는 투로 말끝을 늘려 대답했다.
"3학년이기만 하면 상관없어."
지 선생이 심드렁하게 대답했다.
"…그러면 이따가 끝나고 얘기해. 지금은 전달할 게 있어서."
혜진이 말했다. 기주는 자신 있는 얼굴로 대답 없이 고개만 끄덕였다. 혜진은 제이를 못마땅하다는 듯 흘겨봤다. 그런 혜진을 못 본 건지 못 본 척하는 건지 제이는 기주에게 감사의 의미로 작게 엄지를 들어 보였다.

혜진이 앞에 나와 밭일은 어떤 식으로 하게 되는지, 동아리 일정이 어떻게 되는지 따위를 설명하기 시작했다.
"그럼 작년 활동사진 보여 드릴 테니까 참고하세요."
작년 활동사진들이 빠르게 휙휙 지나갔다. 사진 속 사람들은 모두들 즐거워 보였다. 혜진과 제이의 모습도 보였고, 외부 강사인 '뒷산할매'로 추정되는 꼬장꼬장한 표정의 할머니 사진도 있었다. 약초들 앞에는 한자가 적힌 팻말이 꽂혀있었다.

단체 사진이 지나갔다. 열댓 명의 부원들이 모여 웃고 있는 사진이었다. 모두들 밝은 표정이다. 은재는 밝기만 한 사진 속에서 불현듯이 불쾌한 이질감을 느꼈다.
'……저 안에 실종된 선배의 사진도 있는 거겠지. 잊고 있었네. 작아서 누가 누군지도 잘 안 보이지만.'
은재는 힐끔 옆자리의 서범을 쳐다봤다. 서범도 현나를 알고 있겠지. 친했을까? 서범은 누군가 자기를 쳐다보고 있다는 것을 아는지 모르는지 인상을 찌푸리며 사진을 보고 있었다. 엄지 손끝을 잘근잘근 씹고 있었다.
'내용에 집중하는 걸까, 긴장하는 걸까.'

은재가 생각하는 중에도 혜진의 설명은 이어지고 있었다.

"…알겠지? 이따가 채팅방 만들어서 다시 올려줄게. 동아리는 보통 매달 셋째 주 금요일이고, 그 외의 시간에도 종종 부를 거니까 알아둬."
"네에-."
부원들이 대답했다.

**

그 뒤로 부원들은 서로 핸드폰 번호를 교환하고, 단체 채팅방을 만들고, 서로 통성명을 하며 시간을 보냈다. 아직은 낯선 사람들과의 활동에 은재는 기운이 쭉 빠져나가는 것만 같다. 동아리 활동의 끝을 알리는 종이 쳤다. 부원들은 하나둘씩 인사를 하며 교실을 나가기 시작했다. 은재는 핸드폰을 켰다. 채팅방에 승미와 진아의 답장이 달려있었다.

[승미] 좋아, 끝나고 떡볶이ㄱㄱ
[진아] 약초부 어땠어? 우리는 반에서 기다리고 있을게.

은재는 금방 가겠다고 답장을 보내고는 부원들에게 인사를 했다. 은재는 서둘러 계단으로 발걸음을 향했다. 이제부터 주말이나 다름없다는 생각에 발걸음이 가벼웠다. 1학년 1반 앞 계단은 사람이 별로 안 다니는 후문과 가까워서 그런지 한적했다.

"교실 가?"
서범이었다. 뒤에 있던 서범이 은재의 옆으로 올라와 나란히 발을 맞춰 걸으며 계단을 올랐다.

"아, 어……. 애들이랑 밥 먹기로 해서."
계단이 어두운 탓인지 서범의 분위기가 교실에서 보던 것과는 조금 달라 보였다.
"아쉽다. 끝나고 같이 밥 먹자고 하려 했는데."
서범이 눈을 가만히 쳐다보며 말했다. 밥? 짝이 됐다고 밥까지 먹나? 분명히 웃고 있고, 말투도 친절한데, 은재는 서범이 알 수 없이 불편했다. 뭔가 꺼림칙한 느낌이 남았다.
"……음, 다음에 시간 될 때 먹자."
은재는 눈을 피하며 대답했다. 서범이 그런 은재를 또 잠시 빤히 쳐다보더니 말했다.

"너 생각도 많고, 걱정도 많지?"
"응?"
뜬금없는 서범의 말에 은재는 당황한 듯 대답했다.
"예리하고, 관찰력도 좋고."
"아까 농구한 거 맞춘 것 때문에 그래? 그건 우연히 알아맞힌 거고, 글쎄……. 애들은 나보고 둔하다고 하거든……."
은재는 말을 돌리며 어설프게 웃었다. 서범과 약간 떨어져 걸었다. 서범은 여유 있는 표정으로 웃고 있었다. 말의 저의를 알아차리기가 어려웠다. 날 본 지 얼마나 됐다고 그런 말을 하는 거야? 하지만 그걸 묻기엔 그다음 이어질 어색한 상황을 은재는 감당할 자신이 없었다.
서범은 은재의 경계심 강한 표정을 보고는 웃음을 터뜨리며 말했다.
"너 딴생각할 때 습관 있다는 거 알아?"
"응?"
은재의 두 눈이 마구 흔들렸다. 서범은 뒤통수에 손깍지를 올리고는 말했다.

"나중에 같이 모종 사러 가자. 내가 밭 지기인데 혼자서는 다 못 들고 오거든. 둘이서. 알았지?"
"나랑······?"
"응, 혜진이 누나나 제이 형은 고3이라 좀 그렇고. 어쨌든 우리는 짝이잖아."
그렇게 말하면 할 말이 없었다.
"······그래."
어느덧 두 사람은 2학년 층으로 올라왔다. 모종도 그렇고 밥도 그렇고, 얘는 왜 자꾸 둘만 있는 상황을 만들려고 하는 걸까. ······혹시, 나한테 관심 있나?
'하하하, 그럴 리가. 관두자.'
은재가 속으로 자조적인 웃음을 지었다

범이랑 친해지는 건 좋은데 ······조심해. 얘 얼굴 딱 보면 모르겠어? '저는 여자 울리는 나쁜 남자입니다.' 쓰여있잖아.

갑자기 은재의 머릿속에 제이의 말이 스쳐 지나갔다.
'농담이 아니었나? 혹시, 어장관리?'

"또, 딴생각했지? 하하. 그럼 맛있게 먹어. 이따 연락할게."
서범이 손을 흔들었다. 어느새 은재의 반 앞이었다. 반에서 기다리고 있던 승미와 진아가 이게 무슨 상황인가 하는 표정으로 두 사람을 쳐다보고 있었다. 서범이 다시 왔던 길로 돌아갔다. 아마 은재를 반 앞까지 바래다준 것 같았다. 은재의 머릿속이 복잡했다.

※※

시간이 좀 지나고 승미가 조심스레 문밖으로 나와 서범이 없어진 것을 이리저리 확인했다.
"뭐야, 네가 왜 쟤랑 와? 연락할 게는 무슨 소리고."
은재는 호들갑을 떠는 승미의 목소리를 들으며 가방에 짐을 챙겼다. 생각을 정리할 시간이 필요했다.
"같은 약초부인데, 밭일 짝꿍이 돼서. 왜, 너 아는 애야?"
은재가 물었다. 그러자 승미가 목소리를 높여 말했다.
"어엉? 너'도' 아는 애잖아! 정확히는 네가 관심 있어 하던 애!"
승미의 목소리만큼이나 은재의 의아함도 커져갔다. 가방 싸던 것을 잠시 멈추고 물었다.

"……내가 쟤를 안다고?"
"그래! 작년에 갑자기 네가 나한테 진서범 누군지 아냐고 지나가다 보이면 말해달라고 했었잖아. 심부름 갔다가 우연히 봤다고. 기억 안 나?"
"에엥?"
"그래서 내가 '바람둥이'니까 조심하라고 막 그랬었잖아!"
승미의 목소리는 답답함에 더욱 커져갔다.
"아! 아아아아아아!"
"아, 깜짝이야!"
갑자기 커진 은재의 목소리에 승미가 깜짝 놀랐다.
그래, 기억났다. 왜 이름을 듣자마자 찜찜한 기분이 났는지! 정확히 말하면 심부름을 갔다가 우연히 '본' 것은 아니었지만.
"그럼 진짜로 바람둥이였어? 아니, 그리고 난 쟤한테 관심 있어서 물어봤던 게 아니라……."
은재는 횡설수설 말을 이어나갔다. 말이 생각의 속도를 따라가지 못했다.

"어쩐지, 왜 이은재가 순순히 약초부에 들어가나 했더니……."
승미가 눈을 게슴츠레 뜨고는 눈썹을 위아래로 들썩이며 느끼한 표정으로 웃었다.
"아니라니까. 난 쟤 기억도 못 하고 있었어. 그리고 그때 관심 있어서 물어봤던 게 아니라……."
변명을 하려던 은재 머릿속에 퍼뜩 생각이 스쳐 지나갔다.
'그때 있었던 일을 말해봤자 좋을 게 없어. 박승미 이건 은근히 입도 싸고 말도 조금씩 제멋대로 바꿔서 말하니까, 지금은 대충 둘러대는 편이 낫겠지.'
승미는 소문을 어디서 잘 들어오는 만큼 그 소문을 부풀려 전하는 것도 잘하는 애였다. 한마디로 소문의 환승역이었다.
"그럼 왜 물어봤는데?"
승미가 물었다.
"그게 아니라, 전에 보니까 그냥 잘생겼길래 한 번 더 보려고 했던 거지, 그냥 얼굴만 궁금해서! 하하."
은재가 어색한 말투로 대충 둘러댔다.
"그게 관심이지. 어쨌든 네가 웬일이냐? 그런 거에 관심을 다 갖고? 좋겠네. 짝꿍까지 되고."
승미는 흥미로운 얘기에 은재의 어색함을 간파해 내지 못했다. 승미는 그 뒤로도 언제 고백할 거냐는 둥, 얌전한 고양이가 부뚜막에 먼저 올라간다는 둥 실없는 소리만 해댔다. 진아는 옆에서 부럽다며 영어 신문부 신입생은 모조리 여자밖에 없다고 한탄을 했다.
"됐어, 빨리 떡볶이나 먹으러 가자."
은재가 말했다.

**

작년 가을쯤에 있었던 일이었다. 추리 동아리의 공식적인 마지막 날이 끝나고 일찍 집에 와 뒹굴뒹굴하던 은재에게 가정주부인 아빠가 다가와 쇼핑백을 건넸다.

'아빠는 귀찮게 왜 맨날 날 시키는 거야.'
은재는 들고 있는 쇼핑백을 앞뒤로 마구 흔들며 걷고 있었다.
'코인 세탁소가 망하고 편의점이 들어섰구나. 돈가스 맛 젤리가 나왔다던데, 이따 들러서 사 먹어 볼까? 근데 그게 맛있나.'
은재는 이리저리 구경을 하며 딴 생각을 하던 중이었다.

퍽!

누군가의 어깨가 날아와 부딪혔다. 아파라, 하필이면 부딪힌 사람은 어깨가 넓은 건장한 체격의 남자였다.
"죄송합니다."
그 남자는 당황한 듯 바닥을 보고 짧은 사과를 했다. 은재 역시 사과를 하려 했을 때 남자는 이미 가버린 후였다. 정신이 없어 보였다. 은재는 남자의 뒷모습을 잠시 쳐다봤다.

'뭐야, 우리 학교 교복이네. 아오, 아파라.'

은재는 부딪힌 어깨를 문지르며 건강원 유리 문을 열었다. 유리문에는 '동방 건강원 - 붕어즙 / 개소주 / 흑염소즙' 등의 글씨 스티커가 붙어있었다. 오래되어 색이 바래고 끝부분이 삭아있었다.
"아저씨, 아빠가 가져다드리래요."
은재는 손에 들고 있던 쇼핑백을 건넸다. 쇼핑백 안에는 반찬을 넣은 밀

폐용기들이 담겨있었다. 이 아저씨는 아빠의 중학교 동창이다. 아저씨가 맞선에서 대차게 까였다는 소식을 들을 때마다 아빠는 반찬을 해다가 보내곤 했다.
'벌써 몇 번째야.'
은재는 속으로 툴툴거렸다.
"어……, 고맙다. 얘, 은재야. 저 방금 너랑 부딪힌 애, 진례고 학생이냐?"
평소라면 반찬부터 확인했을 아저씨의 눈은 유리문 너머를 향하고 있었다.
"네, 저희 학교 교복이에요."
'그럼 건강원에서 나오던 길이었나? 왜 학생이 혼자 이런 곳을 왔지? 물론 나도 학생이고 혼자 왔지만….'
은재는 의아한 표정으로 작게 멀어져 가는 남학생의 뒷모습을 쳐다봤다.
"희한하네…."
"뭐가요?"
"며칠 전에 전화로 개 쓸개를 구할 수 있냐고 그랬거든. ……그것도 꼭 털이 흰 개로. 그래서 방금 받아 가는 길이다."
은재는 아저씨의 말에 비위가 상하면서도 호기심이 발동했다.
"개 쓸개를요? 뭐에 좋은데요?"
"그게…… 아저씨도 잘 몰라. 잘 안 쓰는 부위야. 개 쓸개로 술 담가 먹는다는 소리는 들어봤는데 학생이 술 담가 먹으려고 물어본 건 아닐 거고……. 쓸개만 물어보는 사람은 처음 봤다. 보신탕집에다가 물어보지 그랬냐니까 글쎄 이미 다 물어봤단다. 거 참."
그 남학생은 시야에서 사라진 지 오래였다. 유리문에 붙어있는 글씨가 가게 안에서는 좌우 반전되어 보였다.
"……심부름 아닐까요?"

은재는 호기심을 내비치며 물었다.
"야 인마, 너 또 쇼핑백 흔들면서 왔지. 아이고, 반찬 다 흔들렸네."
아저씨는 쇼핑백 안을 들여다보며 말했다.
은재는 대답도 없이 책상 위에 펼쳐진 아저씨의 수첩을 힐끔 쳐다봤다. 날려 적은 이름과 전화번호가 적혀있었다. 완료된 건이라는 의미인지 글자 위로 선이 길게 그어져있었다.

~~개 쓸개(백구) - 진서범 010 xxxx xxxx~~

'진서범? 처음 듣는 이름이네.'
은재는 생각했다.
"야 인마, 손님 개인 정보를 함부로 봐. 하여튼, 쯧쯧."
아저씨가 수첩을 탁 덮으며 말했다. 아저씨는 또 다른 쇼핑백을 가져와 은재 손에 쥐여줬다.
"붕어즙 부모님 가져다드려. 아버지한테 반찬 잘 먹겠다고 말씀드리고."
"네에……. 아저씨, 근데, 왜 사 가려고 한 걸까요? 웅담이 불법이니까 그 대신으로 먹으려고 그러는 걸까요? 아니면 수험생한테 좋아요?"
"에휴, 애초에 말한 내가 잘못이지. 또 시작이냐? 이은재, 너, 너희 아빠가 얼마나 걱정하시는 줄 알아? 탐정 놀이 동아리도 그만해. 고등학생이면 제대로 된 꿈이 있어야지. 좀 더 진로에 도움이 되는 활동을 해봐라."
아저씨는 잔소리를 해댔다. 좀 물어본 거 가지고 꼬투리는.
"네에-. 저 그럼 이제 갈게요."
"저, 저, 눈 맹-한 거 봐라. 또 쇼핑백 흔들면서 가지 말고!"
은재는 이미 호기심에 발동이 걸린 상태였다. 돈가스 젤리 같은 건 관심에서 사라진 지 오래였다. 흰 개의 쓸개라……. 붕어즙이 한가득 담긴 쇼핑백이 좌우로 흔들렸다.

얼굴도 모르는 진서범이라는 애에 대해 물어볼 만한 사람은 애들 소문을 줄줄이 꿰고 있는 승미가 다였다. 은재는 집에 도착하자마자 승미에게 전화를 걸었다. 하지만 그것은 실수라면 실수였다. 진서범에 대한 웬만한 소문은 다 알 수 있었지만, 정작 궁금한 부분은 전혀 풀리지 않았다. 하필이면 진서범이라는 애는 꽤나 잘생긴 애인 듯했고, 그런 애들은 이런저런 소문에 쉽게 휩싸이곤 했기 때문이었다.
"……그래가지고 진서범 때문에 그 여자애 막 울고, 근데 그 여자애도 웃긴 게, 그리고 들어간 농구부 부원이랑 얼마 안 돼서 사귀었다니까? 웃기지. 야, 이은재. 네가 물어봐 놓고 듣고는 있냐?"
원치 않는 얘기를 떠벌떠벌 해대는 승미의 말에 은재는, 그만 흥미가 팍 식어버렸다. 개 쓸개에 대해 인터넷에 쳐봐도 딱히 나오는 건 없었다. 결국 그냥 심부름이겠거니 하는 결론이 나버렸다. 그렇게 기억은 점점 흐릿해져 버렸다.

**

별일 아니라면 별일 아닌 작년 기억이 끝이 났다.
'그때도 어떤 여자애를 울렸다고 그랬었지……. 아이씨, 그때 집중해서 안 들어서 잘 기억이 안 나. 제이 선배 얘기가 순 뻥은 아닌가 보지? 어쨌든, 의문점은 대충 풀렸어. 약재에 관심이 많은 애라고 했으니까, 개 쓸개 같은 거에도 관심 갖는 거겠지. 좀 으스스하긴 하지만.'
은재는 떡볶이를 기계적으로 집어먹으며 생각에 잠겼다.
"엑, 떡이 아니라 파네."
은재가 얼굴을 구기며 말했다.
"으이그, 너 또 멍때렸지."
승미가 핀잔을 줬다.

"…너네가 봤을 때 내가 걱정이 많고 예리해 보여?"
은재가 진지한 표정으로 말했다.
"갑자기 뭔 개소리야."
은재의 뜬금없는 말에 승미가 정색하며 딱 잘라 말했다.
"너같이 만사 천하태평이 또 어디 있다고. 넌 그냥 곰이야, 곰. 가끔 널 보면 참 부러워. 걱정 없이 사니까. 맨날 아까처럼 멍이나 때리고."
"에이, 은재도 고민이 있겠지. 음……. 그래도 예리하다기보단 아무래도 둔한 편에 가깝지……."
진아가 웃는 표정으로 말을 질질 끌며 대답했다.

서범은 왜 그런 얘기를 한 걸까? 승미는 은재가 서범에 대해 생각하고 있다는 걸 알아차리기라도 한 듯 다시 서범 얘기를 꺼냈다.
"근데 이은재, 진서범 걔 말이야. 걔도 이번에 동아리 억지로 들어간 거래?"
"아니? 작년부터 있었대."
은재는 떡볶이 곁에 어묵을 감싸며 말했다.
"흐음……. 너무 안 어울리는데."
"약초를 되게 좋아하는 거 같더라고. 재미있다고 하던데."
은재가 떡볶이를 우물거리며 말했다.
"음, 그거, 콘셉트 아니야? 순진무구한 농촌 총각 콘셉트. 그 얼굴이 그런 걸 좋아할 얼굴이냐? 너무 안 어울리는데. 동아리 이용하는 거 아니야?"
승미는 뭐가 웃긴지 깔깔거렸다.
"동아리 이용하는 건 너겠지. 작년에 영어 신문부 원어민 선생님 잘생겨서 들어간 거라 했잖아."
은재가 뚱하게 받아쳤다. 은재는 서범이 약초에 대해 했던 말을 떠올렸다.

"상관없어. 곧 재미있다고 느낄 거니까."
서범의 확신에 찬 말투. 아무리 그래도 그게 가짜라고 생각하고 싶지는 않았다.

"하긴 그렇지. 다니엘 쌤 가셔서 이제 영어 신문부 개 재미없어-."
"맞아."
승미의 한탄에 진아도 맞장구를 쳤다.
"하여튼 조심해. 가짜 농촌 총각한테 홀리지 말고."
승미가 말했다.

**

'개 쓸개'
'흰 개 쓸개'

집에 온 은재는 핸드폰으로 검색을 시작했다. 약재는 맞는 거 같은데, 요즘엔 거의 안 쓰는 것 같아 보였다. 작년에 검색해 봤을 때랑 큰 차이가 없었다.
'별 내용이 없네. 동방 건강원 아저씨도 사 가는 사람은 처음 봤다고 했었지. 그러고 보니까 그때, 굉장히 허둥거렸어.'
은재는 서범에 대해 생각하기 시작했다. 여자 울리는 나쁜 남자? 바람둥이? 어장관리? 콘셉트? 하긴, 잘생기기까지 했는데 친절하면 보통은······.

"Light the night. starry-eyed, waved good bye so long, this might······"

들고 있던 핸드폰에 느긋한 인디락풍 벨 소리를 울렸다. 화면에는 '밭 짝 꿍'이라는 이름이 표시됐다.

놀래라. 호랑이도 제 말 하면 온다더니, 이름은 언제 또 이렇게 저장해놨 대……. 은재가 고민하는 사이 벨 소리는 이어졌다.

"……. be the year I will fall in love with the one my heart's dreaming of ……."

은재는 심호흡을 하고 전화를 받았다.
"여보세요?"
"안녕. 나 진서범이야. 친구들이랑은 다 놀았어?"
"응."
다정하게 말해도 안 속아. 전화는 왜 한 거람, 채팅으로 하지. 은재는 삐딱하게 생각했다.
"내일 뭐해? 안 바쁘면 모종 사러 갈래?"
은재는 토요일에 아무런 스케줄이 없었다. 학원에 다니는 것도 아니고, 그렇다고 독서실에 가는 것도 아니기 때문이다. 은재는 머리를 마구 굴렸다. 어쨌든, 이럴 때는 바쁘다고 둘러대는 게 상책이다. 학원에 다닌다는 거짓말은 금방 뽀록날 수 있어. 거절할 수 없는, 강제성은 있으면서 일회성인 그런 거…. 그래, 기억은 흐릿하지만…….'
"아, 어쩌지. 나 내일 학교 토요 특강 들으러 가."
"오, 토요 특강? 부지런하네."
"응, 미리 신청한 거라 뺄 수도 없고. 미안."
오케이. 좋은 변명이었다! 토요 특강은 학교에서 여는 진로 특강으로, 은재는 여태껏 단 한 번도 나가본 적이 없었다. 토요 특강은 주로 점심 즈음에 시작해 3시간가량 진행되었다. 다시 말해, 다른 약속을 잡기엔 애매한 시간대에 진행되었다.
'이렇게 계속 미루다 보면 모종 사러 다른 애랑 가겠지?'
은재는 생각했다. 하지만 서범의 대답은 예상 밖이었다.
"잘 됐다! 나도 그 특강 들으러 가는데. 그거 일찍 끝나니까 끝나고 사러 같이 가면 딱이겠다."
"어, ······응?"
"이번 건 아침 강연이라고 애들 많이 안 하는 것 같던데 신청했구나."
아침 강연? 그게 무슨 말이야? 은재가 혼란스러워하는 사이 서범은 말을 이어나갔다.
"그럼 내일 보자! 아, 시장에서는 좀 걸어야 하니까 편한 신발로 신고 오고."
"그, 그래······."
시장 가는 걸 어느새 제멋대로 확정했다. 더 이상의 변명거리가 생각나지 않는 사이 전화는 끊어졌다. 은재는 정신을 차리고 황급히 학급 공지 채팅방에 들어갔다. 귀찮아서 읽어보지도 않았던 담임의 공지사항을 꼼꼼히 확인했다.

[담임 선생님]
* 진로특강 : 우리 주변에 녹아든 마케팅 기술
* 강사 : 김구일 교수님
* 일시 : 3월 26일 토요일
* 예정 시간 : 오전 9시~12시
* 장소 : 대강당
* 신청 : 3월 22일 화요일까지 담임에게 신청
* 봉사 시간 3시간 부여. 끝나고 햄버거 배부 예정.
* 미신청자도 당일 자유롭게 참여 가능 (단, 봉사시간 및 햄버거 없음)

'아홉시……. 세 시간짜리 강연……. 내 피 같은 주말이!'
혹 때려다가 혹 붙인 꼴 밖에 안 됐다. 햄버거까지 주는 강연은 학생 참여율이 저조할 것으로 예상되는 강연을 의미했다. 당연히 신청을 미리 하지 않은 은재는 봉사 시간도, 햄버거도, 아무것도 얻을 수 있는 게 없었다.
'주제도 지루해 보이는데 진서범 얜 왜 이런 특강을 듣는 거야……. 거짓말 해서 벌 받는 걸까? 미리 신청한 거라고 말은 왜 해가지고, 쨀 수도 없고. 미치겠네.'
은재는 머리를 쥐어뜯으며 발버둥을 쳤다.

봄에는 봄노래를 꺼줘

"어머, 네가 이 시간에 웬일이니?"
아침잠 없는 엄마가 작은 소리로 휴먼다큐를 보다가 일찍 일어난 은재를 보고는 놀란 듯 말했다.
"특강 들으러 학교 가요."
은재는 눈을 비비며 화장실로 향하였다. 씻고 가방도 없이 나갈 준비를 마쳤다.

은재가 신발을 신는 사이 엄마와 아빠가 대화를 나눴다.
"그래도 얘가 고2가 되더니 철이 들었나 봐요. 경영학 강연 들으러 간대요."
"경영학과도 좋지. 취업도 잘되고, 다들 가고 싶어 하잖아. 은재 너 맨날 하고 싶은 거 없다고 그러더니. 아빠가 다시 봤다. 가서 잘 듣고, 필기도 잘 하고 와. 메모를 해야 기억에 오래 남는다."

아빠가 진지한 투로 이야기했다.
"그래, 진로에 대해 진지하게 고민해 보면 좋지."
"그런 거 아니에요. 저 가요."
은재는 심드렁한 얼굴로 문을 열었다.

**

날씨는 조금 쌀쌀했다. 군데군데 벚꽃이 핀 나무도 있었고, 목련이 핀 나무도 있었다. 어떤 나무는 아직 꽃을 못 피우고 봉오리만 맺혀 있었다.

'쟤네들도 일찍 꽃 피는 나무, 꽃도 못 피우는 나무, 다 따로구나. 누구는 순수한 마음으로 강연도 들으러 가고, 누구는 뻥 치다가 어쩔 수 없이 가고. 왜 다 이런 식인 거야.'

은재는 아침도 싫고 봄도 싫었다. 아침에 일어나면 심장이 두근대는 걸 넘어서 온몸이 근지러웠다. 그러면 이내 갑갑하고 뭉근한 불쾌함이 찾아왔다. 봄은 그런 불쾌함을 잔뜩 모아 만든 최루탄이었다. 최루탄이 터지면 벚꽃 잎이 와르르 흩뿌려지면서 사람 마음을 마구 불편하게 만들었다. 원치 않아도 살랑거리고 근질거리는 기분. 뭔가를 시작해야 할 것만 같은 이 느낌. 은재는 이 치밀어 오르듯 다가오는 조바심을 느끼고 싶지 않았다.
'이런 날엔 그냥 침대에서 한 발자국도 안 움직이고 처박혀 있는 게 제일인데.'
은재는 짜증 섞인 표정으로 학교 강당 건물에 들어갔다.

**

강당에는 학생회와 방송부 애들이 깔아 놓은 플라스틱 의자가 펼쳐져 있었다. 예상보다 꽤 많은 애들이 와서 이미 앞자리는 다 차 있었다.
'이게 적게 오는 거라고? 학교에 범생이들이 이렇게 많았나. 어휴, 내가 여기 껴서 뭐 하는 거냐.'
은재는 적당히 뒷자리에 앉았다. 누군가 은재 어깨를 툭 쳤다. 서범이었다. 서범은 짧게 손만 흔들고는 이따 보자고 말하더니 두 줄 앞 대각선 주변에 앉았다.

강연이 시작됐다. 엄마가 보는 티브이 강연회에 가끔 나오는 젊은 교수가 강연자였다. 간간이 던져지는 교수의 농담에 학생들의 웃음소리가 터져 나왔다.

"확증편향이라는 말이 어렵죠? 쉽게 말하자면, 자기가 보고 싶은 것만 보게 되는 거예요. 그러니까 자기가 가지고 있는 생각과 일치되는 정보만 선택적으로 취하려고 하는 걸 의미해요. 예를 들어볼까요? 혈액형 성격론 믿는 학생 있으면 손들어보세요. 손 들었다 내리는 학생은 A형인가? 하하하. ……그러니까 소비자가 일반적으로 가지고 있는 이미지를 이 확증 편향을 이용해서……"

은재는 하품을 하고 주변을 두리번거렸다. 서범의 곱슬기 있는 부드러운 머리카락이 눈에 들어왔다. 집중했는지 인상까지 쓰며 듣고 있었다.
'열심이네. 우리 아빠가 봤으면 부러워했겠다. 공부도 잘하나? 재수 없는 녀석. 저러면서 여자애들을 울리고 다닌단 말이야? ……뭐야, 옆자리 여자애가 뭘 물어보네. ……그냥 대답하면 되지 눈웃음은 왜 친담. 저런 거에 속으면 안 된다고.'
은재는 축구 중계라도 하듯 생각했다.

이내 지루해진 은재는 몰래몰래 핸드폰을 만지작거렸다. 충전기를 제대로 안 꽂아놓고 잤었는지 배터리가 20퍼센트 밖에 안 차 있었다. 강연은 세 시간을 조금 넘겨 끝이 났다. 의자가 불편했는지 온몸이 찌뿌둥했다. 은재는 기지개를 켰다. 학생회 학생들이 햄버거 배부를 시작하자 아이들이 우르르 줄을 섰다.

서범이 우두커니 앉아 있는 은재 앞으로 다가와 말했다.
"먹고 갈 거지? 줄 서러 가자."

'햄버거? 난 햄버거 못 받는데?'
학생회에선 햄버거를 주기 전에 신청 명단을 확인할 거고, 그러면 신청 안 한 걸 들킬 게 뻔하다. 은재는 또다시 머리를 마구 굴렸다. 거짓말은 거짓말을 낳는 법이었다.

"오늘은 뭔가 패스트푸드는 안 당겨서……. 건강한 게 먹고 싶다고나 할까? 아하하. ……내가 점심 살 테니까 다른 거 먹자!"
은재가 어색하게 제안했다. 서범은 은재의 제안이 뜻밖이라는 듯한 표정을 짓더니 말했다.
"진짜? 나야 좋지."
"내가 검색해 볼게. 아, 핸드폰 배터리 얼마 없네."
긴 강연 시간 동안 핸드폰을 몰래 하는 바람에 핸드폰 배터리가 간당간당했다.
"그럼 내가 아는 데로 갈래?"
"아하하. 그, 그럴까?"
은재가 입꼬리를 억지로 올리며 웃었다. 설마 비싼 건 아니겠지? 계속 꼬여만 가는 은재였다.

※※

두 사람은 학교 앞에 있는 정류장에서 버스를 기다렸다. 진례 한약재 시장은 진례고에서 삼십 분은 타고 가야 했다. 대체 서범과 무슨 얘기를 하며 삼십 분을 보내야 할까. 은재는 눈앞이 깜깜했다. 두 사람은 곧 도착한 버스에 올라탔다. 쌀쌀한 밖과 달리 버스 안은 히터를 틀어놔 따뜻했다. 몸이 좀 녹는 것 같았다.

"...끅...!"
자리에 앉은 지 얼마 되지 않았을 때였다. 은재의 입에서 본인만 들릴 만큼의 작은 괴상한 소리가 났다. 숨이 차고, 가슴이 답답한 기분이 들었다.
'먹은 것도 없는데 트림이나 하고. 설마 안 들렸겠지?'
은재는 서범을 쳐다봤다. 서범은 못 들었는지 어떤 종이를 펼쳐 보고 있었다.
"뭐 보는 거야?"
은재가 물었다.
"우리가 사야 하는 건데. 볼래?"
서범이 종이를 건넸다. 사야 할 식물들이 적힌 종이였다.
'황기, 참당귀, 단삼, 자소엽, 작약, 곽향, 자초, 도라지, 치자, 오가피, 상추'
"되게 많다. 도라지랑 상추밖에 모르겠어."
"여기다가 나팔꽃까지 살 거야."
'뜬금없이 웬 나팔꽃? 그러고 보니까 나팔꽃은 바람둥이를 상징하는 꽃인데. 뭐, 얘가 그런 것까지 알고 사는 거 일리는 없지만……'
"나팔꽃은 왜? 관상용으로 심으려는 ……끅!"

아까 그 괴상한 소리가 크게 울려 퍼졌다. 앞자리 꼬마가 은재를 힐끔 쳐다볼 만큼 큰 소리였다. 트림 같은 게 아니었다.
"미안, 딸꾹질이 …*힉!*… 나와서……."
"와, 너 딸꾹질 되게 요란하게 한다."
서범이 웃음을 참는 표정으로 말했다.
'나 오늘 진짜 가지가지 하는구나. 집에서 오늘의 운세라도 확인하고 나왔어야 했나.'
은재는 생각했다.
"후우……. 숨 참으면 돼."
은재가 숨을 잔뜩 내쉰 뒤 입과 코를 막았다.
"……."
"……."
"…*힉!*…"
요란한 딸꾹질 소리와 함께 푸우우 하고 숨이 터져 나왔다. 학교에 빈손으로 털레털레 온 은재에게 물이나 사탕 같은 게 있을 리 없었다. 핸드폰을 켜서 검색이라도 해보려 했지, 핸드폰 배터리가 아예 나가버렸다는 사실만 알 수 있게 될 뿐이었다.

"추운 데 있다가 따뜻해져서 그런가 봐. 내가 찾아볼게."
서범이 딸꾹질 멈추는 법을 찾는 동안 은재는 괴상한 딸꾹질 소리를 열댓 번 정도 냈다. 혀를 내밀었다가 허리를 숙였다가 온갖 방법을 해봤지만 모두 무용지물이었다. 보다 못한 서범이 '워!'하고 은재를 놀래켰지만 아무런 효과도 없었다. 딸꾹질로 호흡이 불편해 괴로웠다. 게다가 점점 사람들의 이목이 끌리는 것 같았다.

서범은 한참 찾더니 핸드폰 화면을 보며 검색 결과를 읽어줬다.
"예풍혈……? 음, 귓불 뒤를 세게 지압해 주면 된대."

"이렇게?"
은재는 양 귓불을 엄지와 검지로 잡고 누르는 시늉을 했다. 마치 뜨거운 걸 만진 사람 같아 보였다.
"아니, 그렇게 말고…."
서범은 다짜고짜 한 손을 뻗어 손바닥으로 가볍게 은재의 턱을 감싸 쥐고는 검지로 귓불 뒤의 오목한 공간을 꾸욱 눌렀다.
"여기"
"어, 어! …힉!… 고마워! 내가 할게!"
갑작스러운 손길에 놀란 은재는 자기도 모르게 고개를 뒤로 뺐다.
'놀, 놀래라. 얜 이런 거에 스스럼도 없나?'
은재는 서범을 슬쩍 살폈지만 씨익 웃고만 있을 뿐 표정에 별 변화가 없었다.
"세게, 10초는 눌러야 돼."
은재는 눈을 꼭 감고 손가락에 힘을 줬다. 제발 멈춰라. 쪽팔린단 말이야. 어떤 애들은 딸꾹질 소리가 귀엽기라도 하던데 난 이게 뭐냐고……. 멈춰라, 멈춰라. 은재는 간절히 바라며 속으로 10초를 셌다. 십, 구, 팔, 칠….

은재는 눈을 뜨고 천천히 숨을 쉬어봤다.
"……어? 진짜 멈췄어……."
딸꾹질은 마법처럼 사그라들었다. 은재는 안도의 한숨을 쉬었다.
"아쉽다. 딸꾹질하는 거 웃겼는데."
서범이 큭큭거리며 은재의 딸꾹질 소리를 따라 했다. 은재는 그런 서범이 얄미우면서도 괜히 웃음이 났다. 숨 쉬는 게 편해져서 그런가? 서범이 조금은 편하게 느껴졌다.

*

"배고프다."
시장 초입부터 사람들이 북적거렸다.
"나 이 시장 오늘 처음 와봤어. 사람 정말 많다."
은재가 말했다.
"여기가 우리나라에서 세 번째로 큰 약재시장이래. 제이 형이 말했던 약재 축제를 하는 곳도 여기야. 음, 식당은 더 가야 있어."
시장의 A 구역에서는 말린 한약재를, B 구역에서는 모종이나 씨앗 등을 팔았다. 서범은 앞장서서 걷기 시작했다. B 구역을 조금 지나치니 식당들만 모여 있는 C 구역이 나타났다. 곳곳에서 김이 펄펄 피어올랐다. 간이 테이블에선 낮인데도 국밥에 소주를 먹는 아저씨들이 꽤 있었다. 은재와 서범이 이 인파 중 가장 어려 보였다.
"좀 더 가야 돼. 건강한 거 먹고 싶다 했지? 약재 시장 왔으면 몸보신해야지."
서범이 앞장서 걷더니 약간 외진 골목으로 들어갔다. 은재의 눈에 들어온 식당 간판에는 옛날에나 유행했을 법한 붉고 굵은 글씨로 이렇게 적혀있었다.

〈황제 보신탕〉

'몸보신이 이런 의미였어? 나 보신탕 안 먹는데……, 그럼 그때 개 쓸개를 사 간 이유도…….'
은재가 생각했다.
"너 거기서 뭐해? 여기야."
서범은 바로 옆 〈진례 한방 삼계탕〉 유리문 앞에서 은재에게 소리쳤다.
뭐야, 착각이었구나.
"어, 어!"

은재는 후다닥 뛰어갔다.

**

"사장님 기본으로 2개 주세요."
서범은 익숙한 듯 주문을 하고는 컵에 물을 따랐다. 작은 식당 안은 손님들로 북적였다.
"너…… 혹시 보신탕 먹어본 적 있어?"
은재가 운을 뗐다.
"……아니, 안 먹어. 가족 중에 개고기 먹는 사람이 없거든. 왜, 아까 보신탕 먹고 싶었어?"
서범이 고개를 갸우뚱하며 물었다.
"아-아니, 나도 개고기 안 먹어. 그냥 물어본 거야."
은재는 자신의 질문이 자연스러웠는지 아니었는지 헷갈렸다. 먹어본 적도 없고, 가족들도 안 먹고, 그럼 그날 대체 왜 건강원에 왔던 걸까? 은재가 생각하는 사이 삼계탕 두 그릇이 금방 나왔다. 열기가 얼굴을 데웠다. 맛있어 보였다. 닭백숙 옆으로 대추, 마늘과 함께 한약재들이 듬뿍 들어가 있었다.

"넌 그럼 여기 들어 있는 약재도 다 알아?"
은재가 물었다.
"뭐 대충은?"
서범의 대답에 은재는 젓가락으로 약재들을 집어 올려 하나씩 묻기 시작했다.
"이거는?"
"음, 당귀."

"그럼 이건?"
"황기."
"엥? 이거 인삼 아니었어? 어떻게 알아?"
은재가 옅은 노란빛을 띠는 가느다란 뿌리를 젓가락으로 잡고는 이리저리 관찰했다.
"인삼까지 들어간 건 이천원 더 비싸."
"아, 뭐야."
은재가 실망했다는 듯 말하자 서범이 픽 웃었다.
"황기는 뭐가 좋은데?"
"황기는 기를 보충해 줘서 만성 쇠약자, 노인, 어린이한테도 좋아. 식은땀이 날 때 사용해도 좋고. 동의보감에 의하면 황기는 달고 약간 따뜻한데……."
서범은 갑자기 진지한 표정으로 황기의 효능을 교과서 읽듯 줄줄 말하기 시작했다.
"잠, 잠깐. 뭐야, 어떻게 다 알아? 너 진짜 똑똑하다."
"네가 바보인 거 같은데?"
서범은 웃으며 턱짓으로 은재 뒤의 벽을 가리켰다. 은재가 고개를 돌려 쳐다보니 벽에는 큼지막하게 '한방 삼계탕의 효능'이라고 적힌 안내문이 부착되어 있었다. '예로부터 동의보감에 의하면…'으로 시작하는, 한식 식당에 흔히 붙어있는 안내문이었다.
은재는 끄응 하는 소리를 내며 속았다는 표정을 지었다.
"그만하고 얼른 먹어, 식겠다. 참, 황기랑 당귀는 오늘 사야 되는 건데."
서범이 말했다. 서범의 말대로 정말 맛있는 삼계탕이었다.

***

"잘 먹었습니다."
은재가 계산하고 나오자 서범은 장난스럽게 꾸벅 인사를 했다. 돈은 들었지만 어쨌든 배가 부르니 힘이 좀 나는 거 같았다.
"아, 모종 사러 가기 전에, A 구역 잠깐만 들러도 돼? 아는 사장님한테 인사도 드릴 겸. 구경하고 싶은 것도 있고."
서범의 눈이 반짝거렸다.
"그래. 어떤 건데?"
"우슬, 구척이라고, 근골격계 약재야."
약재에 진짜 관심이 많구나, 은재는 생각했다.
"그게 약재 이름이야? 우슬이 아홉 척 있다는 거야?"
은재는 손가락 아홉 개를 펴서 서범에게 보여줬다.
"아니, 구척도 약재 이름이야. 아홉 구(九)가 아니라 개 구(狗) 자. 우슬(牛膝)은 우리말로 하면 쇠무릎이라는 거고."
쇠무릎? 뭐, 도가니 같은 건가? 그리고, 구척의 구는 개라고?
'아까부터 왜 자꾸 개 얘기로 흐르는 거 같지?'

"……그럼 구척할 때 척은 무슨 뜻인데?"
은재는 주저하며 말했다.
"아, 척추 할 때 척(脊)이야. 오, 은재 너 벌써부터 약재에 관심이 많네? 삼계탕집에서부터."
서범이 대단하다는 듯한 표정으로 은재를 쳐다봤다.
'척, 척추? 그럼 지금 소 무릎뼈랑 개의 척추를 보러 가자고?……. 얘는 왜 이런 이상한 재료들을 보려고 하는 거지?'
은재의 머릿속은 복잡하게 돌아가기 시작했다. 서범의 환한 미소에 은재는 뭐라 대꾸할 수가 없었다. 꺼림칙하긴 했지만, 이상하다고 말하면, 기분 나빠할지도 모른다. 그래, 이런 데엔 이상한 약재들도 많겠지. 옛날엔 별 해괴한 재료들을 다 민간요법이라고 썼으니까. 은재는 억지로 미소를 지으며 A 구역으로 걸어갔다.

은재 머릿속이 터지기 직전이라는 것을 아는지 모르는지 서범은 웃으며 얘기했다.
"요즘 다시 박사님이랑 약재 스터디 하는 중이거든. 원래 방학 때 하는 건데 이번 겨울엔 좀 밀려서 아직도 안 끝났어. 요즘엔 관절이랑 관련된 약재 스터디 중인데."
"어떤 박사님?"
"그 우리 동아리 외부 강사 선생님 있잖아."
서범이 머리를 긁으며 말했다. 서범은 대체로 여유 있는 표정을 짓고 있다가도, 이상하게 약재 얘기만 하면 부끄러움을 잘 타는 소년처럼 웃었다.
'외부 강사라면, 뒷산할매 말하는 건가? 이상한 스터디까지 하나 보네. 그래도, 저렇게까지 좋아하는 애한테 이상한 민간요법 같다고 어떻게 말하겠어…….'
은재는 생각했다.
"으응……. 딱 들어도 관절에 좋을 거 같아……. 그런데 그런 걸 요즘에도 시장에서 많이 팔아?"
"응, 둘 다 꽤 많이 쓰는 약재일걸?"
"그, 그래?"
"응, 그 사장님네 가게가 좋은 게, 남편분이랑 같이 직접 키우신 걸 잘라다가 말려서 파시는 거야. 키우실 때 사진도 볼 수 있으면 좋겠다."
"……직접? ……키우시던 걸?"
"응, 그리고 가끔 맛보라고 차로 끓여주실 때도 있는데. 꼭 먹어봐. 진짜 친절하셔."

"아하하…."
'윽, 개 척추 우린 물……. 정말 먹고 싶지 않은데….'
은재는 속으로 절규했다.

**

'〈이모네 약업사〉 - 40년 전통 국산 한약재 도소매'

가게에 도착한 서범이 사장님을 불렀다. 가게 앞에는 깔끔하게 비닐 포장된 약재들과, 아직 포장이 안 된 약재가 가득 담긴 포대들이 세워져 있었다. 한의원에서 맡아본 씁쓰름한 듯 향긋한 냄새가 났다. 가게 안에도 약재가 한가득이었다. 안에서 차를 홀짝이던 사장님이 서범을 보고는 문을 열고 반가운 얼굴로 반겼다.
"범이 왔어? 오늘은 뭐 구경하려고?"
만화책에 나올 법한 인자한 할머니의 인상이었다.
"안녕하세요. 잘 지내셨어요? 오늘은 모종 사러 왔다가 그전에 사장님 얼굴이나 보고 가려고 들른 거예요."
서범이 웃으며 대답했다.
"벌써 동아리 활동 시작했구나? 신입 부원이에요? 예쁘게 생겼네."
"네, 안녕하세요."
사장님이 은재를 보고 온화한 미소를 지었다. 은재는 웃으며 인사를 했지만 찝찝한 기분을 떨칠 수가 없었다.
'이런 미소로 키우던 개 척추를 직접 잘라 말렸다니…….'
"쌀쌀한데 잠깐 들어오세요."
사장님의 말에 서범이 앞장을 섰다. 은재도 눈치를 살피다가 안으로 들어갔다.

서범과 사장님은 짧게 근황 이야기를 나눴다.
"현나랑은 연락됐니?"
"……글쎄요, 잘 안되네요."
서범이 말을 얼버무렸다.
'사장님도 현나라는 사람을 알고 있네. 하긴, 그 선배가 기장이었다고 했지. 이 사장님도 현나 선배랑 관련된 사람인가? 그리고 서범은 ……그냥 얼버무리는 건가.'
"뭐, 무소식이 희소식이라잖니."
사장님이 차를 마시며 말했다.
"……그랬으면 좋겠네요."
서범이 대답했다.

은재는 안을 살펴보았다. 책상 위에 날이 시퍼렇게 서 있는 작두와 도마 위의 칼들이 눈에 들어왔다. 가게 안은 어두침침했다.
"사장님. 참, 구경하고 싶은 게 있는데, 우슬이랑 구척 있어요? 음, 구척은 털 달린 걸로요."
서범이 사장님에게 물었다.
"응, 다 있어. 기다려 봐."
'윽, 무슨 개털까지…….'
은재는 생각했다.
"그나저나 요즘 다시 민지랑 스터디 하는구나? 부지런하네. 벌써 근골격계 부분까지 나가고."
사장님이 가게 안의 포대들을 뒤적거리며 물었다.
"네. 재밌어요. 아, 사장님 죄송한데, 시체도요."
"전에 보여줬던 거? 그래."
잠깐, 잠깐만. 시체? 무슨 시체? 잘못 들은 건 아닌 거 같았다. 그리고 민지는 또 누구야? 개 척추도 모자라서 개 시체까지 달라는 거지, 지금?

– 약초부 텃밭에 실종된 김현나의 시체가 묻혀 있다.
갑자기 이 괴담은 왜 생각나는 걸까. 이 찜찜한 약초부에 들어오면서 모든 게 다 꼬여버린 게 분명했다.
"하하, 사장님이랑 나랑 둘만 대화해서 어색했지? 너한테 딱 필요한 게 생각나서 여쭤봤어. 아마 차로 우려주실 거야."
서범이 눈웃음을 지으며 은재에게만 들리도록 속삭였다. 은재는 그 부드러운 목소리에 온몸이 얼어붙었다. 나? 갑자기 나한테 필요한 거라니, 시체가 왜 필요하지 나한테? 지금이라도 도망쳐야 되나? 도망치면 저 두 사람한테 금방 잡히겠지? 그러면 그다음 '시체'는 내가…….

"너 괜찮아?"
갑자기 하얗게 질린 은재의 표정을 보고 서범은 걱정된다는 듯 말했다. 생각할 겨를도 없이 은재의 입에서는 속사포로 변명의 말들이 흘러나오기 시작했다.
"저기, 나는, 아까 말했듯이 보신탕도 먹어본 적 없고…… 시체는 조금……. 어, 물론 절대 그게 잘못된 거라고 생각하진 않아. 아시는 분도 개소주 만드시거든. 물론 그것도 당연히 먹어본 적은 없지만, 그러니까…… 약으로 쓸 수는 있다고 생각하는데, 나는 ……그게…….."
은재는 횡설수설 말을 더듬어 가며 말했다.
"응?…… 갑자기 무슨 얘기야?"
서범은 이해가 안 간다는 표정으로 고개를 갸우뚱했고, 그 사이에 약재들을 찾아온 아주머니가 두 사람을 발견하고는 깔깔깔 큰 소리를 내며 웃었다.
"으하하하하하하!"

은재는 아주머니의 웃음소리가 마녀처럼 느껴졌다.
'망했다. 내 얘기를 들었나? 갑자기 왜 웃는 거야.'
은재는 고개를 숙이고 생각했다.

"아유, 귀여운 학생이네. 자, 한번 봐봐. 시체."
은재는 이상함을 느끼고 슬며시 고개를 들었다. 사장님이 가져온 작은 쟁반 위에는 감꼭지, 옅은 갈색의 기다란 약재와 노란 털이 달린 네모나게 잘려 있는 약재가 있었다.
"자, 이게 시체, 우슬, 구척이야."
사장님은 웃다가 난 눈물을 손가락으로 훔치며 말했다.
"……에?"
은재의 입에서 풍선이 쪼그라든 것처럼 힘 빠지는 소리가 흘러나왔다.

*

"이제 그만 웃어!"
서범과 사장님은 아직도 웃음이 안 가셨는지 계속 깔깔대고 있었다. 은재는 새빨개진 얼굴로 바닥을 내려다보며 사상님이 건넨 시체 우린 차를 호로록 마셨다. 입안에 감 특유의 떫으면서도 향긋한 냄새가 희미하게 돌았다.
"범이 네가 잘 설명해 줬어야지. 오해하기 딱 좋게 설명했네."
사장님은 웃음을 참으며 서범에게 핀잔주는 시늉을 했다.
'차라리 대놓고 웃으시라고요…….'
은재는 부끄러움에 고개를 들 수가 없었다.
"전 그냥 약재 이름이라고만 생각해서 별생각 없었죠. 야, 이은재. 넌 날 어떻게 생각하는 거야. 봐서 알겠지만 일단 시체(柿蒂)는 감꼭지야. 감시(柿) 그리고 꼭지 체(蒂) 자를 써서." "…… 네가 아까도 한자로만 알려 주니까 오해했잖아!"
은재는 민망함에 작게 짜증을 냈다.
"구척(狗脊)은 뿌리 모양이 개 척추처럼 생겼다고 해서 붙은 이름이고, 우슬(牛膝)은 줄기의 마디 부분이 소 무릎처럼 부풀어있는 모양이라서 쇠무릎이라고 부르는 거야."
사장님이 친절하게 설명해 줬다.
"네……."
은재가 조그맣게 대답했다.
"그리고 이건 식물 뿌리줄기에 달린 털이야. 개털이 아니고."
서범은 구척을 집어 들며 얄밉게 얘기했다.
"아, 알았어-……."
은재가 말꼬리를 내리며 말했다.
"정식으로 유통되는 약재 중에는 그렇게 이상하거나 비과학적인 건 없단다. 그러고 보니 시체는 왜 보여 달라고 한 거니? 근골격계 부분 나가고 있다며."
사장님이 서범에게 의아하다는 듯 물었다.
"아, 아까 은재가 버스 안에서 딸꾹질을 했거든요. 그래서요. 시체가 딸꾹질 멈추는 효능이 있잖아요."
서범이 은재를 보며 씩 웃었다. 사장님이 두 사람을 흐뭇한 표정으로 바라보았다.

'그래서 나한테 필요한 거라고 했구나. 내 걱정해 줄 동안 난 혼자 북 치고 장구 치고, 한심하다, 한심해.'
은재는 종이컵을 양손으로 감싸 쥐었다. 차의 온기가 차가워졌던 손을 따뜻하게 데우고는 온몸으로 퍼져나갔다.

✻

은재가 차를 다 마시고 종이컵을 책상에 내려놓았다.
"그럼 저희 갈게요."
서범이 얘기했다.
"그래, 모종 잘 사고. 또 놀러 와라."
사장님이 손 인사를 해주었다. 은재는 꾸벅 인사를 했다. 가게 문을 열자 시원한 봄바람이 느껴졌다.

"으이그."
서범이 은재의 한쪽 어깨에 손바닥을 턱 얹으며 한숨을 내쉬었다.
"미안……."
"됐어, 내 말 맞지? 너 생각 많다고. 그래도 덕분에 오늘 세 개는 절대 안 까먹겠다."
서범이 웃으며 말했다. 은재는 아무런 대꾸도 하지 못했다. 두 사람은 B 구역으로 향하였다.

'근데 같이 스터디한다는 민지는 누구지? 부원 중에 그런 이름은 없었는데.'
그 와중에도 생각하는 은재였다.

✻

시장의 B 구역에선 모종과 씨앗을 팔고 있었다. 푸릇푸릇 작고 귀여운 모종들이 옹기종기 모여 있었다. 서범은 자청비에서 늘 사는 데가 있다며 그곳으로 은재를 데려갔다.

"오, 범이 아니냐?"
푸근한 인상의 아저씨가 서범을 보고는 아는 체를 했다.
"사장님 잘 지내셨어요?"
"그래, 잘 지내고말고. 옆에는 여자친구?"
아저씨가 은재를 보며 말했다.
"아뇨, 이번에 새로 들어온 부원이에요."
"안녕하세요."
은재가 꾸벅 인사를 했다. 아저씨가 어색해하는 은재에게 말을 걸었다.
"학생, 범이 저 녀석 아는 거 많아 보이죠? 별거 아니에요. 작년 이맘때는 아주 그냥 여기 오기 싫어가지고 입 댓 발 나왔던 놈이에요."
사장님이 호탕하게 웃었다.
"아, 사장님, 저 앞으로는 다른 데 갈래요."
서범이 툴툴거렸다.
"에헤이. 안 되지이, 우리 가게보다 좋은 데가 어딨다고. 얼른 리스트 줘봐."
"여기 있어요. 아, 목장갑도 주세요. 작년에 급한 대로 다른 데서 샀다가 빨간 코팅 부분에서 냄새가 너무 나서 다들 안 쓰려고 한다니까요."
"그래 인마, 다른 데서 사면 그렇게 되는 거야. 그럼 아예 코팅 없는 걸로 보여주마."
사장님은 잠깐 기다려 보라며 가게 안으로 들어갔다.
"사장님들이랑 친한가 봐."
은재가 물었다.
"응, 2학기에도 모종 사러 한 번 더 오고, 종종 필요한 거 있으면 오거든."
"근데 너 원래부터 약초 좋아해서 들어온 거 아니었어?"
은재가 의아하다는 듯 물었다.
"나중에 얘기해 주려고 했는데. 나도 처음엔 너처럼 억지로 들어왔었어. 원래 농구부에 들어가려고 했거든. 사정이 있어서 직전에 아무 동아리에 들어갔던 거야. 너랑 비슷하지?"
"그래? 무슨 사정?"
"그게……"
대답을 들으려던 찰나 곧 부스럭대는 소리가 나더니 아저씨가 모종을 검은 비닐봉지에 담아 가져왔다. 은재와 서범은 봉투를 나눠 들었다.
"상추는 서비스로 그냥 줄게."
"감사합니다. 잠시만요, 어! 아저씨 근데 일당귀 말고 토당귀로 주셔야 돼요."
서범이 들고 있던 봉투 안을 살펴보더니 말했다.
"아, 그러냐? 에구, 정신이 없어서. 기다려봐라."
아저씨는 다시 허둥지둥 안으로 들어갔다.
"너 들고 있는 것도 한번 봐봐."
은재가 봉투를 벌려 안이 보이도록 들었다. 서범이 허리를 숙여 안을 꼼꼼히 살펴보았다. 서범의 머리카락에서 나는 시원한 샴푸 향이 코 안으로 훅 끼쳤다. 머리카락이 부드러워 보였다. 은재는 괜히 고개를 옆으로 돌렸다.
"여긴 다 맞네."
서범이 숙인 허리를 반쯤 피며 말했다.

**

두 사람은 모종을 양손에 가득 지고는 버스에 올라탔다. 어느새 밖은 조금씩 어두워지고 있었다. 의자에 앉으니 어이구 다리야, 하는 할머니 같은 탄식이 절로 나왔다. 버스 라디오에서는 지루한 디제이의 말이 이어지고 있었다. 두 사람은 모종이 든 봉투들을 다리 사이에 끼워 두었다. 버스가 흔들릴 때마다 부스럭거리는 소리가 들렸다. 서범은 얼른 오늘

일을 제이에게 말해줘야 한다며 장난을 쳤다. 은재는 정신이 하나도 없었다며 피곤해했다.

"……그래도 재미있었어."
은재가 작게 말했다.
"그래."
서범이 웃었다.

어느새 디제이의 말이 끝나고 어쿠스틱 기타 선율이 강조된 노래가 흘러나오고 있었다. 봄이면 거리 이곳저곳에서 틀어대는 탓에 질릴 대로 질린 노래였다. 봄이 어쩌고저쩌고, 새로운 시작이 어쩌고저쩌고. 마음이 억지로 벅차다. 커피를 마셔 원치 않는 각성이 되는 기분. 저 통기타 줄을 다 끊어 버리고 싶었다. 그 대신 스틸 기타로 연주되는 느린 템포의 하와이풍 음악이 흘러나와 활기를 띤 모든 사람들이 늘어질 대로 늘어져서 녹아버리길 바랐다. 녹아버리고 싶다. 오늘은 하루 종일 정말 피곤했으니까…….

"이번엔 또 무슨 생각 중이야?"
서범이 불쑥 물었다.
"……별생각 안 했어. 그냥 아무 생각 없이 멍때린 거야."
은재가 힘 빠진 목소리로 말했다.
"그래?"
서범은 그다지 믿지 않는 눈치였다.
"……너, 어떻게 아는 거야? 나한테 무슨 습관이 있는데?"
은재가 고개를 획 돌려 서범에게 따지듯 물었다. 인정하고 싶지는 않았지만, 서범은 정말 은재가 딴생각을 할 때마다 귀신같이 알아채고 있었다.

"알려 줄까?"
서범이 말했다. 서범은 혀를 살짝 내밀고는 윗니와 아랫니로 혀끝을 가볍게 물었다.
"네가 이렇게 하거든, 생각할 때. 굳은 표정으로 아래를 내려다보기도 하고."
"뭐야, 되게 맹해 보이네."
"그럴 때 말 걸면 대답을 한 박자씩 늦게 한다? 그거 되게 웃기는데."
서범의 말에 은재의 얼굴은 화끈거렸다. 은재가 입을 우물쭈물하다가 조심스럽게 물어봤다.
"고민이 많냐는 건 무슨 말이었어? 어제."
"생각이 많으면 그만큼 고민도 많은 거지, 뭐. 오늘도 혼자 이상한 고민 했었잖아. 다시 생각해도 웃기다. 제이 형한테 꼭 말해줘야지."
서범이 약업사에서 있었던 일을 떠올리며 마음껏 웃었다.
"그만 웃어. 다른 사람들은 나보고 고민 없이 살아서 좋겠다고만 하던데."
"널 잘 모르나 보다."
그러는 넌 날 언제 봤다고 잘 안다는 듯이 말하냐? 라고 쏘아붙이고 싶었지만, 그 대신 뭔가 실실 웃음이 났다.
"그래서 무슨 생각을 하셨는데요?"
서범이 물었다.
"별거 아니야……. 난 봄노래가 싫어. 듣고 있으면, 바이킹 올라갈 때의 기분, 알아? 마음이 붕 뜨는데, 난 그게 싫거든. 원하지도 않는데 발바닥이 근질거려."
은재는 정작 본인도 그 봄 노래 때문에 마음이 붕 떠 속마음을 술술 말하고 있다는 걸 알지 못했다.
"나도 대강 무슨 느낌인지 알아."
"나. 애들 말대로 별생각 없이, 걱정 없이 사는 거 맞을지도 몰라. 어떤 나무는 화려하게 꽃을 터뜨려낼 동안 어떤 나무는 아무것도 하지 않고 갑갑하게 다물고 있잖아."
은재가 버스 창밖을 바라보며 말했다. 얘랑 안 지 얼마나 됐다고 벌써 별 얘기를 다 하는 자기의 모습이 웃기게 느껴졌다. 봄 노래는 으레 조바심을 일으키곤 하는 법이었다. 새로운 것에 대한 낯섦, 나만 뒤처져가는 것 같은 불안함. 기대는 하고 싶으면서 실망하고 싶지는 않은 모순적인 마음. 그런 것들이 합쳐진 거대한 조바심이었다.

"저 목련 아직 안 핀 꽃봉오리 있잖아. 그것도 한약재다?"
"진지한 얘기 하는데 약재 타령은."
"신이(辛夷)라는 건데, 영춘화(迎春花)라고도 해. 봄을 맞이하는 꽃이라는 뜻이래."
서범이 말했다.
"내 말은 ……어떤 상태로든 의미가 있다는 말이야."
"넌 별걸 다 안다. ……좋겠다. 벌써 좋아하는 걸 찾아서."
은재가 진심 담긴 푸념을 했다. 서범이 은재의 표정을 살피더니 헛기침을 하고는 얘기했다.
"나도 처음엔 자청비 억지로 들어왔다고 그랬었잖아. 그러니까, 억지로 우연히 시작한 거든, 원해서 시작한 거든, 어쨌든 하게 됐다면 들어온 이유는 사실 별로 상관없는 거 같아. 들어와서 어떻게 하느냐가 더 중요한 거 아니겠어? 가끔은 우연이 필연보다 나을 때도 있고."
서범이 은재를 보고 씩 웃으며 얘기했다.
"아마 너도 나처럼 곧 약초를 좋아하게 될 거야. 내가 좋아하게 만들어 줄게."
은재가 아무 대꾸 없이 놀란 눈으로 서범을 쳐다보았다.
"……내가 너무 진지하게 말했나?"

서범은 민망했는지 귀 끝을 붉혔다.
"아니, 좋았어. 고마워."
은재는 서범이 왜 이런 말을 자신에게 해주는지 어렴풋이 알 수 있었다. 서범의 말이 맞다. 아무렴 어떻겠는가. 세상엔 우연히 일어나는 일들이 훨씬 더 많다. 조급해할 필요 없이 주어진 대로 해내다 보면 언젠가는 찾아올 것이다.
은재가 창밖을 바라봤다. 비슷한 풍경들이 계속해서 지나갔다.

"나 한숨 잘래. 깨워줘."
"그래 자."
'너무 피곤한 하루였어. 거짓말하는 것도, 남을 계속해서 의심하는 것도 참 힘든 일이구나. 이젠 아무 생각도 안 할래. 진이 다 빠지네.'
은재는 서범 옆에서 꾸벅꾸벅 졸기 시작했다. 은재가 앉은 자리로 히터 바람이 고스란히 전해졌다. 많이 걸어 아팠던 다리는 따뜻하게 아려오고, 모종을 넣은 검은 비닐봉지의 부스럭거리는 소리는 우산에 부딪치는 빗소리처럼 느껴졌다.

**

"야, 이제 일어나."
퉁명스럽게 잠을 깨우는 소리에 벌떡 잠에서 깼다. 비몽사몽하다. 한 십 분 잔 것 같은데, 엄청 푹 잠들었었구나. 잠이 덜 깼는지 귀가 웅웅거린다. 은재는 갑자기 무슨 말을 꼭 내뱉어야 할 것처럼 느껴졌다. 말을 하지 않으면 안 될 것만 같은 기분이었다.
"너한테 못 물어본 게 있어. 너 진짜 바람둥이야? 민지는 누구고? 그리고 그때 개 쓸개는 왜 사 간 거야?"

입에서 목소리가 그냥 흘러나오는 것처럼 느껴졌다.
"개 쓸개? 왜 오늘 하루 종일 개 타령이야? 날 아직도 못 믿어? 그리고 내가 진짜 바람둥이든 아니든, 그걸 네가 왜 신경 쓰는데?"
"귀가 울려서 잘 안 들려……. 왜 갑자기 쌀쌀맞게 대답하는 거야?"
"신경 쓰여?"
"어?"
"정신 차려."
그게 무슨…….

"은재야, 정신 차려. 거의 다 왔어!"
서범의 목소리가 갑자기 또렷하게 들렸다.
"어?"
놀란 은재는 서범의 어깨에서 벌떡 고개를 들었다. 꿈이었다.
"무슨 꿈을 꾸는데 그렇게 침을 잔뜩 흘리냐?"
"어?"
은재는 다급히 손으로 입을 가렸다. 입가를 쓱쓱 만졌지만 손에는 아무것도 묻어나지 않았다.
"뻥이야, 인마. 내릴 준비해. 정신 차리고."
서범은 웃으며 은재의 등 뒤로 손을 뻗어 버스 하차 벨을 눌렀다.
"학교 창고에 모종 내려놓고 가자."
"그래."
은재가 머리를 정리하고는 짐을 챙겼다.
학교 후문 앞 정류장에서 내린 두 사람은 학교 약초부 텃밭 뒤의 창고에 들어갔다. 어두컴컴한 창고에는 안 쓰는 책걸상과 사물함, 뜀틀 같은 것들이 어지럽게 놓여있었고, 한편에는 약초부에서 사용하는 것으로 보이는 호미, 삽, 쇠스랑, 낫 같은 것들이 널브러져 있었다. 서범은 그 앞에 모종 비닐봉지를 가지런히 두었다.

창고 앞에 위치한 텃밭은 녹색 펜스로 둘러싸여 있었고 자물쇠로 잠겨 있었다. 펜스에는 '〈자청비 (약초부)〉'라고 적힌 흰 플라스틱 이름표가 붙어 있었다.
"생각보다 더 넓네."
은재가 빈 밭을 구경하며 말했다.
"졸업한 선배들이 전에 와서 미리 갈아놨대. 우린 심기만 하면 돼."
'설마, 승미가 말했던 졸업한 선배들이 밭에서 뭘 했다느니, 시체를 묻었다느니 하는 얘기, 단순히 이것 때문에 나온 거 아니야?'
은재가 한쪽 눈썹을 움찔거리며 생각했다.
서범은 잡초가 얼마나 잘 자라는지에 대해서 얘기하기 시작했다. 수다를 떨다 보니, 학교 후문이 금방 나왔다.
"난 이쪽으로 가. 오늘 고생했어."
은재가 인사를 했다.
"그래, 잘 가."
서범은 손을 흔들었다.

은재는 싱숭생숭한 마음으로 집까지 터덜터덜 걸어갔다. 그 꿈은 뭐였을까. 서범이 바람둥이든 아니든 간에, 내가 그걸 왜 경계하고 있지? 경계한다는 것은 곧 신경을 쓰고 있다는 말이었다. 은재는 머릿속이 복잡했다.
'아, 몰라, 그냥 걔에 대해선 보이는 대로 생각할래.'
은재는 생각을 대충 마무리 지었다. 생각을 더 하기엔 너무나 긴 하루였다.

구척 狗脊 개⓪ 척추⓪

Cibotii Rhizoma
방각궐과에 속한 대형 고사리 종류인 금모구척의 뿌리줄기

효능 허리와 다리를 튼튼하게 하고
      관절의 움직임을 도와준다.

뿌리가 <u>개의 등뼈</u> 모양과 유사하다고 하여
붙은 이름이다. 바깥 면이 황색의 <u>융모</u>로 덮여
있는데, 일반적으로는 이를 제거 후 사용한다.
허리 통증에 탁월한 효과를 갖는다.

우슬 牛膝 소⊙ 무릎⊙

Achyranthis Radix
비름과에 속한 우슬의 뿌리

⊙효능 어혈을 풀어준다.
　　　 근골을 강하게 해준다.

우슬은 쇠무릎이라고도 불리며, 줄기의 마디
부분이 소의 무릎처럼 볼록하게 생겼다고 해서
붙은 이름이다.

시체 柿蒂 감나무⊙ 꼭지⊙

Kaki Calyx
감나무과에 속한 감나무의 꽃받침 (성숙한 감의 꼭지)

⊙효능 딸꾹질을 멈추도록 도와준다.

딸꾹질 치료의 대표 처방인 정향시체탕에 들어간다.
한편, 말린 곶감은 시병(柿餅),
감의 꽃은 시화(柿花)라고 불린다.

생각보단 괜찮네

"어디 가? 방과 후 수업 안 들어?"
"웬 체육복?"
7교시가 끝나고 체육복 차림으로 갈아입은 은재에게 승미와 진아가 각각 물었다.
"약초밭에 모종 심으러. 쌤한테는 말해 놓았어. 아, 그리고, 석식은 너네끼리 먹어. 난 선배가 배달시켜준대."
은재가 의기양양한 표정으로 말했다.
"그렇게 귀찮다고 그러더니, 열심히 하는구만. 심다가 밭에서 뭐라도 나오면 못 본 척해라?"
승미가 은재의 어깨를 두드리며 말했다.
"넌 아직도 그 얘기냐. 나 간다!"
은재는 지겹다는 듯이 말하고는 교실을 나섰다.
딱 좋은 날씨다. 다들 교실에서 공부하고 있을 때 밖으로 나오는 이 상쾌함. 왠지 신이 났다. 텃밭에는 혜진, 제이가 서 있었다.
"은재 안녀엉-?"
제이가 손을 크게 붕붕 흔들며 먼저 반겼다.
"서범이랑 같이 모종 사러 갔었다며? 수고했어."
혜진이 웃으며 말했다. 혜진이 웃는 건 처음 보는 것 같았다.
"오올, 데이트-."
제이가 양 검지로 은재의 어깨를 콕콕 찌르며 장난을 쳤다. 슬기와 로훈이 창고에서 농기구들을 한가득 가지고 나왔다. 고봉은 목장갑과 모종이 든 비닐을 들고 쫄래쫄래 뒤따라 걸어 나오고 있었다.
"수고했어. 근데 부기장이랑 밭 지기는 왜 안 와?"
제이가 툴툴거렸다. 결국 기주가 제이 대신 부기장으로 정해진 듯했다.
"오늘이 일학대 탐방일이잖아. 둘은 거기 갔대. 아마 좀 이따가 올 거야."
일학대는 고등학생이라면 누구나 한 번쯤은 꿈꾸는 우리나라 소위 '탑쓰리' 대학 중 하나였다.
'기주 선배랑 서범이 둘 다 공부를 무지 잘하나 보네. 난 그냥 아는 선배 만나러 아무 대학이나 신청했었는데.'
은재는 생각했다.
"에이. 한 명이라도 더 있을 때 하는 게 좋은데. 어쩔 수 없지. 그럼, 시작하자!"
제이는 밭일을 설명하기 시작했다.

'볼록하게 튀어나온 땅인 두둑을 호미나 모종삽으로 판다. 땅 안에다가는 플라스틱 틀을 벗긴 모종을 심고 흙을 덮는다. 걸어 다닐 때는 두둑이 아닌 그 옆 움푹 들어간 고랑을 밟아야 한다. 뭐, 간단하구만.'
부원들은 각자 위치와 심을 모종을 배정받았다. 은재가 심는 것은 토당귀였다. 모종삽으로 흙을 푹 파냈다. 일렬로 모종을 심으니 조그마한 식물들이 줄을 선 듯 귀엽게 배치됐다.
'식물들도 애기일 때 귀엽구나. 나중에 여기서 보라색 꽃이 핀다니. 직접 가서 사 온 거라 그런가? 은근히 재미있네……. 뭔가 인정하긴 싫지만.'
은재는 생각했다.

"이놈들아, 고랑이 아니라 두둑을 파야지."
곧 제이의 핀잔 소리가 들렸다. 1학년 애들이 밭의 움푹 들어간 곳을 파고 있었다.
"형, 그게 아니라 이거 보세요. 왕꿈틀이."
로훈이 지렁이를 손바닥에 올려놓고는 제이 눈앞에 들이밀었다.
"오, 와, 통통하네. 이걸로 고봉이한테 장난치자."
"좋아요."
이윽고 고봉의 짧은 으악! 하는 비명소리와 남자애들의 킥킥거리는 소리가 들렸다. 이 웃음소리는 고봉 옆에서 열심히 모종을 심고 있던 혜진의 신경을 긁었다.
"야. 너네 장난치지 마."
"……워!"
제이는 혜진에게 지렁이를 들이댔다. 혜진이 괴상한 소리로 놀라더니 씩씩거리며 제이의 등짝을 후려쳤다. 제이가 맞는 도중에도 킥킥거리자 혜진의 힘이 더 세졌다.
"악, 이제 진짜 아파. 미안해, 미안해!"
'매를 버는구만.'
은재는 일을 하다 말고 그들을 구경했다. 혜진이 퉁한 표정의 고양이라면 제이는 사람만 보면 장난을 치고 싶어 안달 난 비글 같았다. 너무나 안 맞을 거 같은 두 사람은 십년지기 단짝이라고 했다. 누군가 두 사람에게 사귀는 사이냐는 말을 하면 발작을 일으키며 부정하는 건 늘 혜진 쪽이었다.

※※

"은재, 벌써 거의 다 했네? 넋 놓고 있지 말고, 이거 적어봐."
제이는 은재에게 한자가 적힌 종이와 빈 팻말, 굵은 유성펜을 건넸다.
"한자로 적어야 돼. 안 그러면 박사님, 아 그러니까 외부 강사 선생님한테 혼나거든. 자, 이거 보면서 적어."
"저 악필인데…."
"괜찮아, 괜찮아."
제이는 윙크를 하며 은재 손에 물건들을 쥐여줬다.
'1학년들이랑 놀려고 나한테 떠넘긴 거 같은데…… 이 인간이.'
은재는 제이의 뒤통수를 째려봤다. 은재는 손재주가 없는 편이었다. 주변을 살피다가 낑낑거리며 땅을 파고 있는 고봉이 눈에 들어왔다. 벌레가 무서운지 땅을 별로 파지도 못하고 있었다.
"저, 고봉아. 혹시 글씨 잘 써?"
고봉이 화들짝 놀라며 은재를 쳐다봤다. 고봉은 은재의 설명을 듣더니 시험 삼아 종이 귀퉁이에 한자를 적어 내려갔다.
"음… 이런 식으로 하면 되나?"
고봉이 부끄러워하면서 쓴 글씨를 보여줬다. 이건….
'명필이다…!'
가늘고 굵은 선들이 유기적으로 짜여 멋들어진 한자를 그려내고 있었다. 은재가 그전에 적어본 글씨는 그에 비하면 너무나 초라하고 하찮아 귀여운 수준이었다.
"와, 미쳤다. 괜찮으면 내가 너 부분까지 대신 일하고 있을 테니까, 여기다 좀 써줄 수 있어?"

은재는 빈 팻말을 보여주며 말했다.
"그 정도는 아닌데. 나야 좋지. 고마워……."
"고마운 건 나지!"
고봉이 수줍게 웃으며 글씨를 쓰기 시작했다.

은재는 모종삽을 들고 고봉이 파던 땅을 이어 파기 시작했다. 흙이 부드럽게 파여 나가는 것도, 검은색 트레이에서 식물 모종이 쏘옥 빠지는 것도 기분 좋았다. 승미랑 진아는 지금쯤 방과 후 수업 중이겠지. 합법적 땡땡이가 좋구나.
'아차, 하마터면 콧노래를 흥얼거릴 뻔했네.'
얼마 전까지만 하더라도 자청비에 들어가는 것에 대해 불평불만을 하던 자신의 모습이 떠올라 겸연쩍었다. 어느새 마지막 모종을 심을 차례가 왔다. 펜스 가까이에 붙여 모종을 심기 위해 은재가 땅에 모종삽을 깊숙이 푹 찔러 넣었다.
'응? 삽 끝에 뭐지? 펜스가 걸리는 건가?'
은재가 모종삽을 들어 올리자 은색의 작은 물건이 딸려 올라왔다. 뚜껑이 달린 USB였다.
'누가 떨어뜨린 건가?'
은재가 뒤를 돌아봤을 때, 부원들은 고봉 주변에 모여 와자지껄 수다를 떨고 있었다.

"우와, 진짜 매직으로 쓴 거 맞아? 무슨 붓글씨 같은데."
제이가 이리저리 살펴보며 감탄했다. 혜진도 대단하다며 짧게 칭찬을 했다.
"누나, 진짜 금손이네요."
로훈이 말했다. 슬기도 연신 대박을 외쳤다. 고봉이 얼굴을 붉히며 좋아했다. 고봉의 미소가 반짝거려 보였다. 평소 부끄러움에 겨우 짓는 미소와는 달라 보였다.
'고봉이가 저렇게 웃기도 하는구나. USB 얘기로 초를 칠 수는 없지. 나중에 물어봐야겠다.'
은재는 체육복 주머니에 USB를 찔러 넣었다.
고봉이 쓴 팻말까지 꽂아 놓으니 밭이 제법 그럴싸해 보였다. 쪼르르 줄 서 있는 모종들을 보니 괜히 든든한 마음이 들었다.

그때 밀리서 기주가 사복 차림의 남자와 밭쪽으로 걸어왔다. 서범은 아니었다.
"오, 피자다! 오, 청민이형! 이기주 넌 이제 오냐?"
제이가 벌떡 일어나 정신없이 인사를 하고는 피자를 받아들었다.
"제이 넌 어째 나보다 피자를 더 반기는 거 같다? 애들아 안녕."
남자가 인사했다.
"신입 부원들은 처음 보지? 작년에 부기장 하셨던 연청민 선배야."
혜진이 청민을 소개했다. 누가 봐도 호감을 살 만한 훤칠하고 깔끔한 스타일이었다. 생긴 것도 목소리도 모난 데 없이 반듯한 인상이었다. 은재와 고봉이 인사를 하니 1학년 듀오도 따라 인사를 했다.
"이 형 일학대학교 한의대생이야. 대단하지?"
제이가 호들갑을 떨며 말했다.
"뭐 그런 얘기를 해."
청민이 멋쩍은 듯 웃었다.
"근데 넌 형이랑 어떻게 같이 오는 거야? 둘이 아는 사이야?"
제이가 기주에게 묻자 기주는 의기양양한 표정이 되었다.
"당연하지. 애초에 자청비도 청민 오빠 덕분에 알아서 들어온 거였어. 청민 오빠랑 나는 아-주 각별하고 애틋한 사이거든. 이미 오빠 부모님께도 인사드렸고. 난 내년에 일학대에 오빠 후배로 들어갈 예정이야. 그렇죠, 오빠?"
기주가 청민의 팔짱을 낀 채 콧소리를 내며 말했다.
"원래 어렸을 때부터 어머니끼리 친한 사이야."
청민이 웃으며 말했다.
"에이, 초 치긴."
기주가 툴툴댔다.
"자, 식기 전에 피자 먹자."
청민이 기주의 머리를 쓰다듬으며 말했다.

부원들은 텃밭 펜스 앞에 신문지를 깔고 앉아 피자 박스를 열었다.
"맛있겠다아-."
슬기가 두 손을 꼬옥 모으고 피자를 감상했다. 이미 피자에 정신이 완전히 팔려 보였다.
"근데 왜 진서범은 안 와요?"
은재가 기주에게 물었다.
"나야 모르지? 그러게, 걔 왜 안 왔냐?"
"서범이도 일학대 견학 왔었니?"
청민이 떨떠름한 표정으로 은재에게 되물었다. 기주도 청민도 서범이 일학대로 견학 간 걸 아예 모르는 눈치였다.
"네."
별로 안 친한가, 은재는 생각했다.

부원들은 둥글게 앉아 피자를 집어 들었다.
"맨날 학교 앞에서 싼 피자만 먹다가 비싼 피자 먹으니까 쑥쑥 들어가요."

슬기가 볼이 터질듯하게 세 번째 피자를 욱여넣으며 말했다.
"하하, 많이 먹어."
청민이 귀엽다는 듯 온화한 미소로 대답했다.
"어, 범이 왔다. 야! 청민이 형 오셨어! 얼른 와서 먹어."
제이가 서범에게 얼른 오라는 손짓을 했다.
"어, 형. 안녕하세요."
서범이 엉거주춤하게 서서 짧게 인사를 했다. 그다지 반기는 얼굴은 아니었다.
"범이도 오늘 일학대 견학 왔었다면서. 얼른 앉아서 먹어."
"네, 전 뭐 먹고 와서 안 먹어도 괜찮아요. 슬기랑 로훈이 더 먹어."
"오예, 감사합니다!"
슬기가 기다렸다는 듯 바로 피자 한 조각을 날름 집어먹었다. 서범이 은재 옆에 풀썩 앉았다.
"밭일 재밌었지?"
서범이 씨익 웃으며 물었다.
"그냥, 뭐."
은재는 뭔가 민망한 기분이 들어 두루뭉술하게 대답했다.
"얼굴에 흙 잔뜩 묻히고 할 말은 아닌 거 같다."
은재는 서둘러 손등으로 얼굴을 비벼댔다. 손등에는 아무것도 묻어나지 않았다. 또 똑같은 수법으로 속았다. 서범이 그 모습을 보고 킥킥거렸다.
"에휴, 너넨 안 지 얼마나 됐다고 벌써부터 연애질이냐."
제이가 빈정대며 두 사람을 놀렸다.
"형, 그거 아세요? 은재랑 시장 갔을 때 이은재가 구척이랑……."
서범이 얄미운 표정으로 은재의 바보 같았던 이야기를 하기 시작했다.
"으하하하하하!"
믿었던 혜진이 기주와 함께 제일 큰 목소리로 웃어댔다. 그래, 다들 실컷

비웃어라! 얼굴이 시뻘게진 은재가 원망스러운 눈빛으로 서범을 째려봤다.
소리 내서 웃지 않는 사람은 청민뿐이었다.
"착각할 만하네. 둘이 벌써 많이 친해졌나 보다."
뭐야 저 싱거운 반응은. 청민이 빙긋 웃으며 콜라를 한 모금 마셨다. 어라? 저렇게 웃으니까, 뭔가….
"……혹시 학교 교복 모델 아니에요? 춘추복!"
"품!"
은재의 말에 청민은 마시고 있던 콜라를 뿜었다. 어색하고 어정쩡한 표정으로 웃으며 너풀대는 교복 바지를 입고 있는 훤칠한 남학생. 은재는 1층 세탁실 안에 붙어 있던 '올바른 교복 착용법' 사진 속의 인물이 청민과 동일 인물임을 알아차렸다.
청민은 우스꽝스러운 표정으로 당황하더니 좌절하듯 말했다.
"분명히 다 뗀 줄 알았는데, 아직 남아 있었단 말이야…."
"오, 은재. 청민이 형 당황시키는 거 되게 어려운데. 첫 만남에 한방 먹였네. 그거 청민이 형 흑역사거든."
제이는 뭐가 웃기는지 큭큭 웃었다.
"오빠, 올해에는 제가 오빠를 이어서 교복 모델 해보려고요."
기주가 휴지를 뽑아 건네며 진지한 표정으로 선언하듯 말했다. 기주는 청민을 친한 오빠 이상으로 존경하고 있는 듯했다. 눈빛이 뜨겁게 불탔다.
"그런 거까지 따라 할 필요 없어…. 은재라고 했지? 다음에 보면 그것 좀 떼 줘……."
청민은 민망해하며 기주를 말리고는 입가를 닦으며 조용히 부탁했다.
"아, 그래. 혜진아, 뒷산은 언제 찾아가려고?"
청민이 헛기침을 하더니 다시 젠틀한 표정으로 얼굴을 바꾸며 말을 돌렸다.

"안 그래도 공지하려 했는데, 다음 동아리 시간에 찾아가려고요."
"그래, 잘 생각했다. 나도 그때 댁에 갈 테니까, 그때 보자. 먹은 거 슬슬 치워야겠다."
"잘 먹었습니다!"
다들 청민에게 고맙다며 한마디씩 했다. 피자를 여섯 조각이나 먹어 배가 빵빵해진 슬기가 제일 크게 인사를 했다.

혜진이 별말 없이 묵묵히 피자를 치우기 시작하니 부원들도 따라 정리를 했다. 청민이 같이 치우려고 하자 혜진은 극구 말리며 쉬고 계시라고 말했다. 기주는 청소에서 쏙 빠지더니 쉬고 있는 청민 옆으로 다가가 수다를 떨었다.
'저 인간은 일할 때 얄밉게 쏙쏙 잘 빠진단 말이야.'
은재는 기주와 청민을 슬쩍 쳐다봤다. 두 사람은 웃으며 수다를 떨더니, 청민이 기주만 들리도록 뭐라 귓속말을 했다. 기주는 그 말을 듣더니 기쁜 표정을 지으며 청민을 쳐다봤다.
"진짜요?"
"응, 그러니까 열심히 해라, 기주야. 그럼 난 간다."
청민은 기주의 등을 가볍게 두드리며 말했다. 무슨 얘기를 하는 거지? 청민은 곧 부원들에게 인사를 하고 떠났다.

치우는 게 끝나자 제이가 소리쳤다.
"이제 다들 밭 안으로 모이세요!"

**

"범이가 물주는 법 알려준대."

혜진의 말에 부원들은 다들 서범을 쳐다보았다. 부끄러운지 손등으로 입가를 살짝 가리더니 목을 가다듬고는 준비한 말을 술술 꺼내기 시작했다.

"앞으로 매주 월, 화, 목, 금 이렇게 물을 줄 거예요. 채팅방에 매달 당번 올려드릴게요. 주말에는 경비 아저씨가 종종 주시기로 했고요, 우리는 네 팀이니까 팀별로 일주일에 한 번씩만 주시면 돼요. 각자 짝이랑 상의해서 매주 같이 줘도 되고, 둘이서 격주로 번갈아가면서 줘도 돼요. 아, 비 오는 날은 안 주셔도 됩니다. 그리고 한낮에 물을 주게 되면 땅 온도가 떨어지면서 식물에 좋지 않다니까 이른 아침이나 석식 시간에 주세요."

"네에-."

"밭 양 끝에 호스가 설치되어 있거든요. 호스 끝에는 워터 건이 끼워져 있고요. 먼저 이렇게, 수도꼭지를 열어주고, 방아쇠를 당기면 물뿌리개처럼 물이 나와요. 골고루 뿌리까지 깊이 스밀 수 있게 흠뻑 주세요."

"네에-."

부원들이 대답했다. 수도꼭지를 돌리자 호스로 물이 흐르는 소리가 났다. 갑자기 서범이 워터 건을 잡고 있던 팔을 하늘을 향해 쭉 뻗었다. 그러고는 워터 건의 방아쇠를 당겼다.

"시작이다!"

제이가 소리를 질렀다. 물줄기가 시원하게 뿜어져 올라갔다. 물방울들이 다시 내려와 은재의 머리와 얼굴을 적셨다. 1학년 듀오는 신이 나서 꺄악 소리를 내지르며 뛰어다녔고, 기주는 고봉을 방패 삼아 뒤에 숨어 얼굴을 가리며 웃다가 서범의 호스를 빼앗아 마구 흩뿌렸다. 그러는 사이 제이가 또 다른 쪽에서 호스를 끌고 와 혜진과 은재에게 물을 쏘아대기 시작했다. 텃밭에서 한바탕 물장난이 벌어졌다. 다들 숨을 헐떡이며 깔깔거리며 웃었다. 한참 장난을 친 뒤에는 식물들에게도 구석구석 물을 흠뻑 주었다. 부원들 꼴이 다들 말도 아니었다.

야자 시작 십 분 전임을 알리는 예비 종이 울렸다. 1학년 듀오와 고봉은 오늘 야자가 없다며 곧장 정문으로 빠져나갔다. 부원들은 아우, 추워 같은 소리를 하며 비에 젖은 생쥐 꼴로 서둘러 교실로 올라갔다.

※※

함께 2학년 층을 올라가던 서범이 웃으며 은재에게 물었다.
"오늘 신고식 어땠어? 제이 형이 생각한 건데."
"재밌었어. 그리고… 사실 밭일도 은근히 재미있었어. 인정하긴 싫지만."
은재가 함박웃음을 지었다.
"너 근데 그 꼴로 들어가게? 일로 와 봐."
서범이 은재의 머리끝에 맺힌 물방울을 보며 말했다. 그러는 서범의 머리 상태도 말이 아니었다. 서범은 교실 밖에 위치한 자신의 사물함 앞으로 은재를 데려가더니 깨끗한 수건 한 장을 건넸다.
"대충 털고 들어가자."
"웬 수건들이야?"
"농구하고 나서 쓰려고 둔 거야."
서범이 수건으로 자신의 머리를 마구 털었다. 은재 역시 머리의 물기를 닦아냈다.
"그렇게 해서 어느 세월에 말릴래? 세게 털어. 머리 숙여봐."
서범이 은재 뒤통수에 수건을 올리고는 남자아이 머리를 말려주듯 빠른 속도로 은재의 머리를 마구 헝클어트렸다. 수건에서 섬유 유연제 냄새가 났다.

"야, 머리 다 헝클어져!"
은재가 볼멘소리를 했다.
"이래야 감기 안 걸려. 수건 다 쓰고 사물함 문에 걸어둬. 야자 잘해. 간다."
은재는 머리를 마저 털었다. 은재는 빨개진 얼굴을 하고선, 수건에 얼굴이 가려져서 다행이다, 하고 생각했다.

**

은재는 물과 흙으로 더러워진 체육복을 황급히 교복으로 갈아입었다. 옷을 접으니 체육복 주머니 속에 있던 것이 바닥으로 툭 떨어졌다. 아까 주운 USB였다. 아, 물어보는 걸 깜빡했네. 뭐, 나중에 물어보면 되겠지. 애초에 깊은 땅에 묻혀있던 걸 생각해 보면 버려진 지 꽤 오래된 USB인 듯했다. 옷을 다 갈아입은 은재는 서둘러 반으로 돌아왔다. 벌써 야자가 시작되었는지 교실에는 사각사각 공부하는 소리만 들렸다.
"얼른 들어와서 공부 시작해라-."
야자 감독을 맡은 담임의 조용하고 짧은 핀잔에 은재는 후다닥 자리에 앉아 문제집을 꺼냈다. 손에 들고 있던 USB는 가방 앞주머니 안 더 작은 주머니 속에 찔러 넣었다.

4월

고래 싸움에 새우 등 터진다

 자청비의 외부 담당 교사는 뒷산할매였다. 뒷산할매는 진례고 뒷산에 허름한 집을 짓고 사는 노인으로, 진례고 학생이라면 누구나 아는 유명 인사였다. 그녀는 가끔 무슨 이유에서인지 학교를 어슬렁거렸다. 그런 그녀에게 잘못 걸리면 꼼짝없이 훈계 말씀을 들어야 했기 때문에 다들 할매를 최대한 피해 다녔다. 심지어 선생들조차 뒷산할매에게 쩔쩔맸다. 뒷산할매는 교장과 같은 다도모임 회원이었는데, 교장이 그녀를 상당히 신임하고 있다는 소문은 거의 정설로 받아들여지고 있었다.
 뒷산할매가 제일 싫어하는 것은 학생들이 뒷산에 와서 몰래 노는 것이었다. 뒷산에 한번 불이 크게 난 이후부터라고 했다. 할매는 뒷산에서 애들을 발견하면 노인네 몸에서 나올 수 없는 큰 목소리로 고래고래 소리를 지르며 아이들을 쫓아낸다고 했다.

 '그런데, 그런 뒷산에 산행을 오라고 했단 말이지…….'

은재는 저벅저벅 걸으며 생각했다. 오늘은 공식적인 두 번째 동아리 활동일.
혜진이 지 선생과 함께 앞장서 교문을 나서고 부원들은 그 뒤를 졸졸 따랐다.
"누나, 얼마나 걸려요?"
로훈이 혜진에게 물었다.
"한 십오 분 정도? 길이 좀 헷갈리니까 잘 따라와."
옆에서 고봉이 말없이 헥헥거리며 걷고 있었다.
'나 못지않은 저질 체력이구나.'
은재의 눈에 들어온 건 고봉의 목에 걸린 두꺼운 DSLR 카메라였다.
"고봉아, 카메라 안 무거워?"
은재가 물었다. 고봉은 물을 주러 가는 날이나 잡초 뽑는 날 종종 밭 사진을 찍어 동아리 채팅방에 올리곤 했다.
"응, 사진 좀 찍고 싶어서. 그리고 혜진 언니가 활동 보고서에 쓰일 사진들을 부탁했거든."
고봉이 카메라를 만지작대며 말했다.
"너 진짜 잘 찍더라. 난 처음에 사진작가가 찍은 거 퍼 온 건 줄 알았어."
"고, 고마워……."
고봉이 쑥스러운 듯 얼굴을 붉혔다. 그때, 어디든 끼어드는 것을 좋아하는 제이가 가까이 다가왔다.
"고봉아, 나 찍어봐. 잘 생겨 보이게."
제이는 요사스럽게 브이 표시를 하고는 씩 웃어 보인다. 그런 제이를 골려 주고 싶었던 은재는 고봉에게 뭐라 속삭였다. 그러자 고봉은 크크 웃더니 사진을 찍었다.

"한번 보자. 모델이 좋아서 잘 나왔을 거 같은데! … 야! 최고봉!"

고봉의 카메라에는 잔뜩 줌인 된 제이의 콧구멍만 여러 장 찍혀있었다.
"장난이에요. 다시 찍어드릴게요."
고봉은 킥킥대며 제이를 찍어줬다. 수줍음이 많은 고봉이지만 전보다 부원들을 편하게 생각하는 듯했다. 고봉이 다시 결과물을 내밀었다. 제이가 고개를 반쯤 돌리고 웃음을 터트리는 순간이 포착된 사진이었다. 체육복과 머릿결이 바람에 흔들려 역동적인 느낌이 물씬 났다.
"와, 이거 진짜 제이 선배 맞아? 무슨 스포츠 잡지에 실린 사진 같아."
은재는 감탄하며 말했다.
"이따 집 가자마자 보내주라. 프로필 사진 바로 바꿔야겠는데? 고봉이 넌 이런 감각이 진짜 좋구나?"
제이는 사진이 매우 마음에 든 듯 기뻐했다.
"하하, 지금 올려드릴게요. 핸드폰으로 바로 전송할 수 있거든요."
두 사람의 칭찬에 고봉은 기분이 좋아 보였다.

*

"…진짜 여기 맞아?"
기주가 고봉의 팔을 꼬옥 붙잡으며 말했다. 뒷산을 오 분 정도 오르니 나타난 이 큰 황토집이 오늘의 목적지였다. 뺀질이 지 선생은 뒷산 입구까지만 아이들을 인솔하고는 오늘은 외부 강사 선생님과의 활동이라며 해산하면 연락하라는 말과 함께 어디론가 쏙 사라져 버린 지 오래였다.
집의 한쪽 외벽에는 노란 락카 스프레이 자국이 잔뜩 뿌려져 있었다. 원래 있었던 어떤 낙서를 덮기 위해 그 위에 칠해 놓은 듯 보였는데, 덕분에 더 흉물스러워 보였다. 마당에서는 약재들을 말리고 있었다. 까악까악하고 새들이 우는 소리가 들렸다.
"쫄기는……. 박사님! 저희 왔어요."

제이가 대문 밖에서 큰 소리로 누군가를 불렀다. 이내 덜컹하는 소리가 나며 낡은 문이 열렸다.
"어서들 와라."
'뒷산할매다.'
가끔 학교에서 어슬렁거리는 걸 본 적은 있었지만, 이렇게 가까이서 보는 건 처음이었다. 머리는 하얗게 세고, 눈이 움푹 꺼져있었다. 평소에 늘 입꼬리를 내리고 다녔는지, 얼굴에 팔자 주름이 짙게 박혀있었다. 뒷산할매가 손짓을 하자 혜진과 제이가 앞장서서 집 안으로 들어갔다.
"실례하겠습니다…."
약재 시장에서 맡았던 그 향이 문을 열자마자 코안으로 훅 들어왔다. 외관과 달리 집 안은 아늑하고 고풍스러웠다. 책이 무척 많았는데, 책장뿐 아니라 바닥에도 온통 책들이 쌓여있었다. 약재들, 혈자리가 표시된 사람 모형, 병원 침대 같은 것도 가득했다. 벽에는 각종 상장들이 걸려있었다. 물건들은 정리가 안 된 듯 보였지만 나름의 체계가 있는 것 같았다.

"너네 왔구나?"
식탁에서 청민이 인사를 했다.
"앗, 오빠-!"
기주가 큰 목소리로 청민을 반겼다.
"그나저나 혜진아, 이거 정리 진짜 잘했더라."
청민이 기주의 그 큰 목소리를 못 들었는지 엉뚱하게 혜진에게 인사를 했다. 청민의 자리엔 차와 종이가 놓여 있었다. 맞은편 자리에도 김이 나는 찻잔이 있는 걸로 봐서, 부원들이 오기 전까지 두 사람은 혜진의 자료를 보며 티타임을 보냈던 듯했다.
"별거 아닌데요, 뭐."
혜진이 민망한 듯 웃으며 말했다. 하지만 진짜 민망한 사람은 기주였다.

"아, 아마 못 들으셨나 봐요."
고봉이 눈치를 보며 기주를 위로했다.

**

"못 보던 신입 부원들이 많군. 나를 팽 박사라고 부르면 된다. 뒷산할매가 아니라."
팽 박사가 걸걸한 목소리로 말했다. 대체 무슨 박사라는 걸까? 은재가 뭔가를 발견한 듯 서범을 팔꿈치로 툭툭 치며 작게 속삭였다.
"야! 박사님 말이야, 그때 그 이모네 약업사 사장님이랑 묘하게 닮지 않았어? 분위기는 정반대인데."
은재의 말에 서범은 대꾸 없이 웃기만 했다.
"……거기 새로 들어온 여학생. 뭘 속닥거리지?"
아뿔싸, 팽 박사는 아무래도 귀가 밝은 모양이었다. 박사가 은재를 쳐다봤다.
"죄송합니다…."
"누가 사과하라고 말했나? 똑같은 질문 두 번 하고 싶지 않아. 무슨 얘기를 했지?"
은재는 잠시 주저하더니 말했다.
"……그, 몇 주 전에 본 약재 시장 사장님이랑 닮으신 거 같다고 말했습니다……."
은재의 말을 들은 박사는 이것 봐라 하는 표정으로 말했다.
"내 친언니다."
"으잉, 진짜요?"
옆에서 듣고 있던 제이가 깜짝 놀라며 물었다. 혜진과 박사가 한심하다는 듯이 제이를 쳐다봤다.

"자네는 어떻게 삼 년이 되도록 그걸 몰라? 전에도 몇 번 말했던 거 같은데. ……학생은 다른 학생이 알려줘서 알았나?"
박사가 은재에게 물었다.
"아, 아니요."
이렇게 분위기가 다른데, 설마 친자매였을 줄이야. 은재는 온화한 분위기의 약업사 사장님을 머릿속으로 그려보았다.
"눈썰미 하나는 좋나 보군. 그럼 시장에서 그 난리를 쳤다는 여학생이 자네인가?"
윽, 그날 일을 이미 다 알고 있었구나. 은재는 풀이 죽어 네, 하고 대답을 했다.
"이름이 어떻게 되지?"
"이은재라고 합니다."
박사는 큰 목소리로 말을 이어 나갔다.
"오늘 하려는 약초 산행은, 기본적으로 눈썰미가 좋은 사람한테 유리해. 자, 우리 이은재 학생이 얼마나 잘 캐오는지 두고 보겠어."
찍혔구나. 은재는 우울한 표정으로 고개를 끄덕였다.
"산행 팀은 알아서 나누도록 하시고, 시간 안에 이 산에서 수단과 방법을 가리지 않고 가장 많은 약초를 캐온 팀에게 정말 값진 선물을 줄 테니까, 다들 잘 캐오도록 하게."
이야기를 들은 신입 부원들의 눈이 반짝거렸다.
"대신, 무의미한 살생은 하면 안 되니까, 아무 잡초나 가져오면 감점이야. 어디 보자, 지금이 2시 반이니까 4시까지는 다시 이곳으로 모이도록 하고. 시간이 지나서 들어와도 감점이다."
"박사님이 직접 캐기 귀찮아서 저희 시키시는 거 아니에요? ……아야!"
제이가 깐족거리자 박사가 제이의 팔뚝을 꼬집었다.
"텃밭에서 키우는 약초도 좋지만, 산에서 나는 약초를 직접 캐 보는 것도 중요하지. 자, 이거 한 권씩 돌려라."
혜진은 아이들에게 똑같은 책을 한 권씩 돌렸다.
'포켓 산행 본초 도감 - 50가지.'
책을 받아 든 은재는 책을 차르륵 넘기며 훑어보았다. 꽤나 상세한 약초 사진에 설명이 깨알같이 쓰여 있는 책이었다. 새 책은 아니었고 흙이 묻은 건지 책이 좀 꼬질꼬질했다.
"자, 이 책을 참고해서, 꼼꼼하게 찾아보도록 해. 만약 도감에 나와 있지 않은 약재를 찾으면 2점으로 쳐주겠어. 호미는 필요한 만큼들 챙기시고. 그럼, 시작!"
"네!"
박사는 부원들의 대답을 듣고는 다시 청민 앞에 앉아 둘만의 티타임을 이어갔다.

**

부원들은 황토집 밖으로 나와 토의를 시작했다.
"그냥 짝꿍끼리 나눠서 네 팀 어때요?"
로훈이 손을 번쩍 들고 얘기했다.
"싫어, 나랑 고봉이는 한 번도 산행해 본 적 없는데, 정혜진네 팀에 비해 너무 불리하잖아."
학교 체육복을 입고 온 부원들과 달리 혼자 고급스러운 등산복을 입은 기주가 툴툴대며 말했다.
"누나 되게 진심이시네요. 저희는 그냥 벌레 잡고 놀려고 그랬는데."
슬기가 심드렁한 표정으로 말했다.
"음, 얘기 중에 미안한데, 나랑 유제이는 이번에 안 가. 청민 선배랑 박사님 일 도와드리려고 했거든. 세 팀에서 하면 될 거야."

혜진이 무뚝뚝한 표정으로 말했다.
"그래? 그럼 제이야, 너라도 우리 팀에 들어와서 같이 해주면 안 돼?"
기주가 아양을 떨 듯 말했다.
"오. 그럴까?"
제이가 활짝 웃으며 대답했다.
"야. 유제이, 도와드리기로 한 거는."
혜진이 제이를 불렀다.
'분명 부기장 뽑을 때도 이런 식이었었지.'
은재는 이 상황이 데자뷔처럼 느껴졌다.
"에이, 박사님 일이 급한 것도 아니고. 아마 산행한다고 하면 더 좋아하실걸?"
제이는 구미가 당긴다는 듯한 표정으로 대답했다. 은재는 순간 혜진의 표정이 구겨지는 것을 보았다. 제이는 눈치 없이 기주와 하이파이브를 하고 있었다.
 그때 듣고 있던 서범이 말을 꺼냈다.
"그럼 저희가 불리한데요? 저도 작년엔 산행 안 와서 이번이 처음이거든요."
서범이 웃으며 은재를 쳐다봤다. 은재는 곧 그 뜻을 알아차리고 말했다.
"그래요. 아니면, 혜진 언니 저희 팀에 들어오지 않으실래요?"
"와, 은재 누나까지. 저희는 그냥 둘이 다닐래요. 저희는 욕심 없어요."
슬기가 혀를 내두르며 말했다.
"글쎄, 박사님이랑 약속한 거라 좀 그런데."
혜진이 곤란하다는 표정으로 대답했다.
"에이, 하면 그냥 하는 거지. 은재야, 혜진이는 융통성도 없고 잔소리나 해대서 팀에 별로 도움이 안 될걸?"
제이가 눈치 없이 깐족거렸다. 그 말에 기주가 쿡쿡 웃었다. 둘은 죽이 잘 맞는 듯했다.
"……여쭤보고 올게."
혜진이 입술을 꽉 깨물며 말했다. 눈에 불이 활활 탔다.

**

"야, 이은재. 우리도 올라가기 전에 스트레칭하자."
서범이 은재를 불렀다. 서범이 스트레칭 동작을 시작하고 은재는 그걸 따라 했다.
"제이 오빠도, 그냥 혜진 언니한테 잘 좀 해 주지. 둘이 십년지기라며."
은재가 동작을 따라 하며 서범에게 말했다.
"그래도, 제이 형만큼 혜진 누나 생각해 주는 사람도 없어. 내가 봤을 때, 형은 누나 관심 끌려고 저러는 거야."
서범이 팔꿈치를 다른 손으로 잡아 늘리며 말했다. 은재랑 서범은 두 사람을 엮으며 키득거렸다.
"그것보다 정말 좋은 선물이라니. 그게 뭘까? 몇십 년 된 산삼이라도 주시려나. 아는 거 없어?"
은재가 허리를 앞으로 숙이고는 손을 발끝을 향해 뻗었다.
"글쎄, 잘 모르겠네. 와. 너 진짜 뻣뻣하다. 허리 더 숙이고, 하나, 둘, 셋, 넷."
서범이 은재의 등에 힘을 실어 꾹꾹 눌렀다.
"아! 아! 아파, 아파!"
은재가 소리 질렀다.
"노올고 있다-."
두 사람의 모습을 보고 있던 혜진이 놀리듯 말하며 걸어 나왔다. 호미를 챙겨 들고나왔다.

"박사님이 산행하고 오래."
"누나."
서범이 혜진을 불러놓고는 아무 말 없이 쳐다봤다.
"왜."
퉁명스러운 혜진의 대답에 서범의 입꼬리가 씨익 올라갔다.
"기주 누나가 제이 형 뺏어간 게 그렇게 화나요?"
"……뭔 소리야! 기주랑 유제이랑 친해지면 좋지. 같은 부원인데. 그리고 나도 등산이 하고 싶은 마음도 있고."
"……."
"……아, 정말이야!"
혜진은 누가 묻지도 않았는데 버럭 화를 내듯 변명을 했다.

**

기주는 가져온 가방에서 주섬주섬 뭘 꺼내더니 착 소리를 내며 길게 폈다.
"넌 이린 뒷산 오는데 무슨 등산 스틱을 가져왔어?"
"이 정도는 기본이지."
기주는 또다시 가방을 뒤적거렸다. 등산 스틱이 하나 더 나왔다.
"자, 고봉이, 이건 네 꺼야. 유제이, 미안하지만 네 건 없다. 나도 이렇게 팀이 될 줄은 몰랐거든."
"감사합니다아……."
고봉이 스틱을 받아들고는 배시시 웃었다.
"그것보다 너, ……진짜 나랑 팀 해도 괜찮아?"
기주가 미간을 찌푸리며 제이에게 물었다.
"아까까지는 내가 꼭 필요한 것처럼 말하더니. 왜, 가지 말까?"

"뭐, 그런 건 아니지만, 네 여자 친구한테 별로 미움받고 싶지는 않아서."
기주가 곁눈질로 혜진을 가리키며 말했다.
"에이씨, 여자 친구는 무슨. 쟤 요즘에 얼마나 날 구박하는 줄 알아? 말도 없이 부기장 바꿨다, 어쩐다. 정혜진 쟤도 이번 기회에 나의 소중함을 한번 느껴 봐야 돼."
제이의 말에 기주는 얼씨구 하는 표정을 짓고는 깔깔 웃었다.
"어쨌든 이, 이기주 팀에 들어온 이상, 절대 질 수는 없어. 자 파이팅 하자."
세 사람은 손을 모아 파이팅을 외쳤다.
자청비 부원들은 그렇게 각자의 준비를 끝내고 등산길에 오르기 시작했다.

**

"날씨 좋다아-."
은재가 한껏 기지개를 켜며 말했다. 운동화 밑으로 자박거리는 흙 소리가 들렸다. 바람결에 풀잎이 살랑살랑 나부꼈다. 흙과 나무 냄새가 코끝을 간질이고, 멀리서는 새소리가 들려왔다.
'열심이네.'
은재는 벌써부터 식물들을 샅샅이 살피는 혜진을 보고 혀를 내둘렀다. 그때, 은재의 발치에 이온 음료 페트병이 걸려 '통' 소리를 내며 날아갔다.
"뭐야, 누가 쓰레기를 버렸네. 아무리 주인 없는 산이라고 해도 그렇지."
은재는 페트병을 주우며 말했다.
"주인 없는 산 아니야. 이 산 전체가 박사님 꺼 거든."
"네?"
혜진이 바닥에 시선을 고정한 채 말했다.

"에이, 초입이라 그런가? 별게 없네. ……그, 도감 맨 뒷장 봐봐."
도감 마지막 장은 작가 소개 페이지였다. 박사의 얼굴 사진이 걸려 있었는데 책에 실리는 사진치고는 굉장히 뚱한 표정이었다.
"어, 이 책, 뒷산할, 아니, 박사님이 쓰신 거네요?"
은재는 이어 그 밑에 저자 소개 글을 읽어가기 시작했다.

저자 : 한의사 팽민지
xx대 본초학 박사, xx대 본초학 학사.
자연을 사랑하는 팽민지 한의사는 …… 경기도 진례시에서 40년간 진례 한의원을 운영…. 현재는 은퇴 후…….

"뭐야, 안 어울리게 이름이 민지……. 와, 진례 한의원이라면 옛날에 엄청 잘 되던 한의원이잖아요. 저도 어렸을 때 간 적 있어요. 박사님 한의사셨구나."
"그래, 애들은 괴짜 노인네로 알고 있지만, 대단하신 분이야. 한약재 연구하시려고 한의원을 다 닫고 여기서 사시는 거거든."
혜진이 구부렸던 허리를 펴며 말했다.
'뭐야, 그럼 진서범이 같이 스터디한다던 민지가 박사님이었어?'
은재는 허무해졌다. 서범이 은재를 쳐다보더니 물었다.
"갑자기 왜 혼자 실실 웃냐?"
"응? 안 웃었어."
"웃었는데."
서범이 은재의 얼굴을 뚫어져라 쳐다봤다. 은재는 서범의 눈을 피했다.
"이제 그만 얘기하고 너네도 얼른 찾아봐."
혜진이 주의를 줬다.

※※

"그래애! 이젠 걔가 얼마나 고지식한지 알겠지?"
제이의 말에 기주는 뒤로 넘어갈 듯 자지러졌다. 기주는 제이의 어깨를 마구 두들기며 웃어댔다.
"야, 너 너무 웃긴 거 같아."
기주가 눈물을 닦으며 말했다. 무뚝뚝하고 리액션 없는 혜진과 딴판이었다. 혜진의 트레이드마크인 '그래서 뭐 어쩌라고' 표정과는 정 반대. 별 시답지 않은 얘기를 해도 기주가 빵빵 웃어대는 탓에 제이의 어깨는 높이 치솟았다.
"근데, 아까까진 그렇게 이겨야 된다고 그러더니, 우리 이렇게 노닥거려도 되는 거야?"
제이가 기주에게 물었다.
"뭐, 슬슬 찾아봐야지. 난 혜진이처럼 빡빡하게 안 굴어. 그리고 내가 생각해 둔 게 있거든? ……아오, 뭐가 이렇게 달라붙는 거야. 이거 비싼 등산복인데."
기주가 손으로 다리에 엉겨 붙는 식물들을 떼어내며 말했다.
"그래? 하여튼, 이기주, 내가 널 좀 오해했던 거 같다. 고봉이 스틱까지 챙겨오고."
제이는 의외라는 듯 눈썹을 추켜올리며 말했다.
"언니가 짝 되고 저 많이 챙겨주셨어요. 공부 자료도 많이 주시고……."
고봉이 작은 목소리로 대답했다.
"그래? 난 기주가 우리 고봉이 괴롭히기만 하는 줄 알았지."
제이가 고봉이 메고 있는 배낭을 위로 들었다 놨다 하면서 장난을 쳤다.
"네가 제일 괴롭히고 있거든? 야, 최고봉. 만약에 진짜 너 괴롭히는 사람 있으면 언니한테 말해. 언니가 다 손봐 줄 테니까."

기주가 주먹을 쥐고 흔들었다. 고봉이 해해 웃으며 고개를 끄덕거렸다.

**

"어, 두충나무다. 혜진이 누나, 저 하나 찾았어요."
서범이 소리치자 가까이 있던 은재가 다가갔다.
"이것도 약재야? 그냥 평범한 나무처럼 생겼는데."
은재가 나무 기둥을 매만지며 말했다.
"자, 이거 반으로 갈라봐. 천천히"

서범이 나무의 잎을 건넸다. 은재는 의아한 표정으로 잎을 반으로 천천히 갈랐다. 그러자 갈라진 틈 사이로 가느다란 실 같은 것이 지익 늘어났다.
"와. 뭐야, 이거."
"이게 두충나무 특징이거든. 신기하지. 약재로 쓰는 부분은 이 잎이 아니라 나무껍질 부분이야. 음……. 4, 5월에 채취하면 된다고 하니까. 시기적으로도 딱이네."
서범은 가방에서 주머니칼을 꺼내 나무껍질을 조심스럽게 뜯어냈다.
"약재로 쓰는 건 속껍질이지만, 지금은 그냥 샘플 용이니까, 이 정도면 되겠지."
서범이 뿌듯한 표정으로 작은 지퍼백에 두충나무의 껍질을 넣었다.
"너희들, 하나하나 구경할 시간 없어. 얼른 다른 것도 찾아봐."
혜진은 땅을 두리번거리며 말했다.

'자, 우리 이은재 학생이 얼마나 잘 캐오는지 두고 보겠어.'
은재는 박사가 한 말이 내내 마음에 걸렸다. 초조해지기 시작했다. 은재는 책의 앞부분부터 읽어나가기 시작했다. 가나다순으로 정렬된 약초 가운데 금은화(金銀花)라는 이름이 눈에 들어왔다.
'여름에 흰 꽃이 황금색으로 변한다고. 음, 그럼 꽃 색깔을 보고 찾아봐야겠다.'
은재는 고개를 이리저리 돌려 찾아보았지만 그런 건 찾기 어려웠다. 이윽고 앞장서서 산을 오르던 혜진이 소리쳤다.
"인동초 찾았어."
혜진은 호미로 식물 전체를 조심스럽게 파내고 있었다. 아직 피지 못한 길쭉한 꽃봉오리와 벌써 핀 흰색, 노란색 꽃들이 섞여 있었다.
"어, 언니. ……근데 그거 금은화 아니에요?"
"같은 거야. 금은화는 인동초의 꽃을 말하는 거거든."
서범이 말했다.
'내가 찾으려던 건데. 이러다 진짜 나만 못 찾는 거 아니야?'
은재는 조바심이 났다.

※※

"누나! 기주 누나아-."
멀리서 슬기와 로훈이 헥헥대며 기주 일행을 불러 세웠다.
"뭐야, 너네 기주가 그렇게 반가웠냐? 좀 찾았어?"
제이가 두 사람을 반기며 인사를 했다.
"네. 누나, 여기요. 이거. 삽주인 거 같아요."
슬기가 들고 있던 식물을 뿌리째 기주에게 건넸다.
"그래? 삽주… 삽주…. 에이, 이미 도감에 있는 거네. 어쨌든 땡큐. 수고했어."
갑작스러운 상황이 제이는 이해가 되지 않았다.

"뭐야? 이걸 우리한테 왜 줘?"
"자, 만 원."
기주가 지갑에서 초록빛의 현금을 꺼내 슬기에게 건넸다.
"잠, 잠깐만. 뭐해?"
당황한 제이가 두 사람을 막아섰다.
"감사합니다! 기주 누나가 약재 가져다줄 때마다 용돈 준다고 하셨거든요."
기주는 아랑곳하지 않고 로훈에게 더 물었다.
"또 있어? 있으면 줘봐."
"음. 그럼 이거 한번 보실래요?"
"그래."
기주가 고개를 끄덕이며 손바닥을 내밀며 말했다. 로훈이 들고 있던 것을 기주의 손바닥 위에 올려놨다.
"뭐야……. 악!"
기주가 괴성을 지르자 놀란 새들이 푸드덕하고 날아갔다. 로훈이 참았던 웃음을 터뜨리며 마음껏 웃어댔다.
"야! 매미 시체를……"
기주가 표정을 잔뜩 찡그린 채 가방에서 물티슈를 꺼내 손을 닦으며 말했다.
"아이, 누나! 바닥에 떨어졌잖아요. 시체는 아니고 매미 허물 마른 거예요."
슬기가 바닥에 떨어진 매미 허물을 다시 주워 기주 눈앞에 들이댔다.
"아, 얼른 치워-. 어휴, 됐다. 이제 가."
"네에-."
킥킥거리는 슬기에게 기주가 짜증을 팍 냈다. 두 사람은 신나는 걸음걸이로 사라졌다.

"좋아. 어쨌든 1점!"
기주가 뿌듯해하는 표정으로 삽주를 가방에 넣었다.
제이가 그런 기주에게 기가 차다는 표정으로 한마디를 했다.
"아니, 어떻게 애들 걸 뺏을 수가 있어?"
"뺏었다니? 산 거지. 말은 똑바로 하자."
기주가 언짢은 표정으로 말했다.
"이렇게 해서 이기는 게 무슨 의미가 있냐? 우리 고봉이가 뭘 보고 배우겠어."
제이가 고봉이 어깨를 잡고 앞세워 말했다.
"네? 전······."
"야, 유제이. 고봉이가 어린애도 아니고 보고 배우긴 뭘 배워. 그리고, 같은 팀인데 오히려 나한테 고마워해야 하는 거 아니야? 엔빵해서 산 것도 아니고, 내 사비로 산 거구만."
"그, 그만 싸우세요······."
고봉은 부부 싸움을 말리는 꼬마 애처럼 기어들어 가는 목소리로 둘 사이를 막아섰다.
"뭐야, 너도 보기보다 융통성 없네. 이러려고 혜진이 말고 너 고른 거였는데."
기주가 입술을 삐죽이며 말했다.
"아니, 이게 뭐라고 그렇게까지 이기려는 건데? 이상한 건 너거든?"
"넌 매년 해봤다면서 이게 얼마나 중요한 건지도 모르냐?"
"뭐? 자꾸 아까부터 이게 뭐가 그렇게 중요하다는 거야."
제이가 이해가 안 간다는 표정으로 말했다.
"에휴, 됐다. 그리고, 약초나 찾아주고서 뭐라 하면 말을 안 해. 찾은 것도 없으면서 큰소리는. 산행 3년이나 다녔다며! 이럴 줄 알았으면 그냥 혜진이랑 같은 팀 하는 건데."

기주의 말에 제이는 꿀이라도 퍼 먹은 듯 할 말이 없었다. 말싸움의 승자는 기주로 마무리되었다.

**

'아, 또또. 쓰레기. 어째, 난 쓰레기만 모으는 거 같다?'
은재가 봉투째로 버려진 쓰레기를 들어 올렸다. 안에는 삼각김밥 쓰레기와 빈 캔, 영수증 같은 것이 들어있었다.
"쟤네 이로훈이랑 김슬기 아니야? 야 너네 뭐해!"
서범이 어딘가를 가리키더니 두 사람의 이름을 외치며 그쪽으로 다가갔다. 두 사람은 바위 위에 무언가를 펼쳐놓고 먹고 있었다. 편의점 김밥과 콜라였다.
"소풍 왔냐? 학교에서 점심 안 먹고 왔어?"
"아뇨, 먹었죠. 당연히."
슬기는 안 그래도 빵빵한 볼이 터질 만큼 김밥을 욱여넣고 말했다.
"야, 너네가 바닥에 쓰레기 버렸지."
은재가 주웠던 봉투를 들이밀며 말했다. 그러자 슬기가 억울한 표정으로 등 뒤에서 봉투를 들고 말했다.
"누나! 이거 저희 거 아니에요. 저희 거는 약재 넣을 때 쓰려고 잘 뒀거든요? 자 보세요."
은재가 슬기가 내민 봉투 안을 들여다보았다. 안에는 장난치려고 넣어둔 매미 허물밖에 없었다. 은재는 김이 팍 샜다.
"에구, 오해해서 미안하다."
"뭐예요, 그 시시하다는 표정은!"
슬기가 발끈했다.
"으휴, 입에 든 거나 삼키고 말해. 그 안에 뭐 들어있는데?"

서범이 짧게 핀잔을 주면서 김밥을 하나 날름 집어먹었다.
"별거 아니고 그냥 얘네 장난치려고 모아둔 것들이야. 가자. 너네 덕에 우리가 꼴찌는 아니겠다. 땡큐."
"아 그만 드세요!"
은재는 웃으며 똑같이 김밥을 날름 집어먹었다. 순식간에 김밥을 두 개나 뜯긴 슬기는 두 사람이 더 가져가지 못하도록 김밥을 제 쪽으로 당겼다.
"······저희도 도감에 있는 거 찾았었어요. 지금은 없지만."
가만히 듣고 있던 로훈이 말했다.
"그게 무슨 소리야?"
혜진이 물었다.
"기주 누나한테 팔았거든요."
"야아, 그거 말하지 말랬잖아."
슬기가 당황한 표정으로 로훈의 어깨를 붙잡고는 작은 목소리로 말했다. 로훈이 가만히 있어 보라는 듯 슬기를 조용히 시켰다. 얘기를 들은 혜진이 인상을 쓰고 물었다.
"그걸 샀다고? 그리고 너네도 그걸 덥석 팔고?"

"하지만 박사님이 그러셨잖아요. 수단과 방법을 가리지 말라고. 은재 누나, 누나도 만 원이면 안 팔 거예요?"
'끄응, 만 원? 솔직히 나라도 팔겠다. 편법이긴 하지만, 잘못된 것도 아니고. 아니, 기주 언니는 애초에 이게 뭐라고 만 원이나 주고 이걸 사지?'
은재는 의아했다.
"기주 누나한테 말 안 할 테니까, 저희가 약초 찾으면 이쪽 팀에 가져다 드릴게요. 대신 가격은 만 오천 원."
로훈이 얍삽하게 말했다. 혜진이 로훈의 귀를 꼬집어 잡으며 말했다.
"아, 아!"

"씁, 이게 이러려고! 관심 없어. 걔네한테 왕창 팔든지 말든지, 우리가 더 많이 찾을 거니까 알아서 해!"
혜진이 어금니를 꽉 물며 얘기했다.
"크하하. 마음 바뀌면 언제든지 얘기하세요."
그사이 김밥을 다 먹은 슬기가 말했다. 두 사람은 곧 먹은 걸 정리하고 자리를 떴다.

"……안되겠다. 나는 더 깊이 들어가서 찾고 있을 테니까, 나 신경 쓰지 말고 너네도 최대한 찾아봐."
혜진이 경쟁심에 불이 붙은 듯 혀로 바싹 마른 입술을 훑으며 말했다.
"네?"
서범이 당황한 듯 말했다.
"언니. 혼자서는 위험하실 거 같아요."
"나 벌써 세 번째 산행이야. 괜찮아. 그리고 바로 박사님 집 보이니까 길 잃어버려도 그걸 찾아서 내려가면 되고. 늦지만 않게 내려가서 만나자."
은재가 박사의 집을 내려다보았다. 가까워 보였다. 하긴, 이런 작은 산에서, 별일이야 있을까?
"괜찮다니까."
혜진의 말에 은재는 서범을 쳐다봤지만 어깨를 으쓱할 뿐이었다.
"알겠어요. 너무 위험하게만 다니지 마세요?"
혜진의 강력한 주장에 은재는 결국 항복했다.

※※

"널 오해했다고 생각한 게 오해였어. 욕심만 가득해서는."
제이가 투덜거리며 걸었다.

"그건 나한테 칭찬이야. 청민 오빠처럼 되려면 이 정도는 기본이지."
기주가 흥하고 콧방귀를 뀌며 웃었다.
"으이그, 연청민 그 인간이 뭐 그렇게 대단하다고 따라 하냐? 차라리 날 따라 해라."
"뭐?"
기주가 어이없다는 듯 등산 스틱을 흙바닥에 팍 꽂았다.
"야, 내가 이 동아리에 갑자기 왜 들어온 지 아냐?"
"모르지, 원래 동아리에서 쫓겨났냐?"
제이가 빈정댔다.
"정혜진이 왜 너만 보면 주먹질을 하는지 알겠다. 청민 오빠 때문이야. 난 그 오빠처럼 일학대 한의대 이상 못 들어가면 죽을 각오로 입시 준비를 하고 있거든. 하긴, 너처럼 뭐든 설렁 설렁인 놈이 뭘 알겠냐."
"그래서 3학년이 다 돼서 동아리까지 바꾼 거야? 그전엔 왜 안 들어왔었는데?"
"작년까진 청민 오빠가 이렇게 잘 될지 몰랐지. 일학대 면접 볼 때, 자청비 부기장 활동한 게 엄청 어필됐대. 아, 나 나중에 오빠랑 부부한의원 열고 그러는 거 아니야?"
기주가 호들갑을 떨며 상상의 나래를 펼쳤다. 제이가 꼴 보기 싫다는 표정을 지었다.
"넌 진짜 뭐든지 청민이 형을 따라 하는구나. 쯧, 아무리 그래도, 죽을 각오 그런 말은 함부로 하지 마. 일학대 한의대가 뭐 별거라고. 못 가더라도 다른 거 하면 되지."
제이가 한숨을 푹 쉬며 말했다. 평소답지 않게 사뭇 진지한 말투에 기주는 떨떠름한 표정으로 말했다.
"누, 누가 진짜 죽겠대? 그냥 그만큼 독하게 준비하겠다는 거지. 청민 오빠랑 똑같은 잔소리를 한다, 너."

뻘쭘해진 기주는 말을 돌려 고봉을 향해 물었다.
"고봉이는? 넌 되고 싶은 거 있어?"
"저요? 전…… 웹툰 작가요…….."
"오, 진짜? 넌 손재주도 좋고 감각도 있으니까, 잘할 거 같은데?"
기주가 말했다.
"그런데 왜 약초부에 들어왔어? 학교에 만화부도 있잖아."
제이가 물었다.
"음, 저, 그게……."
고봉이 어색하게 웃으며 말꼬리를 늘렸다.
"뭐야, 고봉이 너 혹시……. 나 때문에 자청비 들어온 거 아니야?"
제이가 습관적으로 윙크를 하며 말했다.
"야, 유제이. 저거 약재 아니야?"
기주가 손끝으로 낮게 자라난 녹색 잎을 가리켰다. 제이는 손끝을 따라 걸어갔다.
"……말하기 싫으면 굳이 말 안 해도 돼."
기주가 고봉만 들리도록 속삭였다.

"오, 잠깐만……. 맞네. 잔대래. 한약재 이름으론 사삼! 어떻게 알았냐? 이기주 나이스!"
제이가 도감과 식물을 번갈아 보며 말했다.
"뭐야, 진짜로?"
기주가 놀란 표정으로 되물었다.
"뭐야, 네가 네 입으로 약재인 거 같다고 그랬잖아."
"……그냥 도감 사진을 계속 봐서 눈에 익었나 봐."
제이가 도감을 한참 들여다보더니 호미로 바닥을 파내기 시작했다. 고봉은 제이 옆으로 쪼르르 달려가 잔대를 사진에 담았다. 기주는 서서 말

없이 고봉의 표정만 살필 뿐이었다.

**

"아무리 봐도 잘 못 찾겠다. 삼십 분밖에 안 남았네."
한참을 쭈그려 앉아 약초를 찾던 은재가 목덜미를 붙잡으며 일어났다.
"너무 걱정하지 마. 나도 하나밖에 못 찾았는데 뭐."
서범이 말했다.
"그래도. 나 그럼 저쪽도 보고 온다?"
은재가 걸어가며 말했다.

**

부스럭, 부스럭. 울창한 나무들 뒤에서 무슨 소리가 들렸다.
'뭐야, 혜진 언닌가? 언닌 뭐 이렇게 깊은 데까지 들어왔데.'
은재는 나무숲 안으로 들어갔다. 곧, 은재의 눈에 들어온 것은 작게 모락모락 피어오르는 연기였다. 은재의 얼굴이 사색이 됐다.
'사, 산불? 전에도 불난 적이 있다고 그랬지. 낙엽 쌓여있는 거 때문에 갑자기 불 확 붙을 수도 있는데, 어쩌지?'
은재는 확인해 보기 위해 연기를 따라 나무들 사이로 뛰어 들어갔다.
"어?"
은재는 몸이 굳은 듯 우뚝 섰다.
연기는 담배에서 나고 있었던 것이었다.
"에이씨."
"그러게 내가 오늘 별로라고 했잖아."
진례고 교복을 입은 남학생과 여학생이었다. 두 사람은 쪼그려 앉아 나무젓가락으로 담배를 피우고 있었다. 이미 바닥에는 담배꽁초가 꽤 많이 쌓여있었다. 담뱃불이 제대로 꺼져 있는지 알 수가 없었다.
"저…… 산에 불날 수도 있어요."
은재가 겨우 용기를 쥐어짜 작은 목소리로 말했다.
"어머, 산불. 미안해……. 지금 바로 끌게."
그 말을 들은 여학생이 미안하다는 표정을 과장되게 짓더니 피고 있던 담배를 바닥에 틱 버리며 킬킬거렸다. 놀란 은재가 담뱃불을 끄려고 다가가자 남학생이 은재의 어깨를 홱 밀치고는 도망갔다. 갑작스러운 힘에 은재는 균형을 잃고 뒷걸음질을 쳤다. 갑자기 몸이 붕 뜨는 기분이 들더니 몸이 뒤로 기울었다. 뒤는 비탈길이었다.
'발을 디뎌야 해.'
짧은 순간이 슬로모션처럼 느껴졌다. 하필이면 발을 디딘 곳은 울퉁불퉁 튀어나온 나무뿌리였다. 오른쪽 발이 미끄러지며 꺾였다. 발등이 지면에 닿았다.
"악!"
은재가 짧은 탄성을 내질렀다. 은재는 그대로 뒤로 넘어져 옆으로 엎어졌다. 우지끈하고 나뭇가지가 부러지는 소리가 났다. 두 날라리는 당황한 듯 은재를 쳐다보더니 짧게 욕설을 내뱉고는 그대로 도망쳐버렸다. 순식간에 벌어진 일에 너무 놀라 아픈 것도 느껴지지 않았다. 멍할 뿐이었다.

"야. 이은재! 괜찮아? 어디 있어?"
쿵 하는 소리를 들은 서범이 멀리서 은재를 다급하게 불렀다. 현실감각이 돌아왔다. 발목이 후끈거렸다.
'못 일어나겠어. 그나저나, 걔네 담배 버리고 도망갔는데, 진짜 산불이라도 나면 어떡하지?'

생각이 밀려 들어왔다.
"여기야, 빨리 와!"
은재가 소리쳤다. 갑자기 서러운 마음이 올라왔다.

"야!"
은재를 발견한 서범이 곧바로 은재가 있는 곳으로 풀썩 뛰어내렸다. 은재의 울 것 같은 표정에 서범이 안절부절못했다.
"뭐야, 괜찮아? 못 일어나겠어? 봐봐."
"다시 올라가서 담뱃불부터 꺼야 돼. 확인해 봐. 두 개야."
"다리부터 봐."
"빨리, 전에도 불난 적 있다며."
은재는 입꼬리를 한껏 내린 채 서러운 마음을 꾹 삼키고 위를 가리켰다. 서범이 한숨을 푹 내쉬더니 올라가 신발 뒤꿈치로 담배를 비벼 껐다.
"됐냐? 어휴. 이제 봐봐."
은재는 오른쪽 다리를 구부리고 있었다. 넘어졌을 때의 모양 그대로였다. 다리를 펴는 순간 찾아올 고통이 무서웠다.
"무서워서 못 펴겠어……."
은재의 말에 서범이 두 손으로 천천히 다리를 들어 폈다.
"아으……."
은재의 앓는 소리에 서범이 덩달아 인상을 썼다.
"일단 저기 앉아서 보자. 나 잡아."
은재가 서범을 잡고 한쪽 다리로 일어나 적당한 바위에 앉았다.
"발 한번 볼게."
서범이 한쪽 무릎은 깔고 반대편 무릎은 세워 그 위에 은재의 다리를 얹었다. 서범의 바지가 더러워졌다. 서범은 은재의 신발 끈을 풀어내고 신발을 헐렁하게 만들어 발에서 쑤욱 빼냈다. 그러고는 양말을 벗겼다. 은

재의 하얀 발등 때문에 빨갛게 부푼 바깥 복사뼈 주위가 더욱 부각되어 보였다. 발가락 사이사이로 시원한 바람이 감돌았다.
"엄청 부었다. 아직 멍은 안 들었네. 움직일 순 있겠어?"
은재가 발을 까딱까딱해 보였다.
"움직일 순 있는데 아파."
"어쩌다 이렇게 넘어진 거야? 혼자 담배라도 피우다 자빠졌어?"
움직일 수 있다는 말에 서범은 긴장을 풀며 농담을 했다.
"내가 뭔 담배야. ……그냥 누가 밀었어."
"뭐? 밀어? 누가."
서범의 인상이 사나워지더니 목소리가 낮아졌다.
"나도 모르지. 우리 학교 사람들인 거 같았는데. 여기서 담배 피우다가 나한테 들키고서 밀치고 도망친 거야."
서범이 입술을 꾹 깨물고 자기 머리를 벅벅 긁더니 한숨을 푸우 내쉬었다. 서범은 혜진에게 전화를 걸어 상황을 대충 설명했다.
"……일단 내려가자. 가면 박사님이 치료해 주실 거야. 일어날 수 있겠어?"
은재는 서범의 팔을 붙잡고 멀쩡한 다리로 힘을 주어 일어섰다. 다친 쪽 다리를 내딛자마자 말했다.
"아무래도 나 좀 부축해 줘야겠는데……."

※

"내 어깨에 팔을 둘러."
서범이 은재의 옆으로 와서 머리를 숙였다.
'그때 그 샴푸 냄새다. ……아오, 이 와중에 그런 생각이 드냐?'
은재는 스스로를 타박했다. 팔을 두르자 서범이 은재의 허리를 지지하며 일어났다. 그러고는 어깨에 걸쳐진 은재의 손을 제 손으로 잡았다.
"손은 왜……."
"야, 이게 원래 부축 자세야. 너 진짜 놓고 간다?"
"그냥 물어본 거야……."
은재가 땅바닥을 보며 말했다.
'손은 또 왜 이렇게 따뜻한 거야……. 내 손에서 땀나는 건 아니겠지?'
은재의 머릿속이 빠르게 돌아갔다.

두 사람은 어기적어기적 산을 내려왔다. 은재는 서범에게 있었던 일을 말했다.
"넌 거기서 그런 말을 왜 하냐? 위험하게."
서범은 아까부터 은재를 구박했다.
"아, 그냥 불날까 봐 별생각 없이 그런 거야……."
은재가 기어들어 가는 목소리로 말했다.
"근데 너, 그 사람들 얼굴은 기억해?"
"아니, 순식간이라……. 우리 학교 교복을 입고 있긴 있었는데."
서범이 듣고는 한동안 아무 말이 없었다.

"……아마 3학년일 거야. 3학년은 동아리 시간에 자습 신청을 할 수 있거든. 동아리에다가는 자습한다고, 반에다가는 동아리 간다고 하고 튀는 거지."
"그런 방법도 있어? 별걸 다 안다."
은재가 대꾸했다.
"야, 안 되겠다. 너무 오래 걸려."
서범이 은재의 팔을 풀어내고는 어깨가 아팠는지 팔을 쭉쭉 폈다. 갑자기 서범이 메고 있던 배낭을 은재 손에 쥐여줬다.

"야, 나 어떻게 가라고…….."
은재가 당황한 듯 불쌍한 표정으로 말을 더듬었다.
"그냥 업혀서 가. 그게 더 편해."
"어? 업혀?"
서범의 말에 은재는 더욱 당황했다.
'무슨 드라마 클리셰도 아니고. 부축도 충분히 민망했는데……. *어부바. 부리 부비바~. 내 사랑 나의 어부바~…….* 아씨, 갑자기 이 옛날 트로트는 왜 떠오르는 거야……'
"또 무슨 생각 하냐?"
서범의 말에 은재는 퍼뜩 정신을 차렸다. 정말 자기가 혀를 빼꼼 내밀고 있었다.
"……너 나한테 업히는 게 그렇게 신경 쓰여?"
서범이 장난스러운 표정의 얼굴을 가까이 붙여 말했다. 은재는 놀라 고개를 뒤로 뺐다. 부끄럽게 하려고 하는 장난인 걸 알았다.
"뭔 소리야! 난 그냥,"
"자."
서범은 쭈그리고 앉아서 허리를 숙여 등을 보였다. 은재가 주춤거리자 서범이 은재의 한쪽 팔을 홱 당겨 자기 어깨 위로 얹었다. 은재가 엉거주춤 업혔다. 서범이 일어나자 은재의 몸이 붕 떴다.

※※

은재는 민망함에 아무 말이나 해댔다.
"3시 48분이네. 늦으면 감점이랬는데."
"넌 이 와중에 그런 생각이 드냐. 지금 나보고 빨리 달리라는 거지?"
"아니이……."

은재는 말을 돌렸다.
"근데, 뒷산에 원래 사람이 자주 와?"
"아니, 우리 학교 노는 애들 아니면 거의 안 와. 여기가 담배 피우기에 딱인가봐. 사람들도 잘 안 다니지, CCTV도 없지……. 원래 박사님은 뒷산에 애들 놀러 오든 말든 별 신경 안 쓰셨었어. 크게 불나기 전까진. 그 후론 매일 아침마다 산을 둘러보시는 거 같더라고."
"그랬구나……."
"게다가 여기 바로 앞 편의점 알바가 애들한테 담배 팔기로 유명하거든."
서범이 대답했다. 은재가 갑자기 서범의 등 위에서 꼼지락거리며 움직이기 시작했다.
"뭐 찾아?"
서범의 말에도 은재는 별 대꾸가 없었다. 그러더니 한 팔로만 서범의 목을 안고 가방 안을 부스럭댔다.
"헤드록 하냐? 두 손으로 잡아. 뭐해!"
서범이 캑캑거리며 힘을 줬다.
"아까 주웠던 쓰레기 보려고."
"그건 왜?"
은재가 기어코 한 손으로 버둥대며 가방에서 쓰레기봉투를 꺼냈다.
"있다!"
"뭐가?"
"박사님이 매일 아침마다 산을 둘러본다고 했지?"
은재가 업힌 채로 불쑥 팔을 앞으로 뻗어 서범 눈앞에 무언가를 가져다 댔다. 편의점 영수증이었다. 서범은 빠르게 구매 목록을 눈으로 읽어 내려갔다.
"아까 그 쓰레기 들어있던 봉투, 편의점에서 주는 비닐이었거든. 비닐이 아직 깨끗하길래 혹시 오늘 버려진 건가 하고 봤는데. 구매 항목에 이거, 담배 맞지? 구매 시간도 몇 시간 전이고."
"진짜네? 그럼, 이거 걔네가 버리고 간 거야?"
"그건 신고해 보면 알겠지. 구매 시간이랑 카드번호 다 적혀있으니까."
은재가 말했다. 서범이 고개를 돌려 업혀있는 은재를 쳐다봤다. 은재는 뿌듯한 미소를 지으며 말했다.
"이래서 쓰레기를 줍는 착한 어린이가 되어야 한다니까."

**

"왔다!"
기주가 서범 등에 업힌 은재를 보고 벌떡 일어나 말했다.
"은재야, 너 괜찮은 거야?"
혜진이 빨개진 눈으로 다가와 은재에게 물었다. 고봉과 1학년 남자애들도 괜찮냐고 말을 걸었다. 은재가 머쓱한 듯 웃으며 괜찮다고 말을 했다.

"이 방으로 들어와."
무뚝뚝한 표정의 박사가 작은방 문을 열었다. 박사는 새하얀 가운 차림이었다. 서범이 방바닥에다가 은재를 내려놨다.
"고마워……."
그때, 침과 알코올 솜 등이 올려진 은색 트레이를 들고 박사가 들어왔다. 양말을 벗기니 아까는 없었던 보랏빛 멍이 올라와 있었다. 박사는 먼저 얼음찜질을 시작했다. 박사가 은재의 발목을 이리저리 살피고는 말했다.
"쯧쯧, 족관절 외반 염좌야."
"네? 심각한 거예요?"

은재가 사색이 되어 물었다.
"그냥 발 삐었다는 걸 저렇게 말씀하시는 거야. 박사님도 참······."
서범이 말했다. 얼음찜질을 마친 박사가 서범에게 말했다.
"이제 침놓을 거니까 나가봐."
서범은 은재를 슬쩍 쳐다보더니 박사에게 인사를 꾸벅하고는 방문을 닫고 나갔다.

"어쩌다가 다친 거지?"
은재는 박사에게 자초지종을 설명했다. 박사는 말을 잠자코 듣더니 아무 말 없이 알코올 솜으로 붉어진 복사뼈를 슥슥 닦아냈다. 은재의 시선이 자연스럽게 박사의 손으로 향했다.
'박사님 손에 화상 자국이 있어······. 그때 생기신 걸까?'
방 안은 조용했다. 문밖에서는 기주가 길길이 날뛰는 듯한 목소리가 울려 퍼졌다. 침이 들어갈 때마다 따끔했지만 그렇게 아프지는 않았다. 여러 개의 침이 복사뼈를 따라 둥그렇게 놓였다.

"뾰족뾰족한 게 꼭 고슴도치 같구나"
박사가 침을 다 놓고는 말했다.
'무뚝뚝한 표정이랑 안 어울리게 귀여운 말을 하시네.'
은재는 속으로 생각했다.
박사는 타이머 버튼을 눌렀다. 가만히 앉아서 쉬라고 하고는 문을 닫고 밖으로 나갔다. 혼자 남은 은재는 알 수 없는 자괴감이 밀려들어왔다.
'잘 좀 해보고 싶었는데······.'
결국 아무 약초도 가져오지 못했다. 은재는 작은방을 이리저리 살펴보았다. 책장에는 한자가 가득 적혀있는 오래된 책들부터 몇 번 펼쳐보지 않은 듯한 깨끗한 책들까지 여러 책들이 이리저리 어지럽게 꽂혀있었다. 책장 위로는 말린 약재들을 넣은 투명한 유리함이 배열되어 있었다.
'박사님은 이 많은 책을 정말 다 읽었을까? 어떤 책에는 비상금 같은 게 꽂혀 있을지도. 아니, 애초에 혼자 사는데 비상금을 숨길 이유가 없겠구나.'
이번엔 벽면을 살펴보았다. 방 벽에는 각종 인증패, 감사패, 어린아이들의 삐뚤빼뚤한 손 편지 같은 것이 걸려있었다.
'사진도 있네.'
은재의 머리 위쪽으로 여러 장의 사진이 붙어있었지만 잘 안 보였다.

'움직이지는 말라 했지만······.'
은재는 침이 꽂혀있지 않은 발을 천천히 일으켜 가까스로 일어났다. 연도가 적힌 사진 위로 체육복을 입은 학생들의 단체 사진이 걸려있었다. 가장 오래된 사진은 15년이 지난 것이었다. 엄격했던 두발 규정 때문인지 여학생들은 모두 짧은 단발, 남학생들은 스포츠머리였다. 화질은 나빠 보였지만 하늘은 유독 파래 보였다. 다른 사진들도 하나씩 구경하기 시작했다.
'여기서부턴 아는 얼굴이 있네.'
은재는 청민의 얼굴을 알아보고는 생각했다. 지금보다도 더 반듯해 보였다.
'그러고 보니 이런 사진을 어디서 봤던 거 같은데······.'
은재는 사진을 찬찬히 들여다봤다.
'이건 제이 오빠 1학년 때인가 보네. 발랄한 거 봐, 지금이랑 아예 똑같잖아. 혜진 언니는 어디 있지? ······엑? 뭐야.'
혜진의 얼굴을 한 여학생은 머리가 샛노란 색이었다. 표정 역시 반항기가 넘쳐 보였다. 지금 모습과는 전혀 매칭이 되지 않았다.
'무슨 일이 있었던 거야······.'

고개를 돌려 작년 사진을 보았다. 제이는 여전히 발랄한 포즈를 하고 있었고, 혜진은 은재가 알고 있는 단정한 모습으로 변해있었다. 서범의 얼굴은 찾을 수가 없었다.
'진서범은 올해가 첫 산행이라고 했지. 그러고 보니 이 사진······.'
동아리 첫날이 어렴풋하게 떠올랐다. 분명 오리엔테이션 때 언뜻 지나간 단체 사진이었다.
'여기에 그 선배도 있겠네······. 김현나. 이 중에 누굴까.'
은재는 다시 작년 사진, 재작년 사진, 그리고 3년 전 사진을 비교했다. 계속해서 등장하는 인물은 두 명뿐 이었다. 매년 똑같은 포즈의 청민과 긴 생머리의 시원하게 트인 눈을 하고 있는 여학생. 얼굴이 작아 잘 보이지는 않지만, 단정하고 싱그러운 웃음이었다. 체구도 작고 얼굴은 동안에 가까웠지만 어딘가 성숙해 보이는 분위기였다.

삐비비비빅 삐비비비빅.

박사가 맞춰놓은 타이머가 요란하게 울렸다. 은재는 저도 모르게 핸드폰으로 작년 단체 사진을 황급히 찍어버렸다. 그러고는 바로 바닥에 앉았다. 문밖으로 저벅저벅 소리가 났다.
"들어가도 되니?"
박사의 목소리였다.
"네, 네!"
'아이씨, 몰래 찍을 생각은 없었는데······.'
은재는 마음에 걸렸지만 궁금한 마음이 있었던 것 역시 부인할 순 없었다.

"집에 가서 틈틈이 얼음찜질 잘 해주고, 그렇게 심각한 상태는 아니지만 많이 아프면 병원에 가봐라."
"감사합니다."
박사가 침을 빼내며 말했다. 빠진 침을 트레이 위에 올려놓는 소리만 퍼졌다.
"약초는 좀 찾았나?"
"아니요……."
은재가 의기소침해하며 말했다.
"옷이 엉망이군. 언제나 끝날 때까지 끝난 게 아니야. 늘 마지막까지 주의하도록. 자, 이거 차고 살살 걸어 나와. 곧 심사를 할 거니까."
박사가 벨크로 발목 보호대를 건네며 딱딱한 표정으로 은재의 등을 두드리고는 트레이를 챙겨 들고나갔다.

**

은재가 절룩거리며 방에서 나오자, 다들 괜찮냐고 한 마디씩 건넸다. 그때, 기주가 화난 표정으로 성큼성큼 다가와 말했다.
"야, 너 거기서 걔네한테 다가가면 어떡해? 네가 무슨 선도부야? 걔네가 어떻게 할 줄 알고!"
"언니이……."
고봉이 기주를 달랬다.
"아오, 화나잖아!"
기주는 머리를 싸맸다. 제이가 은재에게 자기 쪽으로 오라며 까딱까딱 손으로 표시를 했다. 다리를 절뚝이며 다가가자 제이가 은재를 부축해 마당 앞에 놓인 평상으로 데려가 앉혔다.
"기주가 걱정 많이 하더라. 넌 여기 앉아서 심사 구경이나 하고 있어. 그래도, 네가 흥미로워할 소식이 두 가지나 있지."

제이가 눈썹을 위아래로 들썩거리며 말했다.
"뭔데요?"
"일단, 네가 발견한 영수증 가지고 경찰에다가 신고했어. 곧 연락 올 거야. 넌 그걸 어떻게 찾았냐."
벌써 신고까지 마쳤구나. 은재는 고개를 끄덕이며 고맙다는 인사를 했다.
"두 번째 소식은, 정혜진이 네가 다쳤다는 얘기를 듣고 울었어. 자기가 욕심부려서 혼자 다니다가 그렇게 된 거라고."
제이가 씩 웃으며 말했다. 천하의 혜진이 울었다니, 그 무뚝뚝한 얼굴에서 눈물이 흐르는 게 상상이 되지 않았다. 하긴, 1학년 때 사진도 전혀 상상할 수 없는 모습이었지. 은재는 자신이 알 수 없는 뿌듯함을 느낀다는 사실이 웃겼다.
"이은재, 다친 덕에 서범이 등에 업혀도 보고, 은근 나쁘지만은 않지?"
"뭐야. 진짜. 아파죽겠는데. 가세요."
은재가 웃으며 투덜거렸다. 이건 진지하고 우울한 얘기를 싫어하는 제이 식의 위로였다.

**

심사가 시작되었다.
"그럼, 혜진이네 조부터 발표해 봐."
박사가 팔짱을 끼고는 말했다.
"네, 저희 조는 두충이랑, 금은화를 발견했습니다."
식물을 건네받은 박사가 안경을 내려 유심히 살펴보더니 고개를 끄덕였다.
"그래, 잘 찾았네. 또 있나?"

"아니요. 두 개가 전부에요."
서범이 대답했다.
"음, 그럼 둘 다 도감에 있는 식물이니까 2점에, 시간이 지나서 들어왔으니까 1점 감점해서 총 1점이다."
박사가 말했다.
'감점하시는구나…….'
약재도 하나도 못 찾고, 오히려 점수까지 깎아먹다니, 자기 잘못은 아니라는 걸 알면서도 속상한 마음이 차올랐다.

"아니, 박사님. 다쳐서 늦은 건데, 점수 깎는 건 너무하신 거 아니에요?"
기주였다. 박사는 기주를 물끄러미 쳐다볼 뿐 아무런 대답이 없었다.
"그냥 다친 것도 아니고 누가 밀어서 그런 거라는데, 박사님도 들으셨잖아요."
"기주야."
보고 있던 청민이 낮은 목소리로 기주의 이름을 불렀다. 흥분을 가라앉히라는 의미였다. 기주는 입을 꽉 다물고 입술을 달싹이더니 날숨을 푹 쉬고는 눈을 아래로 깔았다.
"……죄송합니다."
"어쩔 수 없어. 룰은 룰이니 그대로 따라야지. 그럼, 기주 학생 조도 발표 시작해."
박사는 별 신경도 안 쓰인다는 듯한 무심한 표정으로 말했다. 고봉이 골이 난 표정의 기주 대신 발표를 시작했다.
"저희 조도 금은화 찾았고요, 삽주랑, 잔대까지 3개 찾았습니다."
"그래, 정확히는 그냥 삽주가 아니라 가는잎삽주다. 이 잔 뿌리가 아니라 이 두꺼운 부분, 근경을 사용하지. 한의학 이름으로는 창출이라고 하고. 그리고 잔대는 사삼이라고 부른다. 수고했어. 3점."

돈까지 써가며 가장 높은 점수를 받았지만, 기주는 별로 기뻐 보이지 않았다. 고봉이 기주의 어깨를 토닥였다.
"두 팀 다 금은화를 가져왔구나. 금은화에 얽힌 이야기를 들으면 기억이 더 잘날 거다. 기장! 아까 준 도감 27쪽에 관련 설화를 읽어봐라."
"네."
혜진이 책을 읽기 시작했다.

"옛날에 금화와 은화라는 쌍둥이 자매가 살았다. 두 사람은 사이가 좋아 매일같이 붙어 다녔다. 두 사람은 죽을 때까지 함께 하자고 맹세했다. 어느 날 마을에 큰 전염병이 돌았고, 금화가 그 병에 걸려 열이 높게 올랐다. 그러나 어떤 약초도 듣지 않았다. 그런 언니를 간호했던 은화 역시 금화에게 병이 옮아버렸다. '저희는 죽어서 이 열병을 낫게 해주는 약초로 태어나겠어요.' 두 사람은 유언을 남기고 그만 죽게 되었다. 얼마 후 두 사람이 묻힌 무덤에서 하얗고 노란 꽃이 피어났다. 사람들이 그 꽃을 달여 먹으니 열병이 낫게 되었다. 그때부터 그 꽃을 금은화라고 불렀다."
책을 읽는 혜진의 목소리에 힘이 없었다.
"잘했다. 금은화는 차가운 성질의 약이야. 열 증상이 있을 때 사용하곤 하지."
박사가 말했다.
"마지막으로 일학년, 너희는 뭘 찾았지?"
"저희는…… 아무것도 못 찾았어요……."
슬기가 기어들어가는 목소리로 대답했다.
"그럼 들고 있던 비닐봉지는 뭐지? 빈 건가?"
박사가 물었다.
"이, 이거는 그냥…… 매미 허물이에요."
슬기가 비닐봉지에서 주섬주섬 꺼내 보였다.

"그게 다인가?"
박사의 무서운 얼굴에 아이들은 말없이 고개만 끄덕였다.
"그래, 너희는 2점. 너희만 도감에 없는 것을 가지고 왔구나."
"네?"
로훈이 놀라 고개를 들어 물었다. 잠자코 있던 청민마저 고개를 휙 돌려 아이들을 쳐다보았다.
"말매미의 허물을 선태(蟬蛻)라고 한다. 피부 진정에 쓰기도 하지. 그렇게 잘 쓰이는 약재는 아니야."
슬기와 로훈은 어안이 벙벙해 보였다.
'당연히 빵점일 줄 알았는데, 정말 박사님 말대로 끝날 때까지 끝난 게 아니구나······.'
은재가 생각했다.
"자, 그럼 일등은······."
박사가 말했다.
'진서범, 이번 산행 되게 기대했던 거 같은데, 나 때문에 별로 구경도 못 했네. 작년에도 못 왔으면서······.'
은재는 자기를 업고 걷느라 더러워진 서범의 체육복 바지를 쳐다보았다. 마음이 불편했다.

"끝날 때까지 끝난 게 아니야. 늘 마지막까지 주의하도록."
"뾰족뾰족한 게 꼭 고슴도치 같구나."

"잠, 잠깐만요!"
은재가 갑자기 소리를 질렀다. 모두의 시선이 은재에게 향했다.
"혹시 저것도 약재예요?"
은재가 서범의 다리를 가리켰다. 다들 어리둥절한 표정으로 다리를 쳐다봤다. 은재가 절뚝거리며 걸어 나와 더러워진 서범의 체육복 바지 앞에 쪼그려 앉았다. 당황하는 서범을 아랑곳하지 않고 은재는 거기에 붙은 무언가를 떼어냈다.
"이거요, 도꼬마리."
은재가 타원형의 뾰족거리는 도꼬마리를 엄지와 집게손으로 잡고 박사에게 내보였다. 무섭게 굳어있던 박사의 표정이 일순간 사르르 풀리며 함박웃음을 지어냈다.
"정말로 눈썰미가 좋구나."
"네?"
"도꼬마리는 한약재 이름으로 창이자라고 한다. 도감에 없던 거니까 2점. 총 3점이구나."
"와! 이은재!"
기주가 기뻐하며 손뼉을 짝하고 쳤다.
"잘했다."
박사가 작게 한마디를 했다. 은재의 얼굴이 화악하고 밝아졌다.

**

"그럼, 1등이 두 명이니까. 두 팀에게 상을 주도록 하지."
박사가 잠깐 집으로 들어갔다. 기주가 기대된다는 표정으로 고봉에게 설레발을 쳤다.
"1등 하면 대체 뭘까? 아, 떨려."
'아까까지 박사님한테 그렇게 화내더니. 단순하긴.'
은재는 웃으며 생각했다. 그러는 은재 역시도 기대하고 있기는 마찬가지였다. 박사가 쇼핑백 세 개를 들고 나왔다. 묵직해 보였다.
"자, 하나씩 받고, 3등만 아무것도 안 받으면 섭섭하니까. 아차상이다."

"와, 감사합니다!"
일학년들이 신난다는 듯 소리쳤다. 묵직한 쇼핑백을 받아든 은재가 기대감을 가지고 안에 들어있는 물건을 꺼냈다.

⟨산행 본초도감 완전판 - 400가지⟩

엑. 도감이잖아. 책 표지를 보니 역시 저자의 이름은 '팽민지'였다. 은재는 허무함에 웃음이 났다. 고개를 돌려 기주를 쳐다보니 역시나 억지웃음을 짓느라 한쪽 입꼬리 끝이 움지럭거렸다.
1학년들은 ⟨포켓 산행 본초도감 - 50가지⟩를 받았다. 하지만 기주에게 이미 만 원을 받았으니, 제일 만족스러운 건 이들 팀이었다. 이미 상품을 알고 있었던 청민과 제이, 혜진은 쿡쿡거리며 웃었다.
"와, 감사합니다!"
책을 진심으로 기뻐하며 받은 사람은 서범뿐이었다.
"기념으로 단체 사진 찍자!"
제이가 소리쳤다. 고봉이 삼각대에 자신의 카메라를 설치하기 시작했다.

두충 杜仲

Eucommiae Cortex
두충과에 속한 두충나무의 수피

(효능) 근골을 강하게해준다.
　　　임신을 건강하게 유지할 수 있도록 도와준다.

나뭇잎 혹은 나무껍질을 꺾으면 끈끈한 흰 수지의 실이 가늘게 늘어진다.
4~5월에 나무의 껍질을 벗겨내고 그중 겉껍질을 제거하여 사용한다.

창이자 蒼耳子

Xanthii Fructus
국화과에 속한 도꼬마리의 과실

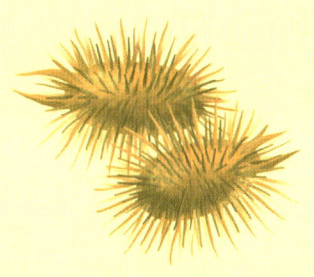

(효능) 두통, 코 막힘 등을 치료한다.

우리나라 각지 들판에 분포한다. 표면에 갈고리 모양의 가시가 나 있다.
이로 인해 동물의 털이나 옷 등에 잘 달라붙는다.
독성을 가지고 있으므로 다량 내복은 피해야 한다.

진심을 담아 하는 거짓말

산행을 마치고 약초부 부원들과 청민은 뒤풀이로 주변 중식당에 들어왔다. 큰 원형 테이블에 다 같이 앉아 짜장면과 탕수육을 먹으며 수다를 떨었다.
"아, 오빠. 일등 하면 엄청나게 좋은 거라면서요! 들고 오느라 무거워 죽는 줄 알았네."
기주가 청민에게 툴툴거리며 말했다.
"기주 너, 나 대학 붙고 나서부터는 내 말이라곤 다 믿으니까 장난친 거지. 그전까지는 귓등으로도 안 들었으면서."
청민은 호탕하게 웃어댔다. 제이는 두 사람 사이에 끼어서 깐족거렸다.
"그러게 맨날 청민이 형만 따라 하더니, 쯧. 형, 얘가 아까 저한테 뭐라 그랬는지 알아요? '넌 매년 해봤다면서 이거 이기는 게 얼마나 중요한 건지도 모르냐?' 똑같죠, 똑같죠."
제이가 기주의 카랑카랑한 말투를 흉내 냈다. 청민은 뭐가 그렇게 웃긴지 숨까지 헐떡이며 웃었다.

"아, 야!"
얼굴이 시뻘게진 기주가 팔을 뻗어 제이를 붙잡으려 했지만 역부족이었다. 세 사람을 구경하던 은재가 기주에게 말했다.
"언니, 아까는 좀 감동이었어요. 박사님한테 한마디해 주셨잖아요."
"……됐어."
기주의 얼굴이 더욱 새빨개졌다.
"이기주, 내가 말했지. 넌 청민이 형이랑은 완전히 틀려. 이 형은 진짜 쫄보거든? 형이 오히려 너한테 배워야 할걸."
제이의 말에 청민은 말없이 물을 홀짝이며 슬며시 웃었다.

"그나저나 아까 금은화 쌍둥이 이야기 말이야. ……난 들으면서 현나 생각이 나더라. 혜진이가 현나를 친언니처럼 따랐잖아. 맨날 붙어 다니려 하고."
청민이 말했다.
'현나……. 혜진 언니가 현나 선배랑 가까운 사이였구나.'
동아리 사람들이 현나에 대해 직접 언급을 하는 것은 처음이었다. 은재가 혜진의 표정을 힐끔 쳐다봤다.
"네……. 그랬죠. 언니도 같이 왔으면 좋아했을 텐데……."
혜진은 어색하게 웃으며 말했다.
"……형, 그런 얘기는 왜 하세요. 얘기 안 하기로 했잖아요."
제이가 굳은 표정으로 청민에게 말했다. 정확히는 화가 나 보였다. 자리는 순식간에 찬물 끼얹듯 차가워졌다. 청민은 짧게 사과를 했다. 서범 역시 표정이 어두웠다.
'역시 현나 선배의 실종은 부원들이랑 관련이 있는 걸까?'
은재는 부원들이 갑자기 멀게 느껴졌다. 작년에 있었던 일. 은재는 아는 게 하나도 없었다. 고봉 역시 눈치를 보며 쥐 죽은 듯 조용히 땅만 쳐다보고 있었다.
그때 나서는 건 기주였다.
"뭐예요, 신입 부원들은 모르는 얘기나 하고. 야, 유제이. 너 이 분위기 어쩔래?"
"…미안."
제이가 웬일로 순순히 사과를 했다.
"자, 한잔 해!"
기주는 유리컵에 콜라를 잔뜩 따라 제이에게 건네고는 킥킥거렸다. 혜진이 피식 웃었다.
"근데 청민 오빠, 저 궁금한 거 있어요."
기주가 청민에게 말을 걸었다.
"뭔데?"
"대학교 가면 술 진짜 많이 마셔요? 마시면 재밌어요?"
기주는 발랄한 목소리로 엉뚱한 질문을 했다. 청민이 잠깐 생각을 하더니 대학교 MT 때 있었던 일을 얘기하기 시작했다. 얼어붙었던 분위기는 다시 조금씩 밝아졌다.

**

은재의 핸드폰에 진동이 울렸다. 지역 번호로 시작하는 모르는 번호였다.
'혹시 경찰인가?'
"나 잠깐 전화 좀 받고 올게."
은재는 옆자리의 고봉에게 조용히 말하고는 자리에서 일어나 절뚝이며 왁자지껄한 식당에서 벗어나 문을 열었다. 늦봄 저녁이라 그런지 시원한 공기가 얼굴을 감쌌다.

"여보세요?"
"고객님 안녕하세요? 우리 텔레콤입니다. 고객님께서는 현재 ……."
'에이, 뭐야.'
기계음 목소리의 통신사 홍보 전화였다. 은재는 전화를 뚝 끊었다. 은재는 검은 핸드폰 화면을 바라보며 생각에 빠졌다.
'……아까 현나 선배 얘기가 나왔을 때 제이 오빠는 왜 그렇게까지 정색한 거지?'
은재는 핸드폰 사진첩에 들어가 아까 찍어둔 단체 사진에서 현나로 추정되는 여학생의 얼굴을 확대해 보았다. 분명 아까 봤을 때는 단순히 웃고 있는 것처럼 보였는데, 보면 볼수록 오묘한 느낌이 들었다.
'괜히 실종됐다고 그러니까 묘하게 느껴지는 건가?'
은재는 사진 속 여자의 눈을 뚫어져라 쳐다봤다.
"너한테 이 사진이 왜 있어?"
목덜미 뒤로 느껴지는 서늘한 목소리. 제이였다.
"으악!……아야……."
놀란 은재는 발이 다친 것을 잊고 땅을 세게 짚다가 통증에 핸드폰을 떨어뜨렸다. 제이는 떨어진 핸드폰을 주워 바지에 툭툭 문질러 닦고는 은재에게 건네주었다.
"조심해, 여기. 액정은 안 나갔다."
은재가 아무 말도 하지 못하고 가만히 있었다.
"박사님 댁에서 찍은 거야?"
"네, 그런데 그게……."
"은재 너, 현나 누나가 어떻게 된 건지 궁금해 죽겠지?"
"……."
"우리 사이에 숨기기는. 궁금하면 말을 하지."
제이가 습관적인 윙크를 했다. 은재는 제이가 그렇게 화난 것은 아닌 것 같아 한시름을 놨다.
"꼭 그런 건 아니에요. 불편하실 텐데 말 안 하셔도 돼요."
"어차피 너도 소문은 들어서 어느 정도는 알고 있을 텐데, 뭐."
제이가 웃으며 말했다.
"……."
"대신, 나 화장실까지만 같이 가주라. 사실 혼자 가기 무서워서 계속 참고 있었거든."
제이는 장난스럽게 말했다. 두 사람은 어색하게 동행했다.

"우리 동아리에서 현나 누나는 금기어 같은 거야. 현나 누나 얘기가 나오면 분위기가 영 이상해지거든. 아까는 나 때문이긴 했지만, 뭐. 현나 누나가 사라진 날이 동아리 마지막 날이었어. 그 덕에 우리들은 별별 소문에 다 시달렸고. 제일 괴로운 건 우리였는데."
은재는 제이의 말을 잠자코 듣기만 했다.
"특히, 혜진이. 혜진이가 현나 누나를 되게 많이 따랐었는데. 이미 혜진이 1학년 때 사진도 봤겠네?"
"네……."
"노란 머리 진짜 촌스럽지 않냐? 걔가 고1 초반에 진짜 많이 방황을 했었어. 걸핏하면 남들이랑 싸우고. 걔를 지금의 범생이 모습으로 만든 게 현나 누나야. 현나 누나는 어떻게 보면, 뭐랄까, 좀 사이비 교주 같은 사람이야. 사람을 잡아끄는 면이 있거든. 같이 있으면 나도 특별해지는 것 같고, 티끌 하나 없는 사람처럼 보이기도 하고. 와, 완벽한 사람이 진짜 있긴 있구나, 라는 생각을 하게 돼. 은재, 넌 완벽한 사람이 있다고 생각해? 나는 빼고."
제이는 그 와중에 시답지 않은 농담을 했다. 은재는 한참 생각하더니 말했다.

"…글쎄요? 생각해 보면 청민 선배도 꽤 완벽한 편이지 않아요? 훤칠하고 성격 좋고 공부도 잘하고."
"하하, 몰라서 그렇지 그 형이 쫄보 같다는 말, 농담만은 아니야. 아까 금은화다 뭐다 현나 누나 얘기를 꺼낸 것도 혜진이의 반응을 떠보려고 말한 거야. 직접 말은 안 하는데 꼭 그런 식으로 혜진이 눈치를 살피더라?"
제이가 웃었다.
"정확히는 혜진이가 현나 누나를 엄청나게 동경하고 닮고 싶어 했어. 그 누나한테 가장 인정받는 사람이 되고 싶어 했거든. 기주도 그렇고 혜진이도 그렇고, 왜들 그렇게 선배를 따라 하고 싶어 하는지. 장점은 제각기 틀린 건데. 그렇다고 그 선배들이 그렇게 잘난 사람들도 아니고. 하여튼, 누나 사라졌을 때 제일 정신없던 사람이 혜진이야. 오죽하면 무단 조퇴까지 해가면서 찾아다녔겠어."
"그랬군요……."
"그런데 전화를 해도, 문자를 보내도 아무런 답이 안 왔었어. 현나 누나한테 혜진이는 아무것도 아니었던 거야……. 나 같으면 진짜 섭섭할 거 같은데, 혜진이는 괜찮다는 말만 하고. 오, 사람 없다. 화장실 갔다 올 동안 가지 말고 기다려!"
제이는 담담하게 말을 하다가 건물 안 화장실에 들어갔다. 은재는 그 앞에 서서 생각을 정리했다.
'섭섭함? 현나 선배가 죽어서 연락을 못한 걸 수도 있는데 그런 게 중요한가?'
금방 나온 제이는 심각한 표정의 은재에게 씻은 손에 남아 있는 물기를 튀기며 장난쳤다.
"아, 유치하게. 하지 마세요. 기껏 기다려줬더니만."
"심각해하기는. 현나 누나는 안 죽었어."
"네? 오빠가 그걸 어떻게 아세요?"

은재가 놀란 눈으로 물었다.
"올해 1월에 날 찾아왔었거든."
"네?"

뭐야, 역시 죽었다는 건 헛소문이었나?
"그럼 왜 아직도 그런 소문이 도는 거예요? 동아리에서는 왜 언급하면 안 되는 거고요?"
"그 누나를 직접 본 사람은 나밖에 없거든. 그 누나가 살아있다고 말할 만한 증거도 없고."
"왜요? 그 선배랑 연락한 걸 보여주던가 하면 되잖아요."
"연락처를 몰라."
"네? 방금은 만났다면서······."
은재가 미간을 찌푸리며 묻자 제이가 설명했다.
"그 누나가 나를 직접 찾아왔던 거였어. 연락처는 안 알려주더라. 올해 1월에 내가 다니는 학원으로 왔었는데, 어떻게 안 건지는 모르겠어. 그 후론 한 번도 본 적 없어."
"그런 거예요? ······무슨 얘기를 했는데요?"
은재는 아직 상황 파악이 잘 되지는 않았지만 궁금한 대로 물었다. 제이가 곤란한 표정을 지었다.
"이런 얘기 해도 되나. 하하······. 다른 사람에겐 절대 말 안 하겠다고 얘기해."
"네, 당연하죠."
"자기가 혜진이를 싫어한다는 얘기였어."
"······네? 혜진 언니요? 아까는 친언니처럼 챙겨줬다면서요."
은재는 어안이 벙벙했다.
"나도 처음에 듣고 어이가 없었어. 내가 알던 사람이 맞나? 오랜만에 보고서는 한다는 얘기가 그런 얘기니까."
"혜진 언니를 왜 미워하는데요? 뭘 잘못했어요?"
은재가 질문을 퍼부었다.
"……나도 이유를 듣고 되게 어이없었어. 혜진이가 한참 사고 치고 다닐 땐, 그 모습이 질투 났었대. 그때 걘 선생님이고 선배고 안 가리고 하고 싶은 말을 다 하고 다녔거든. 그래서 혜진이 성격을 자기랑 비슷하게 바꾸려고 한 거야. 자기 성질을 줄이고, 남들이랑 잘 지내는 게 얼마나 좋고 편한지 알려준 거지. 그 자체는 혜진이한테 나쁜 일인지 좋은 일인지 난 모르겠어. 그건 정혜진이 선택한 일이니까."
"그래서 싫어했던 거예요? 그럼 더이상 혜진 언니를 싫어할 이유가 없잖아요."
"막상 혜진이가 자기처럼 말 잘 듣는 애로 변해버리니까, 또 그 꼴은 보기가 싫다는 거야. 그건 자기가 싫어하는 자신의 순종적인 모습이니까. 게다가 그때 혜진이네……. 아, 더이상 얘기하면 너무 사생활이니까 좀 그렇지만, 어쨌든 어떤 모습을 해도 마음에 완벽하게는 안 들었던 거지."
은재는 말문이 막혔다. 제이의 말이 맞다면 현나는 말 그대로 꼬일 대로 꼬여있는 인간이었다.
"그날 선배는 굉장히 횡설수설했었어. 자기에 대한 얘기에는 전혀 대답을 안 해줬고. 그러면서 혜진이가 잘 지내고 있는지, 다시 사고 치고 다니진 않는지 물어보더라. 걱정하는 표정으로. 말에 앞뒤도 안 맞고, 아직 생각 정리가 잘 안 돼 있는 것 같았어."
"……근데, 그런 얘기를 왜 오빠한테 한 거예요?"
"……내가 성격이 좀 가볍잖아. 그런 내가 혜진이한테는 아무 말도 못 하고 끙끙거리는 꼴을 보고 싶어서 말했대. 그 누나는 나를 컨트롤하고 싶어 했던 거 같아. 아니면 자기 속이 좀 답답했나? 아니면 내가 혜진이한테 말해주기를 원하는 거였을지도 모르지."
제이가 기지개를 켜며 말했다.
"어떻게 그럴 수가 있어요?"
은재가 따져 묻듯 물었다. 머릿속이 너무 복잡했다.
"원래 불안한 사람들은 남을 통제하면서 안정을 얻고 싶어 하거든. 심리학적으로 그래."
제이가 말했다.
"어찌 됐든, 난 그 누나 소원대로 이 얘기 정혜진한테 말 못 해. 걘 배신감을 넘어서 일상생활도 못 할걸? 고3인데 그럼 되겠냐. 그 누나랑 더 이상 엮이게 하고 싶지도 않고. 어떤 일은 모르는 편이 나을 때도 있겠지. 그래서 부원들한테는 그 누나가 살아있다는 사실만 어찌어찌 알려줬어. 에휴, 정혜진 얜 나의 시름이 이렇게 깊다는 걸 알고나 있는지."
제이가 한숨을 푹 쉬며 말했다. 제이에게 혜진은 뭘까. 은재가 쉽게 이해할 수 있는 관계는 아닌 듯 보였다.
"난 그래서 현나 누나를 그렇게 완벽하고 무조건 좋은 사람이라고 생각하지는 않아. 너무 생각이 많거든. ……오늘 한 얘기는 비밀이다? 나랑 그 누나랑 직접 만났다는 건 당연히 더더욱 비밀이고. 그럼 정혜진이 꼬치꼬치 캐물을 거 아니야. 좀 섭섭하더라도 그냥 살아있다는 것만 알면 되지. 안 그래?"
제이가 너털웃음을 지었다. 그래서 아까 현나 얘기에 그렇게 정색을 했구나. 은재는 몸살이라도 난 것처럼 머리가 지끈거렸다.
"……그러면 저한테는 왜 알려주시는데요?"
"음, 뭔가 너라면 그 누나를 찾아서 설득할 수 있을 거 같아서. 솔직한 마음이 뭔지 말하도록 말이야."
"네? 찾아요?"
"남자의 직감이랄까. 그냥 느낌이 그래. 넌 눈썰미가 좋으니까. 너무 오래 나와 있었다. 들어가자."
제이가 말했다. 내가 설득할 거 같다는 건 무슨 뜻이지. 애초에, 그 언니를 찾지도 못할 텐데.
'어쨌든 죽은 건 아니라니까 다행인 건가?'
현나는 제이에게만 찾아왔던 걸까. 은재가 복잡한 마음을 누르며 식당으로 들어갔다.

**

"너네 뭐 하다가 이제 와?"
혜진이 같이 들어오는 두 사람을 보고 말했다. 자리에는 후식으로 중국식 작은 찹쌀 빵이 놓여있었다.
"은재가 화장실 가기 무섭다고 기다려달라잖아."
제이가 앉으며 말했다.
"제가 언제요? 오빠가 기다려달라면서요."
은재가 황당해하며 말했다.
"야, 근데 정혜진. 아까 은재 다쳤다는 얘기 듣고서 왜 울었냐?"
"울긴, 누가 울어?"
혜진이 제이의 등짝을 따갑게 때렸다.
"또 싸운다 또. 저 둘은 볼 때마다 싸우네."
기주가 찹쌀 빵을 집어먹으며 고개를 가로저었다. 하지만 은재 눈엔 혜진에게 구박받는 제이가 좀 다르게 보였다.

**

뒤풀이까지 마친 부원들은 각자 집으로 흩어졌다. 은재와 서범만 집이 같은 방향이었다. 서범이 은재의 절뚝이는 걸음걸이에 맞춰 걸었다.
"아까보단 괜찮나 보네. 너 제이 형이랑 뭐 하느라 오래 걸렸냐? 진짜 화장실 기다려달라고 한 거야?"
서범이 물었다.
"아니라니까. 그 오빠가 화장실 무섭다고 그래서 기다려 준 거야."
은재가 신경질을 내며 말했다.
"그 다리로 잘 하는 짓이다."
"왜, 신경 쓰이냐?"
은재가 웃으며 장난삼아 얘기했다. 하지만 서범은 아무 대꾸가 없었다.
'뭐야, 뻘쭘하게……. 지는 맨날 이런 장난치면서.'
은재는 서범을 슬쩍 쳐다봤다. 서범은 하나도 웃고 있지 않았다.
"그래. 신경 쓰여. 둘이 무슨 얘기 했어? 계속 심각한 얘기 하다 왔잖아."
서범이 말했다. 예상치 못한 대답에 은재는 당황했다.
'귀신이네. 제이 오빠가 오늘 얘기는 비밀로 하라고 했었는데. 어쨌든 부원들은 그 선배가 살아있다는 걸 모두 알고 있다고 했지.'
은재는 열심히 머리를 돌리고는 말했다.
"그냥……. 현나 선배에 대해 알려줬어. 살아 있다고. 내가 안 좋은 소문을 믿을까 봐 그랬나 봐."
은재가 말했다.
"제이 형이 그래?"
서범이 더더욱 굳은 표정으로 말했다.
"내 생각엔…… 그 형이 거짓말을 하는 거 같아."
거짓말? 은재는 온몸이 얼어붙는 것 같았다.
"하지만 제이 오빠가 분명히……!"
직접 만났다고 했다고. 은재는 말을 못 하는 게 너무나 답답했다.
"1월에 우리한테 단체 이메일이 왔었어. 현나 누나의 이름으로."

서범이 말했다. 메일은 또 무슨 얘기지?
"……그럼 어쨌든 살아있는 게 맞잖아."
"근데 그 메일, 현나 누나가 보낸 게 아니야. 제이 형이 보낸 거지."
"뭐?"
은재는 우뚝 서서 물었다. 점점 일이 꼬여가는 것 같았다.
"보여줄게."
서범은 이메일을 찾아 은재 눈앞에 들이밀었다.

> 다들 안녕, 갑자기 말도 없이 사라져서 미안해.
> 지금은 재수하면서 가족들하고만 연락하고 지내고 있어.
> 너희에게라도 말을 했어야 하는데, 많이 걱정했지? 사실 이 이메일도 겨우 용기 내서 보내는 거야. 다른 사람들한테 내 얘기는 하지 마. 답장도 하지 말아 줘. 아직은 모든 게 부담스러워. 아무래도 난 다른 사람들이랑은 많이 틀린가 봐. 이 이메일 주소는 바로 없앨 거야. 부탁할게.
> 정말 미안해. 다들 잘 지내.
>
> -김현나-

"이게 왜?"
은재가 의아해하며 물었다.
"현나 누나는 절대 '다르다'와 '틀리다'라는 말을 바꿔 쓰지 않아. 그런데 메일 보면 그런 실수가 있거든."
서범이 잠깐 쉬고 말을 이었다.
"그리고 부원 중에 그런 말버릇을 가지고 있는 사람은, 제이 형뿐이야."

"이기주, 내가 말했지. 넌 청민이 형이랑은 완전히 틀려."

그러고 보니 그것은, 정말 제이의 특이한 말버릇이었다.

"내 생각이지만, 아마, 제이 형은 부원들을 위해서 가짜로 메일을 보낸 거 같아. 우리가 너무 괴로워했었거든. 특히 혜진이 누나가. 정말로 이 메일 이후로 사람들은 정신을 차렸어. 그때부터 동아리 활동도 정상으로 돌아갔고. 그냥 나만 괴로운 게 나을 거 같아서 형한테 물어보지는 않았어. 어쩌면 나도 그 메일이 정말 가짜라는 걸 믿고 싶지 않은 걸 수도 있고. 나도 그동안 나름 마음의 정리를 했어. 어쨌든, 우리는 이 이후로 그 누나 얘기를 꺼내지 않기로 했어. 그리고 그걸 제안한 사람도 제이 형이었고. 그냥 그 누나 얘기로 힘들고 싶지 않았나 봐."

'제이가 말했던 현나 선배가 살아있다는 걸 부원들에게 알렸다는 방법이 이거였나? 굳이 이런 거짓말까지 해가면서?'
은재는 제이의 말을 꼼꼼히 돌이켜보았다. 사실, 제이가 현나를 만났다는 것에는 어떠한 증거도 없었다.
'메일을 보낸 이유가 만약 그런 선한 의도가 아니라면······?'
은재의 머릿속에 불쾌한 상상이 시작됐다.
'그 선배가 살아있는 것처럼 보이게 하려고 한 거라면? 그러고 보면 현나 선배의 얘기가 나오는 걸 가장 싫어하던 사람도 제이 오빠였지.'

"그리고, 만약에 ······죽은 게 맞다면, 그건 어쩌면 나 때문일지도 몰라."
"뭐?"
은재가 큰 소리로 말했다. 서범의 갑작스러운 고백에 은재는 심장이 떨어지는 듯한 기분을 느꼈다.
"그 누나를 마지막으로 본 사람이 나거든. 그 누나······ 다들 금요일에 실종됐다고 알고 있지만, 내가 토요일 날 만났었어. 그리고 그날 내가 누나한테 상처될 만한 말을 했어. 뭐, 나도 어쩔 수 없었던 일이었지만……."
서범의 목소리가 죄책감에 떨리고 있었다.
"……."
"미안. 갑자기 이런 얘기를 해서. 이건 청민이 형밖에 모르는 얘기야. 그래도 너한테 말하고 나니까 속 시원하다. ……고마워."
"뭘……."
은재가 힘없이 대답했다.
'대체 무슨 상처를 줬던 거야…….'
은재는 가장 궁금한 질문을 서범에게 차마 물을 수가 없었다. 어느덧 말 없이 걷던 두 사람의 길이 갈렸다. 둘은 어색하게 인사를 하고 헤어졌다.

※※

은재는 씻지도 않고 침대에 벌러덩 누웠다. 누구의 말이 진짜일까. 섣불리 제이에게 가짜 메일을 보냈는지 물어볼 수도 없는 노릇이었다. 서범은 실종 직전에 왜 마지막으로 그 누나를 만난 걸까. 그러고 보니까 현나 선배한테는 입시가 끝나고 사귀기로 한 사람이 있었다고 했다.
'그게 혹시 진서범이었나? 그 정도의 상처를 줄 수 있는 사람은 연인 관계이긴 하지……. 됐다. 됐어, 지금 그게 중요하냐.'
은재가 베개에 머리를 파묻었다. 머리가 복잡해 누구라도 붙잡고 말해 머릿속을 마구 비워내고 싶은 느낌이었다.

※※

은재는 석식을 먹고 반에 돌아와 책상에 엎드려 있었다.
"휴."

은재가 깊게 한숨을 쉬었다. 안 그래도 꿀꿀한데 날씨까지 흐렸다.
"야, 이은재. 너 요즘 왜 그래? 그날이야? 아니면 다리 다친 거 아파서 그래?"
승미가 엎드려 있는 은재 눈앞에 손바닥을 흔들어 보였다.
"아니, 그냥……."
목소리에 힘이 쪽 빠져있었다. 일주일이 넘어가는 은재의 저기압에 승미마저 은재의 눈치를 보고 있었다.
"……안되겠다. 오늘은 진짜 야자 쨰고 카페 가서 놀자."
"에이, 걸릴 거 같은데."
승미의 말에 진아가 반대를 했다.
"가자, 가자. 내가 쏠게. 응?"
승미가 웃는 얼굴로 말했다.

**

"아, 오랜만에 먹으니까 맛있다."
승미가 시원한 초코 라떼를 두툼한 빨대로 쪼옥 빨아 마시고는 말했다. 은재는 한참 말없이 음료수를 먹다가 말을 꺼냈다.
"승미 너……혹시, 그 김현나라는 선배에 대해서 아는 거 있어?"
"뭐야, 뭐야? 진짜 그 언니 사라진 거 그 약초부랑 관련 있는 거야?"
승미가 흥미를 보이며 말했다.
"아니, 그냥……. 동아리 활동하다 보니까 네가 했던 말이 생각나서 갑자기 궁금해서. 동아리에선 그 언니 얘기 아예 안 꺼내."
은재가 둘러 대답했다.
"와, 부원들끼리도 아무 말 안 하는구나. 하긴, 그럴 거 같았어. 애초에 이상한 소문들이 왜 돌았는데."

"왜?"
은재가 물었다.
"그 언니, 자습 대신 동아리 활동 가겠다고 한 뒤로 사라진 거야. 원래 고3들은 2학기부터 동아리 날에도 자습을 하거든. 근데 그 언니는 수능 얼마 안 남았을 때도 자습 대신 동아리에 가겠다고 그랬대. 근데 그러고 나서 그대로 사라져 버린 거지. 학교에서는 동아리 활동에 갔겠거니 하고 확인 안 하다가 뒤늦게 안 거고. 약초부 애들은 그 언니 안 왔었다고만 그러고. 그 언니, 그 동아리 기장이었던 데다가, 범생이었는데. 그냥 그렇게 째버린 게 이상하잖아."
승미가 빨대를 쪼옥 빨고는 이어서 얘기했다. 역시 다들 금요일 실종으로 알고 있구나. 진아가 말을 덧붙였다.
"선생님도 그 선배가 기장에다가 하도 모범생이니까 허락해 준 거지. 그래서 우리 학교가 그 뒤론 자습 때 째는 걸 그렇게 단속하는 거래. 요즘 이렇게 잡는 학교가 어디 있냐?"
진아가 말했다.
"……우리 짼 거는 괜찮은 거냐?"
승미가 떨떠름하게 말했다.

"쓰읍……. 그러고 보니 그 언니 사귀는 사람도 있었다고 들었는데? 그게 너네 동아리 사람이었을걸? 말로는 사귀는 거 아니라고 했는데, 하도 붙어 다녀서 그냥 공공연한 비밀 같은 거였나 봐."
"……그게 누군데?"
은재가 주저하듯 물었다.
"글쎄? 그거까진 나도 잘 모르겠어. 어쨌든 둘 다 얼굴도 예쁘고 잘생겼는데 공부까지 잘해서 교과서 커플이라고 그랬대. 오글거리지 않냐?"
승미의 얘기를 들으면 들을수록 은재의 머릿속엔 자꾸 한 사람이 떠올랐다.
"또 아는 거 있어? 언제 사라졌다던가."
은재가 물었다.
"음. 일단, 그 선배는 수능을 한 달 정도 남기고 사라졌다고 했었어. 아까 말했듯이 금요일 날 6, 7교시에 학교를 째고 나서, 주말 동안에도 아무런 연락이 안 되더니 월요일부터 갑자기 학교에 안 온 거야."
승미가 말했다.
'역시 다들 실종일을 금요일로 알고 있구나. 하지만 진서범은 그 다음날인 토요일 날 만났다고 했지. ……단둘이서만.'
은재는 생각했다.
"그러면 실종 신고는 한 거야? 가족들은?"
"그걸 모르겠어. 그 반 담임이 계속 그 언니 전학 간 거라고만 그랬대. 근데 짐은 다 놓고 갔다고 하더라고. 그리고, 누가 수능 한 달 전에 전학을 가냐? 그냥 다니지. 하여튼 그 언니 친구들이 맨날 물어봐도 담임은 전학 간 거라고만 그러고, 어디로 갔냐고 그래도 절대 말 못 해준다고 그랬대."
승미가 말했다.
"수능 한 달 남았는데 죽었다고 그러면 학교 분위기 나빠지니까 담임이 거짓말한 거 아니야?"
옆에서 듣고 있던 진아가 말했다.
"그렇겠지. 근데 왜 수능 전에 없어졌지? 수능 치고 나서도 아니고. 실종 몇 주 전에 일학대 한의학과 면접도 봤는데, 그것도 잘 봤다고 알고 있거든. 너네 동아리에 일학대 한의학과 간 오빠도 있잖아. 그리고 보니까 그 오빠 예비 1번이었다고 들었는데. 혹시 그래서? …… 전교 2등이 '너만 없으면 돼!'하고 1등 계단에서 밀어버리고 그런 얘기 있잖아. 그 오빠는 결국 일학대에 갔으니까 학교에서는 그 사건을 덮고……."

승미는 장난처럼 이야기를 늘어놓기 시작했다.
"에이, 너무 갔다. 무슨 옛날 무서운 얘기도 아니고. 그리고 예비번호는 수능 끝나고 나오는데, 시기가 안 맞지."
진아가 손사래를 쳤다.
"어쨌든, 그 언니가 자살을 했든 아니든 진짜 한동안 3학년들 뒤숭숭했어. 그 언니 친구들은 수능 며칠 안 남았는데 막 울고불고, 찾으러 다니고. 그 언니는 친한 친구들도 엄청 많았거든. 근데 웃긴 게, 아무도 그 언니 주소는 모르더라? 그러다가 결국 수능 때문에 바빠지니까 흐지부지되고, 졸업하고 난 뒤엔 그냥 이렇게 된 거지. 그 후로는 나도 잘 모르겠다."
승미의 말을 들을수록 현나에 대한 의문만 깊어져 갔다.
"……야, 미친. 쨴 거 담임한테 걸렸다. 지금 셋 다 안 돌아오면 내일 죽인다는데."
승미가 핸드폰을 확인하더니 사색이 되어 말했다.
"내가 말했잖아……."
진아가 울먹이며 말했다.

**

"너네 중간고사가 얼마나 남았다고 야자를 째? 빨리 들어가서 앉아!"
세 명은 꾸중을 듣고는 각자 자리로 들어갔다. 공부가 눈에 들어올 리가 없었다. 은재는 태블릿을 꺼내 생각을 정리하기 시작했다.

- 혜진 : 현나랑 친한 사이. 만약 현나가 자기를 싫어했다는 걸 알게 된다면? 배신감?
- 제이 : 왜 거짓 메일을 보냈을까.

1. 부원들이 걱정하는 걸 보고 싶지 않아서
         2. 그 언니가 죽었다는 걸 숨기려고???
- 서범 : 현나를 마지막으로 봤고, 상처를 줬다. 죄책감.
         현나랑 무슨 사이??
- 청민 : 일학대 한의대를 현나와 똑같이 지원했다.
- 현나 : 1. 살아있다.
         2. 죽었다.

은재는 마지막으로 적은 현나의 이름에 마구 동그라미를 치며 머리를 싸맸다. 그래서 이 사람은 죽은 거야, 살아있는 거야? 은재는 혹시라도 누가 볼세라 써놓은 메모를 바로 지워버렸다.

한동안 학교는 중간고사로 정신이 없었다. 동아리 활동도 없었고, 물주는 것은 서범과 따로 하기로 해서 얼굴 볼 일도 없었다. 텃밭의 약초들은 그럭저럭 잘 자라고 있었다.
은재의 중간고사 성적 역시 그럭저럭이었다.
그렇게 5월이 시작됐다.

도둑에게 도둑질하기

"아직도 다리 아픈 거지?"
혜진이 걱정하는 투로 물었다. 시험이 끝나 오랜만에 다 같이 잡초를 뽑으며 밭일을 하기로 한 날이었다.
"아니에요. 이제 하나도 안 아파요. 벌써 이삼 주는 지났잖아요."
'에구, 아직도 마음 쓰이나 보네. 자기 때문에 다친 것도 아닌데.'
제이가 은재 뒤로 다가와서는 갑자기 머리를 한 대 가볍게 쥐어박았다.
"아야!"
"이은재! 너 밭일 도와주는 척하면서 더 다쳐서 일 안 하려는 거지. 일로 와. 괜히 얼쩡거리지 말고."
"야! 너 때문에 은재 머리가 더 아프겠다."
혜진이 제이에게 말했다.
"더 어려운 거 시킬 거니까 따라와. 이놈아."
제이가 과장되게 심술궂은 표정을 지으며 은재에게 따라오라는 손짓을 했다. 은재는 오랜만에 제이를 보니 반가운 마음이 올라왔다가 다시 가라앉았다. 은재는 제이가 그럴 사람이 아니라고 생각하면서도 의심을 아예 없앨 순 없었다. 죄책감이 들었다. 은재는 후다닥 뒤를 따라갔다. 매운 거라도 먹은 사람처럼 속이 불편했다.
"괜히 지금 괜찮은 척 밭일해 봤자, 혜진이가 걱정만 더해. 그렇다고 쉬라고 하면, 너 마음 불편하다고 알짱거릴 거지?"
제이는 은재만 들리게 작게 얘기했다. 제이는 다 안다는 듯한 표정이었다.
"진짜 이젠 하나도 안 아파요……."
"알아. 그리고 진짜 더 힘든 일 시킬 거야."

제이는 약초밭 뒤편 창고 쪽으로 향하고 있었다. 예전에 서범과 모종을 놔두러 잠깐 들른 후로는 처음 들어가는 것이었다.
"일로 와. 커튼 쳐 줄 테니까. 잠깐만."
창고 안의 커튼을 열자 창문으로 옅은 빛이 들어왔다. 여전히 어두웠지만, 창고 문을 활짝 열어둔 덕에 빛이 쨍하게 들어왔다. 제이가 창고에 쌓여 있는 안 쓰는 책걸상 중 제일 상태가 좋은 것을 끌고 와서는 한편에다가 두툼한 수첩들을 쌓아올렸다. 은재는 의자에 앉았다.
"자청비 장부 연도별로 정리하고, 없는 거 있나 확인해 봐. 이따 뭐 시켜 먹을 때 합류해. 그럼 됐지? 먹고 싶은 거 있어?"
제이가 하라고 한 일은 누가 봐도 매우 쉬운 일이었다. 장부라고 해봤자 10개 정도가 다였고 표지에 연도가 다 적혀있었기 때문이었다. 제이는 은재와 혜진 모두를 배려하는 중이었다. 그 생각을 하니 갑자기 은재는 울컥 눈물이 날 것 같았다.
"오빠……. 물어보고 싶은 게 있어요."
은재가 어렵게 입을 뗐다.

"뭔데? 내 이상형?"
제이가 장난스럽게 대답을 했다.
"현나 선배 살아있는 거…… 부원들한테 어떻게 알리셨어요?"
은재의 말에 제이는 놀란 듯 멈칫하더니 말했다. 제이는 열려있는 창고 문을 쳐다보더니 다가가 문을 닫았다.
'뭐야, 문은 왜 닫는 거야.'
은재는 긴장하기 시작했다.

"그게……. 내가 현나가 보낸 것처럼 꾸며서 메일을 보냈어. 부원들한테."
제이가 한숨을 폭 쉬며 자신 없는 목소리로 고개를 떨궜다.
"그냥, 길에서 우연히 봤다고 그래도 되잖아요."
은재가 경계심을 숨기며 말했다. 제이는 머리를 긁적였다.
"그것도 생각해 봤는데……. 그렇게 얘기했으면 혜진이는 거기가 어디냐고 물어서 계속 죽치고 기다리려 했을 거야. 알잖아, 걔 융통성 없는 거."
제이가 한숨을 쉬었다.
"직접 만났다고 말하면 무슨 얘기를 했냐고, 왜 못 붙잡았냐고 그럴 거고, 그렇다고 살아있다는 걸 말 안 하면 부원들이 다들 제정신도 아니고 하니까……. 그냥 내가 현나인 척 하고 보낸 거야……. 그냥 나 혼자 거짓말하고 마는 게 더 나으니까. 하하……."
제이가 괜히 웃으며 말했다. 너무나 제이다운 행동이었다.

"죄송해요……."
은재의 목소리가 울음을 참는 듯 갈라졌다. 숨을 들이마시니 코에서 훌쩍이는 소리가 났다.

"네가 뭐가 죄송해? 야……. 은재야, 왜 그래? 우, 우는 거 아니지?"
제이는 어쩔 줄을 몰라 하더니 삐걱대며 은재의 어깨를 토닥였다. 다행히 눈물은 떨어지지 않았다.
"전요……. 원래 의심이 진짜 많은 사람이에요. 메일 얘기 듣고 오빠가 이상한 사람은 아닐까 생각했었어요."
은재가 손끝을 만지작대며 기어들어가는 목소리로 책상만 쳐다보며 말을 했다.
"뭐야, 그런 거였어? 난 또 뭐라고."
제이가 별것 아니라는 듯 웃으며 말했다.
"너 여기 오기 전에 이상한 탐정 동아리였다며?"
"탐정 동아리가 아니라 논리 추론부……."
"말대꾸하기는. 탐정이면 의심이 많아야지. 전에 모종 사러 가서 혼자 범이 이상한 애라고 생각해서 쌩 쇼했었지? 아, 다시 생각해도 웃기네."
"……."
"근데 넌 그런 성격 덕에 그때 너 밀친 사람들도 바로 찾아냈었잖아. 도 꼬마리도 발견했고. 그래서 내가 너한테 현나 누나 얘기를 했던 거야. 내가 너라면 현나 누나를 찾아낼 것 같다고 했지? 그거 진심으로 한 말이야. 으이그, 이상한 게 있으면 그냥 말을 하지. 혼자 끙끙거렸을 거 생각하니까 웃기네. 그런데 어떻게 알았어? 메일 말이야."
"……진서범이 오빠가 보낸 걸 알고 있는 거 같았어요."
은재가 침울한 목소리로 어떻게 알게 됐는지를 대강 설명했다.

"……혜진이도 알아?"
"언니는 모를 거예요. 진서범은 혼자 가짜 메일에 대해 알고 있으려고 하더라고요."
은재의 말에 제이의 표정이 심각해졌다.

"왜 진서범한테는 말 안 했어요? 현나 선배랑 만났다는 사실을요. 메일 보내기 전에요."
은재가 물었다.
"왜긴, 걔도 혜진이 만큼 제정신이 아니었어. 그리고 아마 내가 현나가 무슨 얘기를 했는지 얘기하면 걘 안 믿었을걸? 내가 거짓말을 하고 있다고 생각했을 거야. 메일 보낸 것도 바로 날 의심했잖아. 그만큼 현나 누나를 더 믿고 좋아했으니까. 음……, 범이한테는 뭐라고 해야 하지? 지금이라도 만난 걸 얘기해 봐야 하나?"
"이젠 늦었어요. 걘 이제 오빠가 무슨 얘기를 해도 믿기 어려울 거예요. 자기가 힘들어할까 봐 오빠가 일부러 거짓말을 했다고 생각하더라고요. 그렇다고 오빠한테 그 언니랑 만났다는 확실한 증거도 없잖아요."
"그……, 그건 그렇지. 그날 사진이라도 찍었어야 했나."
제이가 한숨을 쉬며 말했다.
"……. 저한테 시간을 조금만 주세요. 제가 찾아볼게요. 제가 못 찾으면 그때 오빠가 천천히 얘기해 보면 되잖아요."
은재가 말했다.
"그래."
제이가 은재의 머리 위로 큰 손을 턱 올리고는 말했다.
"그날 좀 제대로 얘기할걸. 사칭까지 해서 보냈다고 하기가 좀 그래서 말 안 했었어. 미안. ……의심 좀 할 수도 있는 거지, 뭘 우냐?"
"안 울었어요."
"에이, 훌쩍거렸으면서. 오예. 나도 이제 여자 울리는 남자인가?"
제이가 과장되게 호들갑을 떨었다. 은재는 그 모습에 웃음이 났다.
"야, 너 울다가 웃으면 어떻게 되는지 몰라? 으휴, 진짜."
제이가 깔깔 웃으면서 은재의 머리를 마구 흐트러트리고는 손을 뗐다.

그때, 창고 문이 끼익 열리며 빛이 들어왔다. 서범이었다. 서범은 무표정하게 두 사람을 내려다보고 있었다.

'호랑이도 제 말 하면 온다더니……'

"혜진이 누나가 형 농땡이 피우는 거 같다고 데려오래요. 누나 화났어요."

서범이 말했다.

"에이씨, 큰일 났네."

제이가 후다닥 창고 밖으로 빠져나갔다.

"넌 여기서 뭐해."

서범이 책상에 앉아있는 은재를 내려다보며 말했다. 제이에 대한 오해가 풀리고 마음이 가벼워진 은재가 웃으며 말했다.

"야, 오랜만이다. 선배들이 시킨 게 있어서. 그거 하려고."

"그거 말고. 제이 형이랑 뭐 했냐고. 문까지 닫고."

창고로 들어오는 빛을 등지고 서 있어 서범의 얼굴에 그림자가 어둡게 그늘져 있었다.

"그냥 이런저런 얘기 했어."

"현나 누나 얘기?"

"아, 아니! 그냥 중간고사 잘 봤는지, 뭐 그런……."

은재는 거짓말을 했다. 지금은 현나 얘기를 했다고 말해봤자 좋을 게 없었다.

"야, 너, 눈 빨개. 울었어?"

서범이 인상을 찡그리더니 은재의 눈을 똑바로 쳐다봤다.

"아, 아니? 여기 먼지가 많아서 그런가."

은재가 자기도 모르게 눈을 돌렸다. 은재는 자기가 어색하게 떠벌리고 있다는 걸 느꼈지만, 할 수 있는 게 없었다. 서범의 시선이 따갑게 느껴졌다. 얼굴이 빨개지는 게 느껴졌다.
"……다리는 괜찮냐?"
"어, 어! 정말 멀쩡해. 그날 고마웠어. 야, 너도 혜진 언니한테 혼나겠다. 얼른 가봐야 하는 거 아니야?"
은재가 횡설수설대자 서범이 날숨을 몰아내쉬었다. 코웃음을 친 건지, 한숨을 쉰 건지 분간이 안됐다. 서범은 잠깐 은재를 노려보더니 머리를 손바닥으로 마구 흩뜨렸다.
"뭐야, 갑자기……! 너 이거 흙 묻은 손 아니야?"
"장갑 벗어서 깨끗한 손이야. 안 그래도 가려 했어, 인마."
서범이 벌컥 역정을 내며 말했다.
'뭐야, 왜 저래? 하여튼 귀신이네. 현나 선배 얘기하는 건 어떻게 안거야. 설마 들은 건 아니겠지?'
은재는 생각했다.
'어쨌든, 현나 선배는 살아있어.'

"저한테 시간을 조금만 주세요……. 제가 찾아낼게요. 제가 못 찾으면 그때 오빠가 천천히 얘기해 보면 되잖아요."

'에이씨, 뭘 또 그렇게 진지하게 약속한 거야.'
하지만 은재는 후회하지 않았다. 그날 들었던 서범의 죄책감으로 떨리는 목소리가 마음을 무겁게 짓누르고 있었다.

**

"은재야, 일 다 끝났어. 언니가 오래."
고봉이 창고 안을 빼꼼 들여다보고는 은재를 불렀다. 은재는 할 일을 한참 전에 마치고는 현나를 어떻게 찾을지 하는 생각에 몰두 중이었다.
'흥신소 같은 건 안되겠지……. 뭘 어떻게 시작해야 될지 감도 안 온다.'
은재는 한숨을 푹 내쉬며 나왔다.
"은재야, 아까 밭 봤어?"
"응, 중간고사 기간 동안 약초들 엄청 많이 자랐더라."
"그치, 진짜 잘 자라는 거 같아. 보고 있으면 괜히 기특하기까지 하다니까. 귀엽기도 하구."
고봉이 생긋 웃으며 말했다. 고봉은 처음 봤을 때보다 훨씬 활기차 보였다.
"중간고사는 잘 봤어?"
고봉이 물었다. 은재는 고개를 가로저으며 말했다.
"그냥 비슷하지, 뭐. 너는? 기주 언니랑 스터디하고 그랬잖아."
"난 조금 올랐어. 그래봤자 평균 이하지만, 전엔 진짜 못했었거든. 다 기주 언니 덕이지, 뭐."
고봉이 민망한 듯 웃으며 말했다.
'고봉이는 웹툰 작가가 되고 싶다고 했지. 재능도 있고 본인이 좋아하기도 하고. 미대 입시 준비도 열심히 하는 거 같던데.'
은재는 고봉이 꼭 잘 자라나는 약초처럼 보였다.
'나는 뭘 어떡하면 좋을까.'
은재는 하늘을 올려다보며 생각했다.

＊＊

"공지할 게 있어. 다음 동아리 시간에 선생님들 다도 모임에서 우리 약초밭 구경을 오신대. 그래서 오늘 대대적으로 잡초 정리도 한 거고. 선생님들 수업 시간에 맞춰서 7교시 끝나고 오시니까, 동아리 활동 끝나고 조금만 남아줘. 다들 일정 없지?"
혜진이 말했다.
"에이, 빨리 가고 싶은데. 그 선생님들이 약초밭엔 왜 와요?"
슬기가 불평을 하며 물었다. 햇빛에 눈이 부신지 손바닥으로 눈을 가리고 있었다.
"팽 박사님이 그 모임 회장이시거든."
제이가 대신 대답했다.
"그래도 그걸 저희가 왜 해야 돼요오-."
슬기가 앙탈을 부리며 몸을 배배 꼬았다.
"박사님이 용돈으로 십만 원 주신대."
"뭘 하면 될까요. 선배님."
혜진의 말에 슬기 옆에 앉아 있던 로훈이 군인처럼 말했다.
"별로 어려울 건 없어. 우리 약초밭 간단하게 소개해 드리고, 팽 박사님이 선생님들별로 준비한 한방차를 따라드리고 설명 드리면 돼. 쉽게 말하면 시음회 같은 거지? 네 명은 밭 소개, 네 명은 한방차, 이렇게 나누자."
"그럼 저희가 키운 약초로 차 만들어서 드리는 거예요?"
고봉이 손을 들고 물었다.
"응, 몇 가지는 직접 캔 걸로 쓸 거야. 나머지는 박사님이 가지고 계신 약재를 받아다가 만들고"
혜진이 대답했다.
"……지금 키우고 있는 애들로 해도 되는 거예요? 아직 자란 지 얼마 안 됐잖아요."
고봉이 물었다.
"애초에 좀 자라있던 모종들로 사 온 거라 괜찮아. 얼마 전에 박사님이 직접 오셔서 보고 가셨어."

"……네."
고봉이 기운 없이 대답을 했다.
'고봉이답지 않게 혜진 언니한테 여러 번 물어보네. 기주 언니한테 배운 건가? 하긴, 고봉이가 자주 약초 사진 찍어서 올리고 그랬지. 되게 정들 었나 보다.'
은재는 고봉을 물끄러미 바라보며 생각했다.

※※

"그럼 밭 소개 담당은 나랑 유제이, 슬기랑 로훈이. 시음회 담당은 기주 랑 고봉이, 은재, 서범이. 이렇게 정해진 거다?"
혜진이 말했다.
"먼저, 밭 소개 담당인 사람들은 동아리 활동일 이틀 전, 흐음……, 그러 니까 다음 주 수요일에 야자 빼고 잠깐 나와. 그날 필요한 약재 캐고 박 사님 오셔서 같이 손질까지 할 거니까. 야자 시간 허락은 내가 맡아 놓을 거야."
"오예!"
야자를 하지 않는 게 마음에 들었는지 로훈과 슬기가 하이파이브를 했 다.
"아, 고봉이도 괜찮으면 잠깐 나와서 활동사진 한 번만 찍어주고 갈래? 시작 전에만 찍으면 돼."
"네."
고봉이 대답했다. 혜진이 이어 말했다.
"그리고 시음회 담당 팀은 그날까지 차랑 어울리는 다과 좀 사와 줘. 산 거 영수증 잘 챙겨오고. 그리고 당일엔 시음회 팀이 차 끓여서 드리고 설 명까지 해드릴 거야. 밭 소개는 밭 팀에서 맡아서 할 거고. 박사님이 써

주신 거 그대로 읽으면 되니까, 걱정할 건 없어. 전날 채팅방에 대본 올려둘게. 그리고 나머지 필요한 건 내가 준비할 거야. 자, 오늘은 해산."
"네에."
혜진의 말에 부원들이 대답했다.

∗∗

은재는 야자를 마치고 승미, 진아와 함께 하교를 하고 있었다. 별안간 책가방이 짓무르고 있던 은재의 어깨가 가벼워지더니 다시 쿵, 하고 다시 무거워졌다.
"아!"
은재가 뒤를 휙 돌아봤다.
"가방 바꿨네. 집에 가?"
서범이었다.
"뭐야, 갑자기."
은재가 서범을 쨰려보며 말했다.
"과자 사야지. 내일 필요한 거."
"아, 맞다! 과자! 까먹고 있었네. 얘들아, 미안, 먼저 가."
은재가 말했다. 승미는 느끼한 표정을 지으며 은재만 보이게 눈썹을 들썩거렸다. 은재는 못 본 척 승미와 진아에게 연신 미안하다며 인사를 하고는 서범과 학교 앞 편의점을 향했다. 시음회가 벌써 하루 앞으로 다가왔다.

∗∗

"이런 거 사면 되겠지?"

은재가 어른들이 좋아할 만한 과자를 여러 개 골라 바구니에 넣었다.
"이것도 하나 넣어. 교장 선생님이 좋아하는 거거든."
서범이 편의점에서는 꽤 비싼 축에 드는 고급 약과를 집어 들었다.
"교장 선생님도 이번에 오셔?"
"응, 교장 선생님이 거기 주축이야."
'그러고 보니 교장 선생님이 박사님을 굉장히 신임한다고 그랬지.'
은재는 생각했다.
"근데 이거 좀 비싼 거 아니야? 미니 약과 정도면 괜찮을 거 같은데."
은재가 바구니 안을 들여다보며 말했다. 엄마가 종종 술 먹고 기분 좋을 때만 사 오는 과자였다.
"괜찮아. 장부에만 잘 작성해 놓으면 박사님이 지원해 주시거든. 먹고 싶은 과자 있으면 더 골라 넣어."
서범이 신난 듯 말했다. 두 사람은 과자를 잔뜩 계산했다.

편의점에서 나온 은재는 비닐봉지를 잔뜩 든 채 핸드폰으로 시계를 확인했다.
"아직 10시 10분밖에 안 됐네? 이거 그냥 지금 창고에 두고 갈까? 무거운데."
은재가 말했다.
"이은재."
서범이 나지막한 목소리로 불렀다.
"왜?"
"그렇게 나랑 으슥한 데 있고 싶어?"
서범이 씨익 웃더니 능글맞은 표정으로 장난을 걸어왔다.
"쓸데없는 소리 하지 말고 빨리 가! 곧 교문 잠기니까."
은재는 발칵 짜증을 내며 앞장서 걸었다.

**

다행히 교문은 아직 열려 있었다. 두 사람은 서둘러 창고로 들어가 짐을 내려놓았다.
"누가 가져가진 않겠지?"
은재가 말했다.
"괜찮겠지 뭐, 참, 아까 영수증도 장부 사이에 잘 끼워놓고."
서범이 말했다.
은재는 며칠 전 자기가 정리해 둔 장부들 중에서 가장 오른쪽에 꽂혀있는 장부를 꺼내 제일 마지막 페이지에 영수증을 끼워 놓았다. 장부를 꽂아둔 책꽂이 앞에는 은색 스테인리스 볼 두 개가 놓여있었다.
"이거 어제 밭 담당 팀에서 캐 놓은 건 가봐. 그릇에 비해 내용물은 되게 쪼그맣네. 이거 뭐야?"
스테인리스 그릇 안에는 손질된 약재들이 들어있었고, 그 위는 비닐 랩으로 덮여 있었다.
"황기랑 자초 같은데?"
서범이 대답했다.
"선생님별로 다 다른 걸로 드린다더니, 그러면 나머지 한방차들은 뭐로 하는 거지?"
"나머지는 혜진이 누나가 내일 박사님 댁 가서 직접 받아온대. 채팅방 좀 읽어라. 오늘 대본 올라온 것도 안 봤지?"
"무슨 대본?"
"내일 우리가 선생님들한테 한방차 소개해 줘야 되잖아. 선생님별로 설명이 다 달라. 넌 누나 말 하나도 안 들었냐?"
"난 야자 때 폰 안 만져서 그래. 폰 제출이나 잘 해라."
은재가 받아쳤다. 두 사람은 창고에서 나왔다. 텃밭의 황기와 자초 자리가 조금 비어있었다. 괜히 씁쓸한 마음이 들었다.
"방학 전에 식물들 다 캔다고 그랬지?"
"응."
서범이 대답했다.
"……사진이라도 찍어놓을까."
은재가 핸드폰을 꺼내 밭을 찰칵찰칵 찍었다. 서범이 그런 은재를 보고 웃으며 말했다.
"내 말 맞지?"
"뭐가?"
"내가 너 약초 재미있다고 느낄 거라 했잖아."
서범이 눈을 가늘게 뜨며 미소를 지었다.
"……그냥 별생각 없이 찍는 거야. 교문 닫히겠다. 얼른 가자."
민망해진 은재가 말을 돌렸다. 두 사람은 일찍 일찍 다니라는 수위 아저씨의 핀잔을 받으며 교문을 빠져나왔다.

※※

은재는 집에 돌아와 핸드폰으로 대본을 대충 읽으며 쉬고 있었다.
"들어가도 되니?"
아빠의 목소리였다.
"네-."
"이은재, 가방 안 좀 잘 확인하라고 했지. 그냥 빨 뻔했잖아. 앞주머니에 있었어."
아빠가 은재에게 USB를 건네며 말했다.
"아 맞다. 까먹고 있었네. 죄송해요."
"가방 마르려면 좀 걸리니까. 한동안은 오늘 멘 거 메고 다녀. 얼른 자고."
아빠가 할 말을 마치고는 문을 닫고 나갔다.

벌써 몇 달 지났는데, 찾는 사람이 없는 걸 보면 별로 중요하지 않은 건가, 호기심이 발동한 은재는 노트북에 USB를 바로 꽂아봤다. 흙 속에 오래 파묻혀 있었던 건지, 인식이 잘되지 않았다. 괜히 노트북만 고장 나는 건 아니겠지. 은재는 USB를 이리저리 기울여 꽂았다. 곧 인식이 되었다는 안내 창이 떴다.

폴더를 열어보니 그 안에는 워드 문서가 하나 들어있었다.
"……뭐야."
은재는 자기도 모르게 혼잣말을 했다. 문서의 이름은 '서범에게'였다.
진서범 꺼였나? 아니면 누군가가 진서범한테 보내려던 거?
은재는 턱을 문지르며 한참을 고민했다. 좀 찜찜하긴 하지만, 결국 은재는 궁금함을 이기지 못하고 문서를 클릭했다.

'이거 진짜 뭐야.'
은재의 심장이 벌렁거리고 있었다. 문서는 암호가 걸려 있어 내용을 볼 수 없었다.

내가 왜 개 쓸개를 가져달라고 했을까? 세 글자야.
[_ _ _]

**

시음회 당일. 혜진이 준비물 점검을 위해 점심시간부터 부원들을 소집

했다. 밥을 다 먹은 은재가 어슬렁어슬렁 약초밭 쪽으로 걸어가고 있을 그때, 혜진의 화난 목소리가 멀리서부터 들려왔다.

"넌 그걸 거기다가 두면 어떡해!"
혜진이 슬기를 크게 혼내고 있었다.
"죄송해요……. 당연히 아무도 안 가져갈 줄 알고……."
슬기는 잔뜩 주눅이 든 목소리로 대답했다. 옆에 서있던 제이가 어색하게 웃으며 슬기를 다독였다.
"하하하, 어쩔 수 없지. 뭐. 다른 건 다 있는 거지?"
슬기는 힘없이 고개를 끄덕였다.
"아니, 그래도 오늘 당장 필요한 건데! 어떡하냐고."
"에이, 박사님한테 비슷한 걸로 달라고 하면 되지-. 너무 화내지 마."
제이가 말했다. 슬기는 눈썹을 내리고 불쌍한 표정을 지었다. 그 모습을 본 혜진은 마음이 약해졌는지 조금은 부드러운 목소리로 말했다.
"……휴우, 알겠어. 이따가 박사님한테 가서 쓸만한 게 있는지 여쭤볼게."
"누나, 감사해요……."
"근데, 만약에 없으면 넌……."
혜진이 주먹을 꽉 쥐며 말했다. 슬기는 다시 울상이 됐다.

***

"무슨 일이에요?"
은재가 기주에게 물었다.
"약재 캐 놓은 거 중에 자초, 슬기가 창고에다가 뒀었는데 없어졌대. 그릇만 남고. 그러게 잘 좀 놓지. 근데 그걸 뭐 하러 가져가냐? 어쨌든 박사님한테 새 거 받아오면 되니까, 괜찮나 봐."
기주가 혀를 끌끌 차며 말했다.
"네? 창고에 둔 게요? 저도 거기다가 과자 사놓은 거 뒀었는데……."
은재가 눈을 크게 뜨고 말했다.
"그래? 빨리 가서 확인해 봐."
은재는 후다닥 창고로 뛰어갔다. 다행히 과자는 그대로 있었다.
'뭐야. 과자는 털끝 하나 안 건드렸잖아.'
은재는 안도의 한숨을 내쉬고 밖으로 나왔다.
'그나저나 자초는 누가 가져간 거지?'
은재의 눈에 서범이 들어왔다. 서범이 어느새 와서 밭 안을 심각한 표정으로 들여다보고 있었다.
'밭 지기 아니랄까 봐 밭 점검 열심히 하네. 오늘은 밭 소개 팀도 아니면서.'
은재는 서범 뒤로 다가가 말을 걸었다.
"언제 왔어?"
"으아!"
은재의 부름에 서범이 자기답지 않게 소리를 지르며 놀랐다. 얼굴에 당황한 기색이 역력했다.
"……뭐야, 사람 무안하게. 왜 그렇게 놀라?"
은재가 자기 귀 끝을 매만지며 말했다.
"아, 그냥 갑자기 불러서 놀란 거야……."
서범이 억지웃음을 지으며 말했다.
"야, 너 대충 들었지? 자초 없어졌대. 그래도 과자는 아예 안 가져갔더라? 다행이지."
"그러게, 다행이네……."
'반응이 왜 이렇게 떨떠름해…….'

은재는 불만족스러운 표정으로 턱을 매만졌다.
'……혹시?'
은재는 인상을 찌푸렸다.

***

"야, 진서범. 나랑 같이 창고에 좀 다녀오자."
은재가 텃밭 옆에서 박사의 도감을 정신없이 보고 있는 서범을 불렀다.
"어? 어……."
평소 같으면 왜 자기랑 가려고 하냐면서 이상한 농담이나 했을 서범이 책을 탁 닫으며 대답했다. 서범은 은재를 따라 창고 안으로 들어갔다.
"혜진 언니가 창고에서 뭐 좀 꺼내달라고 했는데 키가 안 닿아."
"어디?"
"저기."
은재가 문과 먼 쪽에 놓인 책꽂이를 대충 가리켰다. 서범이 책꽂이 쪽으로 다가가자 은재가 별안간 창고 문을 확 닫아버렸다. 창고 안이 어두침침해졌다.
"문은 왜 닫아? 뭐 꺼내면 되는데?"
서범이 은재를 돌아보며 말했다.

은재가 서범 앞으로 성큼성큼 다가가 눈을 똑바로 쳐다보고 말했다.
"너 솔직히 말해. 너 뭐 잘못했어?"
"어?"
서범이 심히 당황한 듯 시선을 돌렸다.
"……설마 자초 가져간 사람, 너야?"
"아, 아니야!"

서범이 발끈 대답을 하더니, 곧 시무룩한 표정으로 말했다.
"오히려 도둑 맞은 쪽이야……. 없어졌어."
"뭐가?"
"나팔꽃……."
"응?"
"나팔꽃 씨앗 말이야……. 견우자."
서범이 한숨을 푹 쉬며 말했다.

**

"그러니까, 나팔꽃 씨가 견우자라는 한약재라는 거지? 근데 거기에 독성이 있다는 거고."
"응."
서범이 고개를 끄덕였다.
"그 독성이 심각한 거야?"
"먹으면 설사를 심하게 한대."
"넌 근데 독성 있는 걸 왜 샀어?"
"궁금하잖아. 혜진이 누나는 독성 있는 건 절대 안 된다고 해서, 관상용으로 키울 수 있는 걸로 겸사겸사 샀던 거야……. 나도 누가 가져갈 줄은 몰랐지. 신경은 늘 쓰고 있었어. 그래서 없어진 걸 바로 알아본 거고."
서범이 기죽은 듯한 표정으로 말했다.
'미치겠네. 얜 대체 왜 약초랑 관련된 거엔 이상하게 구는 거야?'
은재는 이해가 안 간다는 듯한 표정으로 머리를 싸맸다. 어쩐지, 나팔꽃을 사는 게 이상하다 했다, 은재는 뒤늦게 생각했다.
"근데 씨가 없어진 걸 어떻게 알아?"
"씨가 동그란 씨방 안에 들어있거든. 씨방 하나가 통째로 사라졌어."

"그냥 착각한 거 아니야?"
은재가 신경질적으로 물었다.
"아니야, 어젯밤에 네가 찍은 사진. 채팅방에 올렸었잖아. 그거랑 비교해 보니까 없어진 거 맞더라."
서범이 핸드폰에서 사진을 보여주며 동그란 씨방을 확대해서 보여줬다.
"봐, 여기는 있지? 지금은 없어."
"아니면, 씨방이 그냥 터진 걸 수도 있잖아."
"아직 삭과[1] 할 때도 아니고, 그랬으면 씨가 땅에 떨어져 있어야 할 텐데, 바닥에 아무것도 없었어."
"……."
"이거 혜진이 누나가 알면 진짜 큰일인데……. 찾는 거 도와주면 안 돼? 네가 찾는 거 하나는 잘하잖아."
"뭐?"
은재가 벌컥 짜증을 내고는 창고 안을 빙빙 걸어 다니며 생각했다. 이 사람들은 왜 자꾸 나한테 뭘 찾아달라고 그러는 거야?
'아무래도 자초 없어진 거랑 관련된 거 같은데. 별로 느낌이 안 좋아. 자청비 부원이 가져간 건가? 그렇지만 과자도 아니고, 뭐 하러……? 혜진 언니한테 바로 말하는 게 나으려나? 아니야, 지금 말하게 되면 언니가 분명히 난리를 칠 거고, 범인 잡아내는 게 더 어려워질 수도 있어. 혜진 언니가 범인일 수도 있는 거고.'

은재는 걸음을 멈추고 우뚝 서서 말했다.
"그럼 이렇게 해. 이따 시음회 전까지 못 찾으면, 그때는 혜진 언니한테 말해."

---

[1] 삭과 : 씨방 등이 익으면서 말라 쪼개지면서 사방으로 씨가 터져 나오는 것.

은재가 이마를 짚으며 말했다.
"도와주는 거지?"

서범이 은재의 팔을 붙잡고 불쌍한 강아지 같은 표정을 지었다. 은재는 인상을 팍 썼다가 복잡한 표정을 짓더니 고개를 푹 숙이고 말했다.

"그래."
"오, 진짜!"
"……대신, 찾아 주면 소원 하나 들어줘."
은재가 말했다. 서범이 은재를 물끄러미 쳐다보더니 슬쩍 웃었다.
"뭐야?"
"찾고 나서 얘기할래."
"뭔데에?"
서범은 말꼬리를 늘이며 빙글빙글 웃었다.
"됐다, 됐어. 나 안 해."
은재는 손을 휘적휘적 젓고는 창고 밖으로 나갔다.
"같이 가. 찾아 주기로 한 거다?"
서범이 따라 나왔다.

**

점심시간이 끝나고 5교시 지루한 영어 시간이 시작됐다.
'딴 생각 하기엔 딱이네.'
은재는 또다시 영어 선생의 목소리를 배경음악 삼아 빈 노트에 생각을 정리해 내려가기 시작했다.

'어젯밤에 내가 찍은 사진에는 씨방이 있었다고 했어. 우리가 어제 교문 닫히기 직전에 나왔으니까 가져간 건 오늘이라는 말이 되는데……. 열쇠를 가지고 있는 사람은 기장뿐이지만, 나팔꽃은 펜스 끝자락에 심어져 있으니까 굳이 밭 문을 열지 않아도 손만 뻗으면 가져갈 수 있지. 견우자랑 자초를 가져간 사람이 같은 사람인 건 맞나?'
은재는 샤프 끝을 입술에 가져다 댄 채 어제 창고에서 봤던 장면을 천천히 떠올려보았다.
'근데 왜 황기는 안 가져간 거지? 자초여야만 하는 이유가 있나? 자초를 담았던 스테인리스 그릇만 남았다고 했지. 그 얘기는 자초를 어디에 옮겨 담아서 가져갔다는 건데, 담아 갈 걸 가져올 정도면 계획범이라는 거고, 창고에 약초가 있다는 걸 알고 계획할 사람이면……의심하긴 싫지만 아무리 생각해도 역시 부원일 가능성이 높아. 밭 소개 팀에서 수요일, 그러니까 그저께 야자 때 밭일을 했다고 했지. 그냥 그날 자초 캔 거 몇 개 가지고 싶다고 했으면, 그냥 가질 수 있었을 텐데, 뭐 하러 훔친 거지? 손질된 자초가 필요했던 건가? 아오, 머리 아파. 다음 교시부터 동아리 시간이니까, 핸드폰 낸 거 돌려받으면 어젯밤에 찍은 사진을 다시 천천히 봐야겠다. 단서가 될만한 게 남아있을 수도 있으니까.'
은재는 턱을 문지르며 생각했다.

**

은재가 핸드폰을 찾아 교실문 밖을 나오자 복도에서 기다리고 있던 서범이 은재를 막아섰다.
"깜짝이야."
"얼른 가자. 동아리 시작하기 전에 미리 찾아봐야지."
서범이 말했다.

"그럼 일단 창고로 가. 거기서 없어진 거니까."
두 사람은 창고로 발을 옮겼다.

은재는 먼저 빈 은색 스테인리스 그릇을 살폈다.
'이게 뭐지?'
그릇 표면에 무언가 묻어있었다. 은재는 검지 손끝으로 묻은 부분을 훑고는 손가락을 살펴보았다.
'뭐, 뭐야. 피?'
은재의 손가락에 불그스름한 게 묻어나 있었다.
"그거 자초 뿌리에서 나온 거야."
서범이 은재의 생각이라도 읽은 듯 웃으며 말했다. 손가락을 다시 자세히 보니 피 색깔 치고는 보랏빛이 돌았다.
"자초는 원래 뿌리 부분을 만지면 자줏빛으로 묻어. 그래서 천연 염색할 때 쓰기도 하고."
"그렇게 중요한 걸 이제 알려주냐?"
'자초를 이 그릇에서 다른 곳으로 옮겼다면, 어딘가에 묻지 않았을까?'
"음, 아까 손에 뭐가 묻어있거나 그런 사람은 없었어? 부원들 중에."
은재가 서범에게 물었다.
"부원? 우리 부원들은 별로 의심하고 싶지 않은데……."
"나도 마찬가지야. 분명히 뭔가 사정이 있으니까 가져간 거겠지? ……그래도 위험한 걸 가져간 거니까 얼른 찾아야지."
은재와 서범이 한숨을 푹 내쉬었다.
"……생각해 보면 고봉이 카디건 소매에 뭔가 묻어있었던 거 같아."
한참을 고민하던 서범이 말했다. 은재는 고개를 가로저었다.
"나도 봤어. 그건 아마 진짜 핏자국일 거야. 어제 고봉이랑 잠깐 마주쳤었는데 손을 샤프에 찔렸다고 했었거든. 오늘 손가락에 반창고도 붙이고 있었는데. 같은 손 소매에 얼룩이 묻어 있었어."
은재가 말했다.
"그러면 오늘 묻은 게 아니니까, 고봉이는 아닌가 보네."
서범이 말했다. 서범은 다시 곰곰이 생각하기 시작했다.
"음……. 아! 그럼 기주 누난가?"
서범이 별안간 들고 있던 가방에서 파일을 꺼냈다.
"이거, 아까 점심시간에 적어서 낸 개별 활동지인데, 봐봐."
서범이 기주의 활동지를 꺼내 무언가를 가리켰다. 빨갛고 동그란 손자국이었다.
"전에 네가 이런 식으로 나 농구한 거 알아차렸었잖아."
서범이 웃으며 손자국을 빤히 들여다보며 말했다. 그때, 6교시 시작종이 울렸다.
"일단 창고 밖으로 나가자."
서범이 말했다.

※※

"그럼 이번 교시에는 시음회 세팅부터 하고 그다음에 잡초 정리하자."
혜진이 말했다. 서범은 혜진이 말할 동안 은재에게 속삭이듯 말했다.
"야, 봐봐. 내 말대로 기주 누나 손끝에 빨간 거 묻어있지?"
"여기선 잘 안 보여."
"내가 이따 기회 봐서 기주 누나 떠보고 올 테니까, 나만 믿어." 서범이 자신 있다는 듯 가슴팍을 두어 번 두들겼다.

부원들은 안 쓰는 책상을 끌고 와 이어놓고는 그 위에 천을 덮었다. 펜스에는 몇 년째 쓰고 있는지 알 수 없는 현수막을 붙였다.

-제1회 교사 다도회와 자청비가 함께하는 한방차 시음회-

제이는 '제1회'라는 글씨 위로 '제15회'라 적어놓은 A4용지를 붙였다.
'그럴싸하네.'
은재가 생각했다.

시음회 세팅이 끝나고 잠깐 쉬는 시간. 서범이 은재에게 윙크를 하더니 구석에서 쉬고 있는 기주에게 다가갔다.
'어째 불안 불안하다.'
은재가 두 사람을 쳐다보며 생각했다.

"누나, 쉬고 계세요?"
서범이 넉살 좋게 기주 옆에 쪼그려 앉았다.
"그래, 보면 몰라?"
기주가 심드렁하게 대답했다.
"누나, 손에 그거 뭐예요?"
서범이 기주의 손가락을 가리키며 물었다.
"아, 이거? 틴트 묻은 거."
"……틴트? 아, 그게 뭐더라."
서범이 들어본 듯 만 듯한 단어에 인상을 찌푸렸다.
"넌 틴트 뭔지 몰라? 입술 바르는 거 있잖아."
기주가 답답하다는 표정으로 자신의 입술을 톡톡 두드렸다.
"아, 아-. 알죠, 알죠. 누나, 그거 색깔 한번 보여주시면 안 돼요?"
"왜?"
갑작스러운 질문 공세에 기주가 경계를 하며 물었다.
"그냥, 누나 볼 때마다 생각한 건데 색깔이 예뻐서요. 저희 친누나 선물해 주려고요."
서범이 화사한 미소를 띠며 대답했다. 화사한 미소는 서범의 주특기였다.
"뭐야, 그런 거야? 자."
기주는 경계심을 접고 선뜻 교복 치마 주머니에서 틴트를 꺼내 보여주었다.
"이거 어떻게 바르는 건데요?"
"……너, 진짜 선물하려는 거 맞아? ……음, 아아-. 알겠어. 보여줄게. 이렇게 입술에 바른 다음에, 손으로 문질러서 퍼뜨리는 거야."
기주는 순순히 시범을 보여줬다. 기주의 손가락에 틴트가 묻어났다.
"아아-. 네."
서범이 손가락에 시선을 고정한 채 신기하다는 듯한 표정으로 쳐다봤다. 별안간 기주가 서범의 등을 가볍게 치며 말했다.
"야! 누구든지 화장할 수도 있는 거지, 뭘 그렇게 부끄러워해? 다음부터는 누나한테 물어봐. 다 알려줄게."
기주는 친절한 표정으로 서범에게 말했다.
"아, 네에……. 감사해요."
서범은 끝까지 미소를 유지하며 자리에서 일어났다. 기주는 응원한다는 듯 엄지를 척 들어 올렸다.

※※

서범은 텃밭 펜스 앞 벤치에 앉아 쉬고 있는 은재 옆으로 돌아왔다.
"……기주 누나는 아니야. 틴트였나? 그거 바른 거래. 색도 똑같았어."
서범은 왠지 기운이 빠져 보였다.
"혹시, 혜진 언니?"
"에이, 말이 되냐. 그럼 아까 슬기 그렇게 혼내는 게 연기란 말이야?"

"하긴."
은재가 끄덕였다.
'올렸던 사진이나 다시 볼까.'
은재는 자청비 단체 채팅방에 들어가 자신이 올린 사진을 확대해서 봤다. 펜스 안을 쳐다보니 정말 씨방 하나가 사라져 있었다.
'진서범 앤 이런 눈썰미는 좋으면서……'
은재는 서범을 힐끔 쳐다보고는 사진을 옆으로 넘겼다.
'이건 그저께 밭 소개 팀이 일하던 거 찍은 사진이구나. 고봉이가 확실히 잘 찍는다.'
사진 속 혜진, 제이, 슬기, 로훈은 웃으며 브이 표시를 하고 있었다. 일을 시작하기 직전에 찍은 것인 듯했다. 배경으로 찍힌 자초와 황기가 아직 파헤쳐 지지 않고 그 자리에 있었다. 은재는 사진을 이리저리 확대해봤다.
"뭐 좀 있어?"
서범이 물었다.
"아니, 별 단서는 없네."

그때, 혜진이 다가와 두 사람에게 말을 걸었다.
"이제 잡초 뽑자. 둘이서 농기구랑 필요한 것 좀 가져올래?"
"네."
 사람은 우울한 표정으로 다시 창고로 터덜터덜 걸어갔다.

※※

"농기구들은 내가 들 테니까, 은재 넌 목장갑 챙겨 나와."
서범이 말했다. 은재가 목장갑이 들어 있는 비닐을 들여다보더니 말했다.
"학기 초에 우리 시장 가서 새로 산 목장갑들 있잖아. 다 물들어 있어. 자초 때문인가 봐."
은재가 비닐봉지를 안을 들여다보며 말했다.
"수요일 날 자초 캘 때 새 목장갑을 꼈었나 보네. 옛날 목장갑 끼라고 할걸."
서범이 대답했다.
"옛날 목장갑?"
"응. 작년에 샀던 건데 그건 손바닥이랑 손가락 부분에 빨간 고무 코팅이 되어있어. 근데 코팅에서 냄새가 너무 많이 나서 올해 새로 샀던 거야, 코팅 없는 걸로. 옛날 장갑들은 밑쪽에 깔려 있어."
서범이 대답했다.
'왜 옛날 거 하나가 위에 가있지?'
은재가 오래된 장갑을 치우기 위해 엄지와 집게손가락으로 코팅된 목장갑을 들어 올렸다. 그때 손끝에 미끄러운 느낌이 들더니 빨간 게 묻어났다.
'으, 빨간 코팅 때문에 자초 묻어 있던 걸 몰랐어. 찜찜하게…….'
은재는 묻은 걸 지우기 위해 손가락을 문지르다가 동작을 멈췄다.
"안 가? 사람들 기다리겠다."
농기구를 얼추 챙긴 서범이 의아한 표정으로 은재에게 물었다.
"먼저 가 있어. 난 장갑 찾느라 이따 나온다고 말하고. 확인할 게 있거든."
"뭐야, 새로운 단서라도 찾은 거야?"
은재가 대답 대신 씩 웃었다. 서범은 밝아진 얼굴로 고개를 끄덕거리고는 창고 밖으로 나갔다.

**

은재는 핸드폰을 켜 다시 수요일 날 찍힌 사진을 확대했다. 브이 표시를 하고 있는 부원들.

'분명히 다들 코팅 없는 새 장갑을 끼고 있어.'
은재는 코팅된 목장갑을 꺼냈다. 장갑 한 짝이 똥그랗게 말려 있었다. 은재는 창고 안을 이리저리 둘러보더니 널브러져 있는 신문지를 가져왔다. 은재는 말려 있는 두 장갑을 풀어낸 뒤 신문지에 문지르기 시작했다.
'오른쪽 장갑에서만 붉은 게 묻어난다. 그러면 범인은 오른손잡이?'
은재는 한숨을 푹 쉬었다.
'추리 소설에선 보통 범인은 왼손잡이라고. 제이 오빠 빼고는 다 오른손잡이인데, 이래서는 추려낼 수가 없잖아.'
은재는 장갑을 구석에 숨겨놓고는 창고 밖으로 나갔다.

**

저번 주에 잡초 정리를 한 덕에 밭일은 금방 끝이 났다.
"그럼 나 이제 박사님한테 가서 필요한 차 재료 받아 올 테니까, 그동안 전기 티포트 설거지해 놓고, 밭이랑 한방차 소개 대본 좀 미리 읽어서 숙지하고 있어."
혜진이 말하고는 교문을 나섰다. 부원들은 시킨 걸 마치고는 금방 모두들 늘어졌다.
'손에 붉은 게 묻어있는 사람은 아무도 없었어. 일단 대본이나 한번 읽어 보자. ……어제 그것 때문에 아예 못 봤으니까.'
은재는 대본을 대충 눈으로 훑었다.
'뭐야, 내가 자초 차 설명 담당이었잖아. 차가 바뀌면 설명은 어떡하지. 박사님이 말려 놓은 자초라도 주시려나. 음, 자초 차를 마시려던 사람은 독고준혁 선생님? 처음 들어보는 이름이네.'
은재는 생각했다.

※

더이상 준비할 게 없었다. 시음회 팀의 경우 혜진이 차 재료로 쓸 약재를 가져오면 그때부터 끓이기 시작해야 하기에 혜진을 기다리며 시간을 때웠다. 다들 텃밭이나 창고, 빈 교실에 들어가 핸드폰을 하며 늘어져 쉬기 시작했다.
"혜진이 잔소리 안 들으니까 너무 편하다."
제이가 늘어져서 팔자 좋게 말했다. 다들 편히 쉬고 있었다. 창고에 들어간 두 사람만 빼고.

※

"나 진짜 모르겠어. 누가 가져간 건지. 그냥 혜진 언니한테 전화로라도 말해."
은재가 서범에게 말했다.
"아, 그냥 아까 말할걸……. 지금 말하면 더 혼날 텐데. 그래도 전화로 말하면 덜 혼나려나."
서범이 손바닥으로 뺨을 늘리며 걱정했다.
"아니, 미리 말 안 했다고 진짜 뒤집어질 걸."
은재가 한숨을 푹 내쉬었다.
'생각도 뒤집어야 돼, 생각을…….'
은재는 혀를 삐죽 내밀고 곰곰이 생각하다가 벌떡 일어나더니 목장갑이 있는 쪽으로 걸어갔다.
"그건 아까 다 본 거 아니었어?"
서범이 의아한 듯 말했다. 은재가 자초가 묻어있던 옛날 목장갑의 겉과 속을 뒤집었다. 그리고는 무언가를 유심히 보더니 씩 웃었다.

"안 본 곳이 있었어. 알았다. 누구인지."

**

"은재야. 책상 몇 개 나르면 돼?"
서범과 함께 1학년 1반 교실에 들어온 고봉이 은재를 발견하고는 물었다. 서범은 들어온 문을 슬며시 닫았다. 고봉은 겁먹은 표정으로 서범을 쳐다봤다.
"……문은 왜 닫아?"
"고봉아. 단도직입적으로 물어볼게. ……견우자 뭐에 쓰려고 한 거야?"
은재가 사뭇 진지한 표정으로 물었다.
"어……? 그게 무슨 얘기야? 난 나팔꽃 쪽은 근처에도 간 적 없는데……."
고봉이 울 것 같은 표정으로 말했다.
"견우자가 나팔꽃 씨인 건 어떻게 알아?"
은재의 말에 고봉의 눈빛이 마구 흔들렸다. 거짓말이라고는 처음 해보는 사람처럼 어색했다.
"자초도 가져간 거 맞지?"
"어, 어떻게……."
"자초를 옮길 때 썼던 장갑을 뒤집어봤어. 장갑 안쪽 손가락 닿는 부분에 빨간 자국이 묻어있었어. 셋째 손가락 부분만 빼고. 너 셋째 손가락에는 반창고를 하고 있잖아."
은재가 고봉의 손가락을 가리키더니 이어 말했다.
"처음엔 맨손으로 옮겨 담다가, 손에 물이 드니까 들킬까 봐 바로 장갑을 끼고 옮긴 거 맞지? 티가 안 나게 빨갛게 코팅된 옛날 장갑으로."
"………."

"그런데 반창고는 겉 부분이 맨질맨질해서 붉은 게 안 묻어났던 거고, 그 채로 장갑을 꼈으니까 세 번째 손가락 위치에만 자국이 없는 거야."
은재가 정말 탐정이라도 된 듯 자신의 추리를 설파했다.

결국 고봉의 눈에서 닭똥 같은 눈물이 흘렀다. 마음이 약해진 은재는 흐음, 하고 한숨을 쉬었다.
"괜찮아. 우리 둘밖에 몰라. 그리고 아직 아무 일도 없었으니까."
은재가 따뜻한 말투로 말했다. 서범은 고봉을 앉히기 위해 의자를 끌어 빼 주었다.
"왜 그랬던 거야?"
은재가 물었다. 고봉이 곧 울기라도 할 것 같은 표정으로 말했다.
"말 못 하겠어……."
고봉의 눈물이 책상 위로 뚝뚝 소리를 내며 떨어졌다.
"고봉아, 진정하고 처음부터 얘기해 봐. 우리가 도와줄 수 있는 게 있으면 도와줄게."
서범이 휴지를 건네며 세상 부드러운 미소로 고봉을 다독였다.
'쯧, 진서범 또 저 주특기를.'
은재가 생각했다.
"알겠어……."
고봉이 코를 풀고는 대답했다.
'그리고 그게 꼭 먹힌단 말이지. 추리는 내가 다 했는데.'
은재가 못마땅한 듯 속으로 생각했다.

**

"이게 다 독고준혁 때문이야."

고봉이 어깨를 파들파들 떨며 말했다.
"독고준혁이면, 오늘 시음회에 오는 선생님이잖아……. 우리 학년은 그 선생님한테 배운 적 없지 않아?"
은재가 의아한 듯 말했다.
"응. 작년에 내가 있던 동아리 담당이었어. ……만화부."
만화부……. 고봉이 원래 만화부였구나, 은재는 생각했다.
"거기서 무슨 일 있었던 거야?"
서범이 말했다.
"……난 웹툰 작가가 되고 싶은 게 꿈이라고 그랬었지?"
"응."
"만화부에 처음 들어갔을 때 좋았어. 마음이 맞는 친구들도 많았고."
고봉이 숨을 후 내뱉고는 차분하게 얘기하기 시작했다.
"난 장편 웹툰을 그리려고 하고 있었어. 캐릭터랑 설정, 스토리 짜는 데만 몇 달이 걸렸어. 5화 정도 완성되면 애들한테 보여 주려고 비밀로 하고."
"그럼 아무도 몰랐던 거야? 네가 그리고 있다는 걸."
"아니, 차라리 그랬으면 좋았을걸. 설정을 다 끝내 놓고 막상 그리려니까 겁이 나는 거야. 이렇게 해도 되는지……. 그래서 담당이었던 독고준혁 선생한테만 보여줬어. 내 설정집을 말이야."
고봉이 잠시 말을 멈추고 감정을 추스렸다.
"선생님은 그걸 보고 별 관심 없어 했어. 그래도 난 짜 놓은 게 아까워서 그냥 그리기 시작했고. 그렇게 내가 3화를 완성시켜 나갈 즈음에, 애들이 재미있다고 어떤 웹툰 공모전 당선작을 보여준 거야. 그런데……그 만화랑 내 만화랑 설정, 스토리 구성이 똑같은 거야. 캐릭터 디자인은 좀 더 멋있게 바뀌고……."
"뭐?"

서범이 소리쳤다.
"우연이 아니고? 무슨 만화인데?"
은재가 말했다.
"우연 아니야. 작가 닉네임이 '독고다이'였거든. 느낌이 이상해서 인터넷을 뒤졌는데, 이런 걸 찾았어."
고봉이 핸드폰으로 무언가를 찾아 보여줬다. 작가의 블로그에 3년 전에 써진 글이었다.
'……미술 선생님인 아버지와 소설가인 어머니 사이에서 태어나서 그런 걸까요? 전 어쩔 수 없이 웹툰 작가가 될 운명이었나 봅니다. 아직 정식 연재는……'

"그 선생이 맨날 자기네 집안이 예술가 집안이라고 자랑했었거든. 아내가 소설가라는 얘기도 했었고. 닉네임도 성에서 따온 거야. 이 사람 독고준혁 아들이 확실해."
고봉의 얼굴이 어느새 새빨개져 있었다. 화가 나 보였다.
"……얘기는 해봤어? 그 선생님한테……."
"처음엔 아니라고 잡아떼더니, 나중엔 증명할 수 있냐고 그러더라고. 내가 가지고 있는 거라곤 손으로 쓴 설정 노트랑 3화 분량의 원고뿐이었거든. 독고다이는 전업 작가니까 내 분량을 앞서서 훨씬 많이 그려낸 거야. 이걸로 뭘 증명할 수 있겠어."
고봉이 갈라진 목소리로 말했다.
"게다가 내가 따지고 난 뒤부터 동아리 분위기가 안 좋아졌어. 그 선생이 이간질을 한 거야. 내가 애니메이션 보는 애들을 욕하고 다녔다, 다른 부원이 그린 웹툰이 수준이 낮다고 말했다, 이런 식으로. 정말……나……그런 말 안 했어……!"
고봉이 결국 엎드려 꺽꺽 울고 말았다. 은재는 어색하게 고봉의 등을 쓰다듬으며 서범을 쳐다봤다. 서범 역시 어쩔 줄 모르는 표정이었다.
"결국 동아리 축제 날 상영한 만화부 단편 애니메이션을 보고 탈퇴할 결심을 했어. 내가 그린 부분들을 나한테 말도 없이 아예 다 들어냈으니까!"
고봉이 고개를 들고 카디건 소매로 눈물을 마구 닦아냈다.
"그래서, 견우자를 가져간 거야? 그 선생한테 먹이려고?"
은재가 조심스럽게 물었다.
"그저께 시음회 설명 대본이 올라왔을 때 옛날 생각이 나서 너무 괴로웠어. 이 손가락 상처도 넋 놓고 있다가 샤프 끝에 찔려서 생긴 거야. 그 인간이 왜 다도회에 들어간 건지 알아? 거기에 교장 선생님이 있어서 그래. 작년에 동아리 애들한테 대놓고 그런 얘기를 했었거든. 늘 강자에게 붙고, 약자 것은 뺏고, 그게 그 인간 행동방식이야. 그 선생한테 차를 가져다 주는 게 별거 아니라고 생각할 수도 있겠지만, 난 우리가 힘들게 키운 걸 또다시 그런 인간한테 뺏기고 싶지 않았어. 아주 사소한 것일지라도."
고봉이 숨을 고르며 말했다.
"어제 시장에서 말린 자초를 샀었어, 그래도 그냥 가져가버리면 민폐니까, 바꿔놓으려고······. 그런데 오늘 아침에 와서 보니까 우리 동아리 거는 너무 작은 거야. 우리는 키운 지 얼마 안 됐으니까. ······그래서 바꾸지도 못하고 홧김에 통째로 훔쳐버렸어. 말린 자초를 담았던 통에 같이 욱여넣었어. 그걸 훔치고 나오니까 갑자기 나팔꽃이 눈에 띄더라. 내가 그때 좀 흥분 상태였나 봐. 난 그게 독성이 있다는 걸 미리 알고 있었거든. 그래서 씨방을 통째로 뜯은 거야."
"독성이 있다는 걸 어떻게 알았어?"
은재가 물었다.
"사진을 찍다 보니까, 서범이가 이걸 괜히 사 온 게 아니라는 생각이 들어서. 도감에서 찾아봤었지. 그래서 독이 있다는 건 알았는데, 어떤 독성인지 잘은 몰랐어."
고봉의 말에 은재는 서범을 휙 째려보았다. 서범은 곤란한 미소를 보였다.
"그때는 제정신이 아니었어. 그래서 돌아오자마자 정신이 들어서, 견우자는 교실 쓰레기통에 버렸어. 믿기……힘들겠지만……정말이야……."
고봉은 다시 울먹이기 시작했다. 은재는 마음이 착잡했다.
"고봉아. 근데, 너무 위험한 생각이었어. 견우자 많이 먹으면 진짜 위험해. 물론 네가 가져간 양으로는 턱도 없긴 한데, 그래도……먹으면 어떻게 되는지도 정확히 모르고……."
은재가 어설프게 고봉을 타일렀다. 은재 스스로도 자신이 잘 하고 있는 건지 헷갈렸다.
"그래, 아니면, 지금이라도 자초 다시 가져다 놓는 건 어때? 슬기한테는 좀 미안하지만, 내가 우연히 찾았다고 할게."
서범이 말했다.
"알았어……."
고봉이 기어들어가는 목소리로 대답하였다.

그때, 교실 앞쪽에서 훌쩍이며 코를 먹는 소리가 들렸다. 놀란 은재가 앉은 자리에서 반쯤 일어나 주변을 살폈다.
"뭐, 뭐야. 아무도 없는데……."
끼이익, 하고 갑자기 교실 앞쪽에서 의자가 움직이는 소리가 들렸다. 기주가 눈물 그렁그렁 한 채로 일어났다.
"어, 언니."
고봉의 얼굴이 사색이 되더니 조그만 목소리로 기주를 불렀다.
"뭐야, 언제부터 거기 계셨어요?"
은재가 기주에게 물었다. 기주는 의자를 여러 개 붙여놓고 그 위에 누워

있었던 모양이었다. 빈 교실이라고 생각했는데, 누워 있어서 못 본 것이 었다.
"언제부터는 무슨, 내가 먼저 와서 농땡이 치고 있는데 너, 너네가 들어온 거잖아."
기주가 크게 코를 들이키며 말했다. 아무래도 나갈 타이밍을 못 잡고 긴 시간 동안 쥐 죽은 듯 누워있었던 것 같았다.
'하긴, 내가 들어오자마자 견우자를 훔쳤냐고 바로 물어봤었으니까…….'
"야, 최고봉."
"…"
기주의 부름에 고봉은 땅을 보고 대답을 피했다. 기주까지 알게 된 것이 부끄러웠는지 얼굴이 새빨개지고 눈에는 눈물이 그렁그렁 맺혔다.
"내가 전에 괴롭히는 사람 있으면 말하라고 분명히 얘기했었지."
기주가 팔로 자신 눈가를 쓱쓱 닦더니 목소리를 가다듬었다.
"너 진짜 자초 다시 돌려놓고 싶어? 복수 안 할 거야?"
"……네?"
고봉이 토끼 눈을 하고 기주를 쳐다봤다.
"어휴, 답답이들아. 그런 인간한테 다시 가져다 주자고? 청춘 드라마 찍냐? 그건 내가 못 참아. 내가 대신 복수해줄게."
기주는 전혀 망설이는 표정이 아니었다.
"누나, 무슨 짓을 하시려고요. 그거 진짜 위험할 수도 있어요."
서범의 얼굴에 당황스러움이 묻어났다.
"야, 진서범. 누가 위험한 짓 한데? 독고준혁 선생님께 건강에 아주 좋은 차 대접하려고 하는 거니까, 걱정 마."
은재는 곤란하다는 표정으로 서범을 쳐다봤다. 서범 역시 당황스럽기는 마찬가지였다. 무슨 말을 해야 할 지 떠오르지 않았다.

"나한테 좋은 생각이 있어. 나는 한 입으로 두 말 안 해."
기주의 말에 두 사람은 아무 말도 못 하고 입만 벙긋거렸다. 이 적막을 깬 사람은 다름 아닌 고봉이었다.
"……그 방법이 뭔데요?"
기주는 호탕하게 웃더니 다짐한 듯 손뼉을 한번 크게 쳤다.
"도둑놈한테 제일 잘 어울리는 방법이지. 너 말 바꾸지 마. 잠깐 실례."
기주는 책상 위에 손을 척 올리더니 의자에서 몸을 완전히 일으켰다. 곧 전화를 걸며 어디론가 사라지는 기주였다.

※※

"이야, 학생들이 잘 키웠네요."
독고 선생의 호들갑 떠는 목소리가 어찌나 컸는지, 밭 밖에서 기다리고 있던 시음회 팀의 귀에도 대화 소리가 잘 들렸다. 교장 선생님과 독고 선생을 비롯해 다섯 명의 선생님이 약초밭을 구경하러 왔다. 이 사람들은 모두 교내 교사 다도 모임 회원들로, 일 년에 한 번씩은 약초밭을 구경하고 한방차 시음을 하러 자청비를 방문하곤 했다. 혜진과 제이는 선생님들에게 간단하게 밭 설명을 하고 있었다. 슬기와 로훈은 그 뒤만 졸졸 따라다녔다. 선생님들은 다들 밭에 흥미를 가지며 약초들을 구경하고 있었다.
"선생님, 구두에 흙 묻는데 괜찮으세요?"
한 교사가 독고 선생에게 묻자 독고 선생은 호탕하게 웃어 보였다.
"아유, 제가 또 시골 출신 아닙니까. 그런 거 전혀 신경 안 씁니다. 하하."
"아휴, 독고준혁 선생 시골 출신인 건 내 처음 알았네."
독고 선생의 웃음소리에 교장은 기분이 좋아 보였다.

"까고 있네."
멀리서 그 소리를 듣던 기주는 시음회 테이블을 지키고 있는 부원들만 들리게 작게 이죽거렸다. 간이 시음대는 교실 책상 몇 개를 이어 붙여 만들어 놓은 것이었다. 그 위에는 간단한 과자들과 종이컵, 미리 끓여둔 차를 담은 보온병이 올라가 있었다.
고봉은 긴장되는지 손끝을 꼼지락거리고 있었다.
"야, 쫄지 마. 오히려 인사도 당당히 하고. 알았어?"
기주가 고봉의 등을 팡팡 두들겼다. 밭 구경을 마친 선생님들이 혜진의 안내에 따라 시음대로 걸어왔다.

**

"안녕하세요."
기주는 화사한 미소로 선생님들을 맞이했다. 윽, 은재는 기주의 가식적인 모습에 적응이 안 됐다. 기주 옆에선 부원들도 함께 꾸벅 인사를 했다.
"그래, 팽민지 박사는 잘 계시고?"
교장은 인자한 미소로 물었다.
"네, 오늘 저녁에 학회 참석하신다고 못 오셨어요⋯. 죄송하다고 전해 달라셨어요."
"죄송은 무슨. 오히려 늘 감사하지. 그런데 그건 뭐냐?"
교장의 시선은 이미 온통 차에 쏠려있었다.
"네. 박사님 지도에 따라 선생님별로 다르게 준비한 한방차예요."
"이야, 이거, 매번 팽 박사한테 미안하네. 학생들도 많이 신경 썼구먼. 감동이야, 감동."
"제가 설명드리면서 한 잔씩 따라 드릴게요."

기주가 친절한 미소로 말했다. 고봉이 종이컵을 꺼내 교장에게 건넸다. 그러자 독고 선생이 옆에서 참견을 했다.

"고봉아, 종이컵도 좋지만, 이렇게 선생님들 왔을 때는 예쁜 찻잔 같은 것도 준비하고 그러는 거야."

"에이, 괜찮습니다. 이건 무슨 차지?"

교장이 손사래를 치며 말했다.

"황기차예요. 요즘 기운도 없고 땀도 많이 나신다고 하셨죠?"

"나이가 드니까 아무래도 그렇지."

교장은 천천히 차의 색을 살피더니 맛을 음미했다.

"맛이 참 고소하네."

"다과도 드세요."

서범이 권했다.

"아유, 뭐 이런 걸 다 준비했어. 그런데 난 요즘에는 또 이 차 맛만 보는 게 좋더라고. 학생들 끝나고 먹어요."

교장이 온화한 미소로 거절을 했다. 그러자 옆에 서있던 독고 선생이 큰 소리로 말했다.

"맞습니다. 저도 다과 잘 안 먹습니다. 학생들에겐 미안하지만, 차는 본연의 맛을 음미하고, 또 즐기기 위한 거라서……."

"독고 선생은 나랑 같구먼. 하여튼 다른 선생님들은 취향껏 편안히 드시죠."

교장이 말했다.

"다음은 정우림 선생님 차 드릴게요."

기주는 선생님 한 명 한 명에게 차를 따라 드렸다. 시음회 팀은 각자에게 주어진 대본을 읽으며 설명을 했다. 좋은 향기가 시음대 주변으로 퍼져 나갔다.

"마지막으로, 독고준혁 선생님 차 드릴게요."
기주가 친절한 미소로 말했다.
"차를 좀 드셔보셨으면 고삼차를 추천해 드리고요, 아직 초보시라면 단맛이 나는 자초 차를 추천해 드리라고 하셨어요. 둘 다 청열약이라고 해서, 선생님 피부 염증에 좋을 거라고 하셨어요."
기주의 말에 독고 선생은 기회다, 라는 생각을 한 듯 보였다.
"그럼 고삼차로 주세요."
"선생님, 고삼차는 좀 쓸 텐데 괜찮으시겠어요?"
한 선생이 말리듯 얘기하자 독고 선생은 오히려 더 좋다는 듯이 웃었다.
"차가 원래 이 씁쓰름한 맛에 먹는 것 아니겠습니까. 그리고 제가 이 이름에 삼(參) 들어간 차들을 정말 좋아합니다. 제가 또 고3 담임이기도 하고, 하하하."
독고 선생의 썰렁한 개그에 웃는 사람은 교장뿐이었다. 다른 선생님들은 마지못해 웃는 정도였다.
"으하하하, 독고준혁 선생이 차 마실 줄 아네. 유머 감각도 있고. 차에 대한 본인의 철학이 있어야 돼. 왜 진작 다도회에 안 들어왔는지 몰라."
독고 선생의 개그에 기주마저도 잠시 표정이 일그러졌지만, 이내 표정을 고쳤다. 기주가 내민 차의 색은 보리차 같은 맑은 갈빛을 띄고 있었다.
"어유, 색깔도 참, 예쁘네요. 그럼…."
독고 선생은 여유 있는 표정으로 차를 한 모금 들이켰다.
"……푸학!"
독고 선생은 괴상한 소리와 함께 머금고 있던 차를 그대로 뿜어버렸다. 교장이 입고 있던 정장 재킷에 그대로 묻어버렸다. 알랑방귀를 끼기 위해 옆에 계속 붙어 교장을 바라보고 있던 탓이었다.

"어머, 선생님! 괜찮으세요? 많이 뜨거우셨어요?"
기주가 걱정 어린 표정으로 호들갑을 떨었다.
'연기력 100점.'
은재는 생각했다. 다른 선생들도 깜짝 놀라 독고 선생을 쳐다봤다.
"아니. 아, 그, 갑자기 사, 사레가 들려서…."
독고 선생은 맹한 표정으로 대답했다.
"아무래도 고삼차는 너무 썼지요?"
교장이 실망한 표정으로 정장 재킷에 묻은 차를 털어냈다.
"아. 아닙니다. 정말 갑자기 사레가 들려서……."
독고 선생이 말했다.

은재는 알고 있었다. 독고 선생이 뿜어낸 이유를. 고삼차는 그냥 씁쓰름한 정도의 차가 아니었다. 이름에 쓸 고(苦)를 사용할 정도로 무척 쓴맛이었다. 티브이 예능 프로그램에서 종종 벌칙으로 나오는 차가 이 고삼차였다. 차에 아무런 관심도 없던 독고 선생은 이 정도로 쓸 거라고는 예상하지 못한 듯했다.
독고 선생은 퍼뜩 정신을 차리고 교장을 쳐다봤다. 교장이 썩 좋지 못한 표정으로 두어 번 헛기침을 했다.
"죄송합니다. 좋은 정장이…. 제가 드라이해 드리겠습니다."
"흐흠, 그 얘긴 나중에 하고. 그나저나 아이고, 팽민지 박사가 준비해 준이 아까운 차를 다 흘렸으니…."
교장이 아쉽다는 듯 혀를 찼다. 그러자 기주는 교장에게 휴지를 건네며 대답했다.
"괜찮아요. 차는 많이 남아있어요."
"아이고, 잘 됐네. 이 귀한 걸. 내 황기 차도 좀 남아있나?"
교장의 표정이 다시 활짝 폈다. 기주는 교장에게 먼저 차를 따른 후, 고삼차가 들어있던 보온병에서 남은 분량을 탈탈 털어 독고 선생의 컵에 한가득 채웠다. 교장은 어느새 표정이 풀려있었다.
"선생님, 이번엔 조심히 천천히 드세요. 잘 식혀서."
독고 선생은 멍청한 표정으로 차를 받아들었다.
"고, 고마워요."
독고 선생은 비실비실 웃어 보이더니 눈을 감고는 억지로 차를 마시기 시작했다. 헛구역질을 참으며 미간을 잔뜩 찌푸린 채 억지로 마셨다. 겨우 다 마신 독고 선생은 과자라도 먹으려 했지만 본인이 한 말에 먹지도 못하고 똥 마려운 강아지마냥 안절부절 울상이 되었다.

"고삼차는 제가 설명해 드릴게요."
고봉이 결심했다는 듯이 앞으로 나와 얘기했다. 평소보다 또렷한 목소리였다.
"고삼은 뿌리 모양 때문에 도둑놈 지팡이라는 이명을 가지고 있어요. 살충하는 효과가 있어 피부질환 등에 도움을 줄 수 있다고 해요. 막힌 습열을 풀어주고요."
'어째, '도둑놈'이랑 '살충'이라는 단어에 힘을 주고 얘기하는 것 같다…'
은재는 웃음을 참으며 고봉의 설명을 진지하게 듣는 척했다. 서범을 언뜻 쳐다보니 서범 역시도 비슷한 처지인 듯했다.
"이야, 우리 준혁 선생한테 딱 맞는 차네. 수고했어요. 학생들."
똥 씹은 독고 선생의 표정과 달리 교장은 기특하다는 듯이 웃었다.

다른 선생님들도 하나둘씩 컵을 비우고는 잘 먹었다며 짧게 인사를 하였다. 기가 죽은 독고 선생도 짧게 인사를 하고는 사라졌다. 호들갑 떨던 목소리는 어디 가고, 기운이 쭉 빠져 보였다.
'꼴좋다.'

은재는 기주를 슬쩍 바라보았다. 기주는 마지막까지 표정을 유지하는 건지. 온화한 미소만을 짓고 있었다.

*

"아싸, 과자 많이 남았다!"
슬기가 달려들어 과자를 마구 챙기기 시작했다.
"자, 정리하자. 시음대 팀은 시음대 정리하고 책상 제자리에 놔주고, 우리 밭 팀은 걸어놓은 현수막 정리하고. 정리 끝났으면 알아서들 집에 가."
혜진의 말에 아이들은 각자 정리를 시작했다.

"흐하하하! 이거지! 아, 속 시원해! 너네, 그 선생 표정 봤지."
복도에 울려 퍼지는 기주의 웃음소리. 손에 보온병을 든 채 큰 목소리로 웃음을 내뿜고 있었다.
"근데 언니, 만약에 달달한 차로 달라고 했으면 어떻게 하려고 했어요?"
은재는 책상을 들고 옮기며 물었다.
"응? 그래도 당연히 똑같이 고삼차로 주려고 했지. 그리고 착각했다고 사과하려고 했는데?"
기주가 뭘 당연한 걸 묻냐는 표정으로 말했다.
"…누나한테는 정말 못 당하겠다. 고삼은 어떻게 생각해낸 거예요?"
은재 옆에서 또 다른 책상을 들고 옮기던 서범이 대답했다.
"예비 일학대 한의대생으로서, 그건 기본이지. 그리고 내가 박사님이랑 얼마나 친한데. 그거 하나 모르겠냐?"
기주는 기분이 좋아 보였다. 기주가 시음회 직전 전화를 건 사람은 다름 아닌 팽 박사였다. 실제로 고삼과 자초 모두 독고 선생에게 잘 맞는 약재였다. 그와 더불어, 박사의 눈에 독고 선생은 아주 못마땅한 사람이었는데, 교장이 오는 날만 쏙쏙 골라 다도회에 온다는 게 그 이유였다.
'그 인간이 차를 좋아해서 온 건지, 다른 목적이 있어서 온 건지. 난 척 보면 알지. 그런 인간은 우리 다도회에 올 자격이 없어. 내가 혜진이 오면 고삼을 같이 보내마.'
박사의 신경질적인 목소리가 귓가를 울리는 것만 같았다.

"다들……. 진짜 고마워요."
아까부터 한마디 없던 고봉이 갑자기 울컥했는지 소리 내서 꺽꺽대며 울기 시작했다. 기주는 들고 있던 보온병을 얼른 복도 바닥에 내려놓고는 고봉이를 안아줬다.
"야, 최고봉. 뚝 그쳐. ……그거 알아? 네가 미워하는 사람을 해치려고 하는 건 아무 소용 없어. 어차피 그 사람은 너한테 잘못한 그 이유로 알아서 망하게 되어 있거든……. 앞으로는 마음에 담아두지 말고, 주변 사람들한테 얘기해. 알았어?"

서범은 은재를 보며 씨익 웃더니 작은 목소리로 속삭였다.
"야, 우리는 교실에 책상이나 가져다 놓자."
두 사람의 시간을 방해하지 말자, 은재는 생각했다. 은재와 서범은 책상을 들고 교실까지 아무 말 없이 걸어갔다. 고봉의 울음소리가 사그라든 것인지, 멀어져서 그런 것인지는 모르겠지만 그 소리가 점점 작아졌다.

빈 교실에 온 은재는 책상을 제자리에 내려놓으며 서범에게 물었다.
"야, 진서범. 그런데 그 고삼이라는 거, 진짜 몸에 나쁜 건 아니야? 남은 거 조금 먹어보니까 맛 진짜 독하던데."
"응, 저거 아기 젖 뗄 때도 쓰는 거야. 엄마 젖에 발라놓으면 애들이 쓰다고 다시는 안 물려고 하거든."
"그렇구나. 기주 언니도 참. 언제 박사님이랑 저렇게 친해졌대. 하여튼, 보통은 아니라니까."
"박사님도 괴짜잖아. 괴짜끼리 맞는 점이 있나 보지."
서범은 말하다 말고는 뜸을 들였다.
"…이은재, 오늘 고마워. 너 아니었으면 난 혜진이 누나한테……. 상상만 해도 무섭다. 그리고 고봉이도 계속 괴로웠을 거야. 우리에게 솔직하게 털어놓지도 못했을 거고."
"뭘……."
어색함에 은재는 시선을 돌렸다. 창밖을 보니 어느새 뉘엿뉘엿 어두워져 있었다. 빈 교실, 빈 학교. 은재는 어쩐지 개운하지만은 않았다.
'난? … 나야말로 솔직하게 털어놓을 수 있을까?'
"슬슬 나갑시다, 탐정님."
서범은 은재의 씁쓸한 표정을 본 건지 못 본 건지 씩 웃으면서 얘기했다.
"……너, 찾아 주면 소원 들어준다고 했지?"
"맞다. 소원이 대체 뭔데?"
서범이 실실 웃으며 물었다. 은재는 긴장감에 굳은 표정으로 주머니에서 USB를 꺼내 서범 앞에 보여줬다. 서범의 얼굴이 삽시간에 어둡게 변했다.
"……이게, 왜 너한테 있어?"
서범은 못 볼 거라도 본 듯한 표정이 되었다.

"이거, 현나 선배랑 관련있는 거지? 너랑 현나 선배가 무슨 사이인지 알려줘. 개 쓸개를 왜 샀는지도."
은재가 입술을 꽉 깨물고 말했다.

자초 紫草 자줏빛 자 풀 초

Lithospermi Radix
지치과에 속한 지치의 뿌리

효능 몸의 열을 내려주고 혈액순환을 돕는다.
피부 질환을 치료한다.

뿌리 외피 주위에 자색 색소가 형성이
되어있어 천연 염색에 사용되기도 한다.
자색 색소인 acetylshikonin이 주성분으로,
다이어트 등에 도움을 줄 수 있다.
화상, 상처 등에 사용하는 한방 연고인 자운고의 주 재료이다.

고삼 苦蔘 쓸 고 삼 삼

Sophorae Radix
콩과에 속한 고삼의 뿌리

효능 열을 내려주고 습기를 말려준다.
살충 효과, 피부 질환의 치료.

구부러져 있는 뿌리의 모양 때문에
'도둑놈의 지팡이'라는 이명을 갖고 있다.
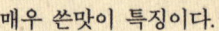
매우 쓴맛이 특징이다.

견우자 牽牛子 끌다 견 소 우 씨앗 자

Pharbitidis Semen
메꽃과에 속한 나팔꽃의 성숙한 종자

효능) 대소변이 막혔을 때 통하게 한다.

주의) 독성 있음 ※!
많이 사용하게 되면 강한 설사가 유발될 수 있다.
허약자나 임산부의 경우 사용을 금한다.

7~10월 과실이 성숙하였을 때 채취한다.
견우자의 pharbitin성분은 장 내에서 강한 자극을 유발하여 설사를 일으킨다.
견우자는 '소를 끌고 와 바꿀 만큼 가치가 있는 약재'라는 뜻으로, 적절히
사용한다면 좋은 효과를 볼 수 있다.
나팔꽃은 일찍 피고 지는 특성 때문에 '바람둥이 꽃'이라는 별명을 가지고 있다.

물방울에 반사된

1-1반 앞. 서범이 짜증 난다는 듯이 자기 머리를 마구 헝클어트리더니, 한숨을 푹 쉬고는 교실 문을 열었다.

"누나! 1학년 신입생 왔어요!"
한 2학년 남학생이 서범을 보더니 생글생글 웃으며 반겼다.
"어, 신입생이구나? 안녕? 어서 앉아. 아직 다 안 왔으니까. 좀만 기다리자."
'김현나'라고 쓰인 명찰을 단 3학년 여학생이 서범을 보고는 말했다. 서범은 고개를 대충 끄덕이고는 아무 자리에 앉았다. 2학년 남학생이 다가와 말을 걸었다.
"안녕? 너 되게 잘생겼다. 난 유제이야. 그냥 제이 형이라고 불러. 알았지?"

"야, 가만히 좀 있어, 신입생 괴롭히지 말고."
무뚝뚝하게 생긴 또 다른 2학년 여학생이 제이에게 핀잔을 줬다.

이윽고, 교실 앞문이 쾅 소리를 내며 거칠게 열렸다. 화난 표정의 여학생이었다.
"너도 신입 부원이니?"
현나가 약간 놀란 표정으로 문을 열고 들어온 여학생에게 물었다. 그 여학생은 현나를 쳐다보지도 않고 서범에게 달려들다시피 다가갔다.
"야, 너 잠깐 나와."
서범은 굳은 표정으로 그 여학생을 따라 나갔다.

"정혜진, 뭐냐, 이 상황?"
제이가 닫힌 뒷문을 멍하니 바라보며 혜진에게 속삭이듯 물었다. 교실 밖에서 여자애의 화난 듯한 목소리만 퍼져 울릴 뿐이었다.

**

"농구부 들어갈 거라며! 갑자기 무슨 약초야? 난 너 때문에 농구부 매니저로 들어갔는데에!"
서범은 넌더리가 났다. 어이없는 상황에 정신이 멍해질 뿐이었다.
"너한텐 그런 말 한 적 없어. 너, 내가 네 남자친구라고 헛소문 퍼뜨리고 다녔다며?"
서범이 어이없다는 듯 웃어 보이고는 말을 이었다.
"너 때문에 직전에 바꾼 거야. 네가 들어온다고 해서. 덕분에 이렇게 남는 아무 동아리나 들어온 거고. 이 정도면 많이 배려해 준 거 같은데?"
분명 화가 나는 상황인데 머리는 차가워졌다. 여자애는 땅바닥만 노려

볼 뿐 아무런 말도 하지 못했다. 터져 나오는 화를 참는 듯 보였다.
'진짜 화나는 사람이 누군데.'
서범은 화를 삭이기 위해 크게 한숨을 내쉬었다. 때마침 6교시 시작을 울리는 종소리가 울렸다.
"할 말 없으면 들어간다."
"……네가 일부러 착각하게 했잖아. 친절하게 대하고, 웃어주고. 너 그따위로 살지 마. 내가 너 어떤 앤지 다 말하고 다닐 거야."
여자애는 고개를 들어 악에 받친 듯 빠르게 말을 읊조리기 시작했다.
"야."
서범이 어이없는 듯 웃으며 화가 나 한마디를 하려던 그때, 현나가 부드럽지만 단호한 목소리로 여자애에게 말을 걸었다.
"저기, 선생님 오셔서 이제 시작해야 되는데, 가줄래?"
여자애는 얼굴을 일그러뜨리더니 갑자기 울음을 터뜨렸다. 시뻘게진 얼굴을 손으로 가리고는 멀리 뛰쳐나갔다. 현나가 아무런 말없이 교실로 들어갔다. 서범은 빈 복도에 서서 고개를 들고 혼자 어금니를 꽉 물며 화를 삭였다. 첫 단추부터 단단히 잘못 끼워진 게 분명했다.
서범은 교복을 툭툭 털어 정리를 하고는 교실에 돌아와 앉았다.

교실에는 정적이 감돌았다. 선생님이 왔다는 말은 거짓말이었다. 다들 눈치를 보며 아무런 말도 못 하고 있을 때, 정적을 깬 건 제이였다.
"뭐였어, 방금?"
혜진은 제이를 뜨악해 하는 표정으로 바라보았다.
"……죄송합니다."
"아니 아니. 와 너 대단하다. 여자 울리는 남자. 나 처음 봤어. ……아야!"
제이가 눈치 없이 호들갑을 떨자 혜진이 조용히 와서 제이의 머리통을 후려쳤다.

"……너 괜찮니?"
현나가 서범에게 조심스럽게 물었다.
"네, 죄송해요."
서범이 굳은 표정으로 대답했다. 부원들은 더이상 아무런 말도 묻지 않았다.

'아……, 피곤하다.'
서범에겐 변명을 할 기운도 남아있지 않았다. 서범은 이 모든 상황이 악몽처럼 느꼈다.

**

퉁퉁퉁.

어느새 5월이 됐다. 그동안 서범은 적당히 튀지 않게 지냈다. 농구부에 들어간 그 여자애는 결국 얼마 전 농구부 부원 중 한 명과 사귀게 됐다고 했다. 그럴 거면 왜 날 그렇게 괴롭혔는지. 바람둥이니 뭐니 하는 이상한 소문은 왜 낸 건지, 어이가 없었다. 농구부원들은 서범을 아니꼽게 생각했다. 주중에 마음 편히 농구를 하기 어려워져버린 서범은 처음으로 주말에 나와 농구 연습을 하게 된 것이었다.
농구공이 초록색 농구 코드 위로 튀겨진다. 서범은 며칠 전 현나와 나눈 대화를 떠올렸다.

"범이 토요일 날 진짜 안 가? 산행 재미있는데."
현나가 반으로 돌아가는 서범에게 물었다.
"네. 그날 할아버지 댁에 가기로 했거든요. 죄송해요."

"죄송하긴, 필수 참석은 아니니까. 혹시라도 올 수 있게 되면 연락 줘."
"네."
서범은 웃으며 거짓말을 쳤다. 약초부는 툭하면 사람을 불러냈다. 그럴 때마다 적당히 활동하긴 했지만, 토요일까지 반납할 마음은 추호도 없었다. 그 토요일이 바로 오늘이었다. 농구공은 이내 휘익 소리를 내며 농구대 링 안으로 들어가 바닥으로 떨어졌다.

'더워. 잠깐 쉬자.'
서범은 농구복 목깃을 잡고 흔들며 제 얼굴의 땀을 식혔다. 가져온 얼음물은 반쯤 녹아있었다. 입가에 가져댄 채로 꿀꺽꿀꺽 마셔댔다. 녹은 물을 다 마셨는지 탈탈 털어도 더이상 나오지 않았다. 목이 탔다.
그런 서범의 눈에 들어오는 것은 약초밭이었다. 지금까지 한번도 눈길이 안 갔던 약초밭. 펜스가 잠겨있었다.
'지금쯤 다들 한참 등산 중이겠네.'
서범도 나름 동아리 안에서 친해진 사람이 있었다. 성격이 워낙 좋은 청민과 장난을 잘 치는 제이였다. 현나와도 썩 먼 사이라고 할 순 없었지만, 서범은 현나를 볼 때마다 늘 벽 같은 것을 느꼈다. 성격 좋은 모범생. 하지만 자기 속마음을 잘 내비치는 것 같진 않았다.

서범의 밭 짝꿍 역시 서범처럼 큰 관심 없이 들어온 애였다. 두 사람은 가위바위보로 물 당번을 몰아주기로 했는데, 거기서 이기는 바람에 서범은 한 번도 물을 주지 않게 되었다. 두 사람은 별 교류 없이 지냈다. 정말 짝꿍이 제대로 물을 주는지 안 주는지 알 길은 없었다.

'원래 저런 꽃이 있었나?'
서범은 펜스 위에 팔을 얹고 기대 자줏빛 꽃을 빤히 바라봤다.

"작약꽃이야."
옆에는 체육복 차림의 현나가 서있었다.
"뭐, 뭐야!"
"벌써 다녀온 거야? 할아버지 댁?"
현나가 온화한 미소를 띠며 말했다. 따뜻한 바람이 뺨을 부드럽게 훑고 지나갔다.
"누, 누나. 벌써 산행 다녀오신 거예요? 왜 학교로 오셨어요?"
"응, 일찍 가서 빨리 끝났어. 난 매주 토요일 날 물을 주러 오거든. 끝나고 혼자 온 거야."
"저, 저도 할아버지 댁 갔다가 농구하러 왔어요. 주말에도 물을 주시는지는 몰랐네요."
서범이 어색한 말투로 말했다.
"우와, 일찍 다녀왔네. 물주는 건 그냥 내가 하고 싶어서 하는 거야. 아마 아는 사람 별로 없을걸?"
'정말 내 말을 믿는 건가?'
순진한 건지, 놀리는 건지. 현나는 언제나 오묘한 표정을 지었다. 그래서 무슨 생각을 하는지 구분해 내기가 어려웠다. 현나가 주머니에서 열쇠를 꺼내더니 펜스를 열었다.
"나 신경 쓰지 말고 편하게 농구해. 원하면 구경해도 되고."
"네. 농구할게요."
서범은 빤한 거짓말을 한 것이 민망해 다시 농구 코트로 돌아가 공을 튀겼다. 농구공은 링에 맞고 바닥으로 튕겨 나갔다. 목이 몹시 말랐다. 현나가 있는 약초밭 쪽으로는 최대한 시선을 돌리지 않으려 했다.
'농구에만 신경 쓰자, 농구에만.'

현나는 약초밭에 쭈그려 앉아 낑낑거리며 왔다 갔다 하고 있었다. 자세히 보니 수도꼭지에 호스를 연결하고 나서 물을 틀면 계속 호스가 빠지는 듯했다. 끼우고 물을 주려고 하면 다시 빠지고, 또다시 끼우고. 바보 꼴이 따로 없었다.
'……어휴, 대체 뭐 하는 거야.'
서범은 농구공을 대충 바닥에 내려놓고는 수건으로 얼굴의 땀을 쓰윽 닦았다.

"도와드릴까요?"
"응? 그럴래?"
'에이, 둘은 좀 불편한데.'
현나는 서범에게 수도꼭지와 호스 연결부를 꽉 잡고 물을 틀어달라고 했다. 수도꼭지를 돌리자 시원한 물이 잡고 있는 연결부를 타고 흐르는 게 느껴졌다. 이내 물이 호스 구멍 밖으로 파악 소리를 내며 시원하게 터져 나왔다.
"잠깐만 그러고 있어! 금방 뿌릴게."
현나는 밭에 물을 흠뻑 주기 시작했다. 땅에도 뿌리고 잎에도 뿌리고. 물은 잎을 적셨다. 잎 위에 맺힌 물방울이 빛을 받아 반짝반짝 빛났다. 서범은 쪼그려 앉아 연결부를 붙잡고는 그 모습을 구경했다. 현나의 눈은 더 반짝거렸다.
그때 서범의 뺨으로 시원한 물방울이 후드득 쏟아졌다.
"미안 미안! 많이 튀었니?"
"괜찮아요. 더웠어요."
"진짜 미안해. 거의 다 줬으니까 잠시만!"
현나는 물을 좀 더 뿌리더니 서범이 있는 쪽으로 다가와 옆에 쭈그려 앉고는 수도꼭지를 잠갔다.
"고마워, 자판기 음료라도 먹을래?"

※※

덜컹-.
자판기 음료수 퇴출 구로 음료수 캔이 요란하게 떨어진다. 현나는 서범에게 캔을 건네주었다. 손바닥을 타고 냉기가 전달되었다.
"감사합니다."
서범이 급하게 캔을 따 꿀꺽꿀꺽 마셨다. 푸하, 하는 소리가 절로 났다.
"지금까지는 어떻게 물 줬던 거예요? 계속 빠지던데."
"아. 원래 이렇게 링 모양으로 생긴 호스 고정 밴드가 있었어."
현나가 손가락으로 동그라미를 그려 보이며 말했다.
"그걸로 조이면 되는데, 저번 주에 그게 빠졌는지 없어졌거든."
"다른 호스로 주면 되잖아요."
"거긴 물이 나왔다 안 나왔다 해서, 답답하잖아. 너도 짝이랑 그 사이에 물 줬으니까 알았을 텐데?"
현나가 물었다.
"아……. 저희는 한 명한테 몰아주기로 해서 저는 준 적 없어요."
서범은 머쓱해했다.
"으이그, 어쩐지, 열쇠 받으러 한 번을 안 찾아오더라. 그럼 물 한 번도 줘본 적 없겠네?"
"그렇죠, 뭐."
현나는 웃으며 물었다.
"넌 약초부가 별로 재미없지? 오늘도 빠진 거 보면. 뭐라 하려는 건 아니니까 솔직하게 말해봐."
'오늘 빠진 게 거짓말인 거는 알았구나.'
서범은 생각했다.
"뭐, 기장 누나한테 할 말은 아니지만. 솔직히 말하면 저 여기 억지로 들어온 거예요. 원래 전 농구부 들어가고 싶었거든요. 들어갔었기도 했었고."
서범이 캔 따개를 손끝으로 가볍게 튕기며 말했다.
"그런데 왜 여기로 오게 된 거야?"
"첫날 난리 쳤던 여자애 때문이에요. 학기 초에 짝이었는데, 거의 저를 스토킹하다시피 따라다녔거든요. 이상한 소문도 많이 내고. 동아리까지 따라 들어온다고 그래서, 직전에 탈퇴한 거였어요."
서범이 담담하게 말했다. 현나가 말없이 들으며 고개를 끄덕였다.
"그러는 누나는 약초부가 재미있어요? 고3인데 주말까지 반납하고."
"응, 난 여기 1학년 때부터 있었어. 꿈이 한의사거든. 그리고 공부하러 가기 전에 밭에 물 뿌리고 가면 시원하고 좋아. 속이 좀 풀리는 기분이거든."
"좀 특이하시네요."
현나는 생각보다 솔직한 서범의 말에 웃으며 말했다.
"아마 너도 나처럼 곧 약초를 좋아하게 될 거야. 내가 좋아하게 만들어 줄게."
서범은 현나의 얼굴을 쳐다보았다. 저런 오그라드는 말을 아무렇지도 않은 표정으로 하다니, 웃기는 여자다. 서범은 그렇게 생각했다.

**

그 다음 주 토요일에도 서범은 농구 연습을 하러 갔다.
아침부터 뜨거운 햇살이 내리쬐었고, 학교는 한적했다. 그 한적한 운동장에 공 소리만 울렸다. 골이 평소보다 잘 들어갔다.
텃밭은 굳게 잠겨있었다. 멀리서 봐도 그 사이 잡초가 더 자란 것 같다. 연습한 지 삼십 분 정도 지났을까. 학교 후문에서부터 발소리가 저벅저벅 들렸다. 그리고 두런두런 조용한 말소리도 들렸다.
'부기장 형이네.'
현나는 청민과 대화를 하며 걸어오고 있었다. 두 사람은 서로 수줍은 듯 웃을 뿐, 호탕한 웃음소리 같은 건 나지 않았다. 잔잔한 대화 소리와 미소 정도가 다랄까. 두 사람은 곧장 텃밭 쪽으로 걸어갔다. 현나가 가방에서 열쇠를 꺼내 문을 열었다. 서범은 왜인지 숨고 싶었지만, 못 본 척 농구공을 통통거리며 연습하는 것 말고는 할 수 있는 게 없었다.
"어, 범이네? 안녕?"
청민이 젠틀한 인사를 건넸다. 청민은 성숙한 분위기 때문에 제 나이보다 두세 살은 많아 보였다. 현나 역시 반갑게 인사를 했다.
"안녕하세요?"
"우리는 밭에 물 주러 왔어. 금방 갈 거야. 농구 잘 하고."
청민이 말했다. 농구공 소리에 두 사람의 대화 소리는 들리지 않고, 간간이 웃음소리 정도만 들리다가, 쏴아-하고 시원한 물줄기 소리가 들렸다.

서범은 약초밭을 슬쩍 쳐다봤다. 현나는 지난주 서범이 그랬던 것처럼 쪼그려 앉아 수도꼭지 연결부를 붙잡고 있었다. 두 사람은 물을 금방 주고는 다시 후문을 향했다. 서범은 저도 모르게 사라지는 두 사람의 뒷모습을 바라보았다. 현나가 슬쩍 뒤를 돌아보는 바람에 눈이 마주치고 말았다. 현나는 미소를 띠고 소리 없이 서범만 보이도록 작게 손 인사를 했다. 서범이 손을 올리기 전에 현나는 다시 앞을 보고 후문으로 사라졌다.

**

그때가 언제였더라. 토요일 여름이었던 것만은 분명하다. 서범이 여느 토요일처럼 농구공을 들고 후문으로 왔을 때, 현나는 잠겨있는 약초밭의 펜스 뒤쪽에 쪼그리고 앉아 들고 있는 호미로 바닥을 열심히 파고 있었다.
"누나 뭐 하세요?"
서범이 다가가 불쑥 말을 걸었다.
"깜짝이야. 범이구나? …에이, 들켰네."
현나는 이내 땅에서 작은 박스를 파내곤 뚜껑을 열었다.
"그게 뭐예요?"
"약초밭 스페어 키야. 전에 창고에서 옛날에 쓰던 스페어 키를 찾았거든."
현나가 자랑하듯 말했다.
"누나가 기장인데 스페어 키가 왜 필요해요? 열쇠는 어차피 누나가 관리하시잖아요."
서범이 의아하다는 듯 물었다.
"내가 좀 덤벙대잖아. 교실에 두고 왔는데 주말이라 그런지 문이 잠겼더라고. 말 그대로 비상용 열쇠야."
현나가 민망한 듯 웃으며 말했다.
"딴 사람한테는 말하면 안 돼? 비밀이다?"
"왜요?"
"이게 있으면 이 밭이 꼭 나만의 밭처럼 느껴지거든."
현나는 묘한 웃음을 지으며 열쇠로 약초밭 펜스를 열었다.
부원들이랑 다 같이 쓰는 열쇠랑 자기가 알고 있는 열쇠는 다른 의미가 있다는 걸까? 이해하기는 어려웠지만 어쨌든 현나다운 생각이라고 생각했다.

"아, 오늘 사진 찍어야 되는데. 카메라도 놓고 왔네. 정신이 없다."
현나는 자신의 핸드폰을 꺼내며 곤란한 듯 말했다.
"전부터 궁금했는데, 왜 그런 고물 폰을 쓰는 거예요? 구하기가 더 어렵겠다. 인터넷도 안 되는 거죠?"
서범이 물었다.
"응. 난 공부 하려고. 내가 기장인데 동아리 채팅방에 없어서 불편하지? 이 핸드폰으로는 채팅방이 안 되거든."
현나는 멋쩍은 듯 웃었다.
"뭐, 상관없어요. 청민이 형이 잘 올려주시기도 하고. 그럼 제 폰으로도 찍어둘게요. 이거 꽤 잘 나오거든요."
서범은 핸드폰을 꺼내 작약꽃을 찍기 시작했다. 그러고는 바닥을 향해서도 핸드폰을 찍었다.
"바닥은 왜 찍어?"
"약재로 쓸 때는 뿌리가 중요한 거잖아요. 물론 이런다고 땅 안까지 보이는 건 아니지만."
서범이 멋쩍어하며 웃었다.
"진서범. 전에는 이름도 모르더니 많이 발전했다? 공부했어?"
현나가 밝게 웃으며 말했다.
"청민이 형이 대충 알려주셨어요. 어?"
서범은 뭔가를 발견했는지 다가가 주워 들고는 씩 웃었다.
"왜?"
"…누나, 잠깐 눈 감아 봐요. 선물."
서범이 등 뒤로 손을 숨기고 다가왔다.
"벌레 아니야?"
"에이, 진짜. 자, 손 내밀고."
"지렁이면 너 진짜…."
현나는 손바닥 위로 무게가 느껴지는 대신에 손가락에 반지 같은 무언가가 끼워진 걸 느끼고는 눈을 떴다.
"짠."

"어, 뭐야!"
"이거 맞죠?"
현나의 새끼손가락에 걸려있는 건 잃어버린 줄만 알았던 호스 고정 밴드였다.
"이제 편하겠네요. 그래도 누나 물 줄 때 가끔 도와드릴게요."
현나는 대답 없이 싱긋 웃었다. 서범은 현나의 웃음을 보는 게 좋으면서도 알 수 없는 갑갑함을 느꼈다.
"오늘은 왜 청민이 형이랑 안 오셨어요?"
"그냥 그날만 청민이가 같이 따라와 준거야. 끝나고 같이 독서실 가기로 했거든."
"오, 둘이 뭐예요?"
"너 그래도 동아리에서 청민이랑 제일 친하잖아. 청민이 어떤 거 같아?"
현나가 수줍어하며 웃었다.
"청민이 형이요? 정말 좋은 형이죠. 착하지, 잘생겼지, 공부 잘하지, 재미는 좀 없지만. 왜요?"
서범의 말에 현나가 킥킥거렸다.
"사실 이건 비밀인데, 우리 수능 끝난 뒤에 사귀기로 약속했어. 얼마 전에."
현나가 수줍게 웃었다.
"와, 진짜요? 어쩐지."
서범이 자기의 일인 듯 손뼉을 치며 기뻐했다.
"아무한테도 얘기하지 마라?"
"에이, 저 입 무거운 거 아시잖아요."
서범이 씩 웃으며 대답했다. 갑자기 현나가 뜸을 들이다 말했다.
"그래서 하는 말인데, 너, 섭섭해하지도 말고, 오해하지도 말고 들어?"
"네? 뭔데요, 무섭게."

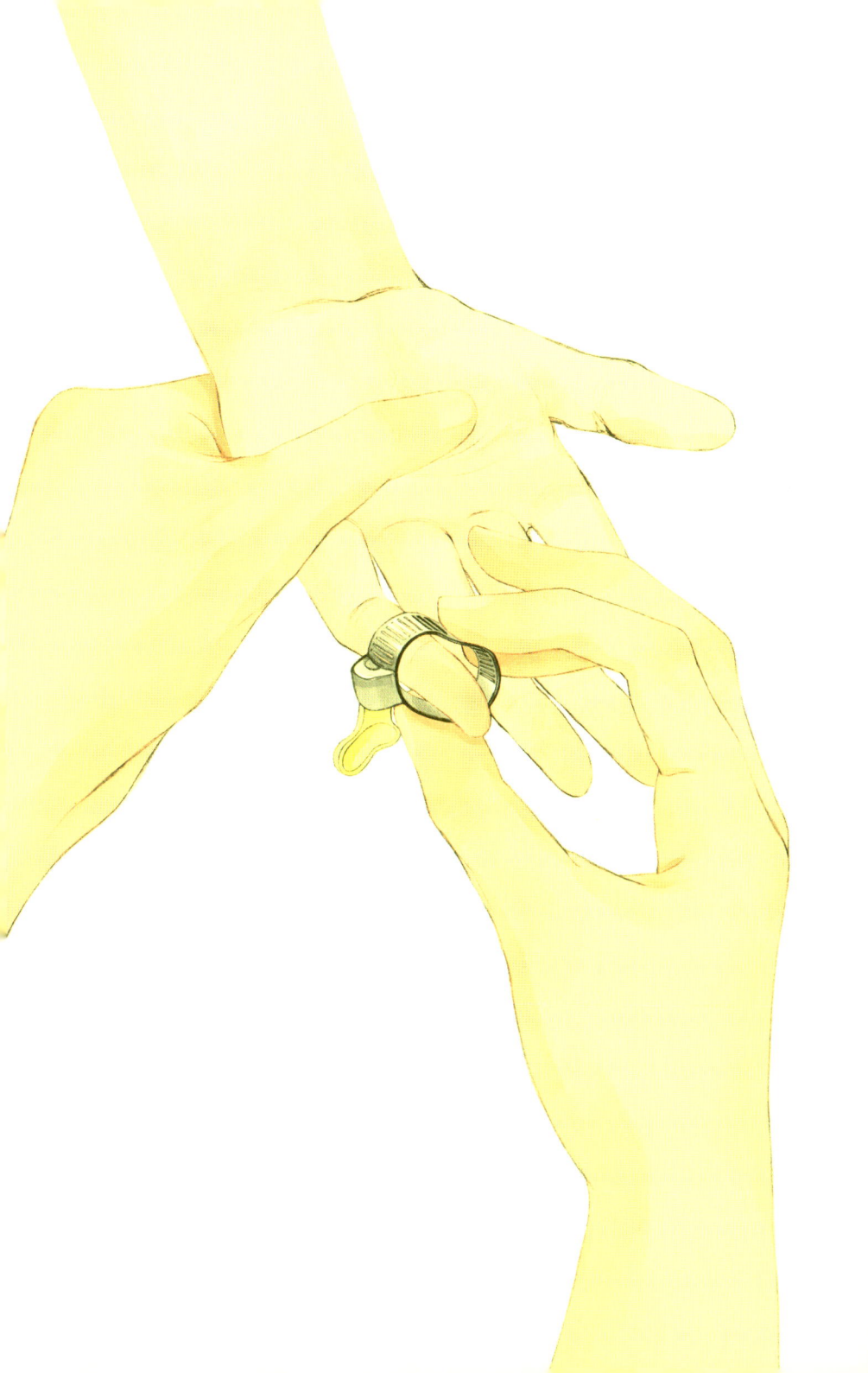

"요즘에 공부한다고 청민이랑 계속 못 만났었거든. 그런데 네가 가끔 물 주는 거 도와주는 거를 좀…… 질투하는 거 같아. 말하고 나니까 생각보다 더 부끄럽다. 웃기지? 원래라면 청민이가 짝이니까 나랑 같이 줘야 하는 거잖아. ……아마 범이 네가 워낙 잘생겨서 그런가 봐."
현나가 미안한 건지 민망한 건지 평소에 안 하는 빈말까지 해대며 말했다.
"뭐야, 벌써부터. 청민이 형한테 그런 면도 있구나. 진작 말하지. 알겠어요."
서범이 킥킥대며 말했다.
"그래도 네가 고정 링 찾아 준 덕분에, 이젠 혼자 할 수 있네."
은재가 웃으며 말했다.
"참, 그럼 누나. 아까 찍은 사진, 이메일로 보내드리면 돼요?"
"응, 급한 건 아니야. 번거롭게 해서 미안."
"별로 어려운 것도 아닌데요, 뭐."
서범이 말했다.
"오늘 내 비밀을 너무 많이 알려준 거 같다?"
현나가 오묘한 미소를 띠며 스페어 키로 펜스 문을 잠그고는 열쇠를 다시 흙 아래에 파묻었다.
"그럼 난 공부 하러 가야 돼서, 이제 가볼게. 농구 잘하고."
"네, 누나 조심히 가세요. 호미는 두고 가세요. 제가 창고 안에 가져다 놓을게요."
"그럴래? 고마워."
현나가 가방을 챙기며 말했다.
'어쩐지 형 요즘 기분이 좋아 보인다 했다.'
서범이 혼자 쿡쿡거리며 창고에 호미를 내려놨다. 그리고 다시 나왔을 때, 현나는 없고 빈 밭만 덩그러니 놓여있었다. 호스와 수도꼭지 사이에는 서범이 건넸던 호스 고정 링이 꽉 죄여 있었다. 서범은 그걸 물끄러미 쳐다보았다.
'이제 물 줄 일은 없겠네. 귀찮았는데…… 잘 된 거지.'
서범은 생각했다.

**

여름쯤부터 서범은 자청비 활동에 적극적으로 참여하기 시작했다. 제이나 혜진같이 열정적으로 활동하는 부원들과도 급속도로 가까워졌다. 밭일만 하는 건 아니었다. 토요일을 반납해서 박사 집에 놀러 가 스터디를 하기도 하고, 시장을 구경하며 사장님들과 친해지기도 했다.

서범은 혼자 그날의 허망감에 대해 곱씹어 보았다. 청민이 형이랑 정말 사귀기로 했다는 말을 들었던 날 왜 그렇게 마음이 싱숭생숭했던 걸까?
'설마 나 현나 누나를 좋아하나?'
생각해 보면 그날 이후로 부쩍 자청비 활동에 몰입하기 시작했다는 것도 부정할 수 없는 사실이었다. 셔츠의 마지막 단추까지 채워 목이 꽉 조이는 것 같은 기분이었다.
'뭐, 어쨌거나, 좋아하면 안 돼.'
서범은 청민을 볼 때마다 이상한 죄책감을 느끼고 싶지 않았다.

여름방학이 시작됐다. 밭의 약초들을 모두 수확하고, 진례 약재 시장에 체험 부스도 열고, 그렇게 바쁘게 지나가 버렸다. 불행인지 다행인지, 축제 이후엔 한동안 부원들과 만날 일이 없었다. 가끔 스터디를 가긴 했지만, 이제는 정말 수능 준비로 바빠진 청민과 현나는 나오지 않았다. 서범은 가끔 현나와 밭에 물을 주던 날들을 곱씹어 보았다. 서범은 방학 동안 농구 연습을 한 번도 나가지 않았다. 어차피 밭은 비어있고, 그 누구도 찾아오지 않을 터였다.

※※

"어, 청민이 형! 현나 누나!"
제이가 모종을 심다 말고 반갑게 소리쳤다.
2학기가 시작하면서 비어있던 밭에 새로운 모종을 심던 날, 청민과 현나가 오랜만에 얼굴을 비췄다.

"요즘 두 분 다 일학대 면접 준비하시느라 정신없겠네요."
혜진이 물었다.
"그렇지, 뭐. 얼마 안 남았어."
청민이 말했다.
덥긴 했지만, 모종 심는 것은 금방 끝났다. 제이가 서범에게 호스를 쥐여주었다. 이번 학기 첫 물 주기였다. 식물들은 그날처럼 반짝였다. 배달시킨 음식이 도착했다. 부원들은 덥다며 펜스 앞이 아닌 그늘진 구령대로 자리를 옮겨 먹자고 했다.
"저 그럼 창고에 물건 좀 가져다 놓고 갈게요."
서범이 혜진에게 말했다. 2학기부터 혜진이 현나를 대신해 기장 노릇을 하고 있었다.
"그래, 가져다 놓고 구령대로 와."
서범이 모종심기에 썼던 농기구들을 한껏 들고 창고로 향했다. 부원들이 수다 떠는 소리가 멀어졌다. 창고 안은 시원했다. 서범은 입고 있던 교복 와이셔츠 목깃을 잡고 펄럭이며 열을 식혔다. 오랜만에 다 같이 모여서 그런가? 들떴다. 불편하기도 하고, 심장도 빠르게 뛰었다.

"이거 두고 갔더라."

서범이 뒤로 돌았다. 현나였다. 현나의 손엔 호미 한 개가 들려 있었다. 두 달만인 것 같았다.

"어, 누나. 감사해요. 방학은 잘 지냈어요?"

서범이 애써 평소처럼 물었다.

"응. 바쁘네 많이."

이 미묘한, 어색한 분위기를 탈출하고 싶었다.

"방학 동안은 주말에 농구 연습 안 오더라?"

현나가 말했다.

"네, 방학 동안은 밭 비어 있잖아요."

"응?"

현나가 고개를 갸우뚱했다.

아차. 대체 농구랑 밭이 비어있는 게 무슨 상관이란 말인가. 서범은 뱉은 말을 주워 담고 싶었지만 이미 늦은 후였다. 현나의 표정을 살폈지만 별 변화가 없었다.

"요즘에 워낙 더워서……. 누나는 저 토요일 날 안 오는 걸 어떻게 알았어요?"

서범이 말을 돌렸다.

"난 비어있어도 오거든. 밭에."

"왜요? 바쁘잖아요."

"뭐, 그냥 루틴 같은 거야."

현나가 웃으며 말했다. 또, 저 표정. 보고 있자면 목이 꽈악 막힌 것처럼 답답해진다. 누군가 목이라도 조르는 것 같았다.

"얼른 구령대로 가자, 배고프다."

현나가 말하고는 앞장섰다.

"방학 끝났으니까 이제 다시 농구 나갈 거예요."
서범은 자기가 왜 그런 말을 내뱉었는지 스스로도 알 수가 없었다.

**

9월이었다. 현나는 일학대 면접 전 주 토요일까지 정말 매주 와서 물을 주었다. 일주일에 하루 물을 안 준다고 크게 달라지는 것도 없는데도, 현나는 그렇게 했다.
서범은 현나의 부탁대로 물 주는 걸 돕지 않았다. 그냥 농구 연습만 하다가 오가며 인사하는 게 다였다.
토요일은 일학대 면접일이었다. 금요일 날 단체 채팅방에 제이가 '면접 파이팅입니다!'라고 올리자 다른 부원들도 그를 따라 짧게 응원하는 메시지를 보냈다. 청민이 고맙다며 이모티콘을 보냈다.
'현나 누나는 이 응원 채팅들은 못 보겠네.'
서범은 침대에 걸터앉아 현나의 고물 핸드폰을 떠올렸다. 따로 메시지라도 보낼까, 하다가 청민의 얼굴이 떠올랐다.
'에이, 됐다.'
서범은 핸드폰을 아무 데나 던지고는 풀썩 누웠다.

**

서범은 쪼그려 앉아 현나가 그랬던 것처럼 밭의 뒤쪽으로 가 펜스 틈 안에 손을 넣고 땅을 팠다. 스페어 키를 꺼내 펜스의 문을 열었다. 발을 디디니 흙에서 퍼석하는 소리가 났다. 건조한 날씨 탓에 밭이 말라 보였다.
'오늘은 정말 아무리 현나 누나라도 못 오니까.'
수도꼭지를 돌리자 물이 호스로 흘러들어가는 소리가 들렸다. 호스 끝에 달린 워터 건의 방아쇠를 당겼다. 샤워기처럼 쏴아아하는 소리를 내며 물이 뿜어져 나왔다. 식물들이 급하게 물을 삼키는 사람처럼 꿀꺽꿀꺽 수분을 흡수했다. 혼자인데도 기분이 붕하고 들뜬다. 마음이 탁 트여 새처럼 날아갈 것만 같다.
처음엔 왜 그렇게 하기가 싫었던 걸까. 박사와 하는 약재 스터디도, 밭일도, 서범한테는 어느새 너무 즐거운 일이 되어있었다.

"아마 너도 나처럼 곧 약초를 좋아하게 될 거야. 내가 좋아하게 만들어줄게."

'정말 현나 누나 말대로 됐네.'
서범은 생각했다.

**

'루틴이라더니⋯⋯. 하긴, 수능이 얼마나 남았다고.
면접이 끝난 지 일주일이 지났지만. 현나는 밭에 찾아오지는 않았다. 이젠 수능이 50일가량 남았다. 제이의 말에 의하면 청민과 현나 모두 일학대 한의대 면접을 꽤 잘 본 것 같다고 말했다.
"면접 보는 교수님이 동아리 활동 얘기도 되게 많이 물어봤대. 약초 키우고 그런 게 흔하지는 않잖아. 야, 이러다가 둘이 CC 되는 거 아니야?"

서범은 은색 USB를 꺼내 쳐다본 뒤 다시 주머니에 쑤셔 넣으며 생각했다.
'뭐, 이 정도는 누나 가져다줘도 괜찮겠지? 동아리 자료이기도 하고. 나중에 누나 교실에 들러서 줘야겠다.'

서범은 오늘도 현나 대신 물을 주며 콧노래를 흥얼댔다.

**

"1학년이 3학년 층에는 무슨 일이니?"
무섭게 생긴 3학년 학생부장 선생이었다.
"네? 아, 선배님한테 전해드릴 게 있어서요."
서범이 USB를 보이며 말했다. 학생부 선생은 서범을 위아래로 살펴보더니 말했다.
"수능이 얼마 안 남아서 3학년 층엔 다른 학년 출입 금지야. 어떤 학생에게 주려는 거지? 전달해 줄까?"
"아, 아니요. 제가 나중에 드릴게요."
'혹시라도 잃어버리면 곤란하니까.'
서범이 들고 있는 USB 안에는 그동안 찍었던 텃밭 사진들과 여름날 찍어준 현나의 사진 대여섯 장, 그리고 짧은 응원의 글이 들어있었다.
서범이 대답하고는 터덜터덜 계단을 내려갔다.

**

또 다른 토요일. 웬일인지 현나가 일찍 밭으로 와 물을 뿌리고 있었다.
"누나, 오랜만에 오셨네요?"
서범이 반가움에 평소보다 신나하며 인사를 했다.
"어, 서범이구나."
현나는 침착해 보였다. 입시까지는 40일가량 남았다.
"누나 요즘 바쁘시죠? 면접 잘 보셨다고 들었어요. 얼마 전에 박사님이랑 스터디를 했는데 그때 제이형이 말……."

"그동안 토요일에 네가 나 대신 물 줬었지?"
현나가 서범을 똑바로 쳐다보며 싱긋 웃으며 말했다.
"……네."
서범이 눈을 피하며 웃으며 말했다. 반가운 마음에 자기도 모르게 떠벌렸던 모습이 부끄러웠다. 서범은 말을 돌렸다.
"아, 누나 드릴 거 있었는데."
"어떤 거?"
"근데, 집에 놓고 왔어요. 오늘 오실 줄 몰랐거든요."
"그럼, 다음 주에 줄래? 다음 주 토요일 날도 올 거거든. 그런데, 나 부탁 하나만 해도 될까?"
"네! 뭔데요?"
서범이 물었다. 현나가 뭘 직접적으로 부탁하는 건 거의 처음이었다.
"개 쓸개 하나만 얻어다 줄 수 있어?"
전혀 예상하지 못한 부탁에 서범이 굳은 표정으로 현나를 쳐다봤다.
"……네?"
"개 쓸개 말이야. 웬만하면 흰 개의 쓸개로."
서범은 현나의 '농담이야.'라는 말을 기다렸지만 그 말은 뒤따라 나오지 않았다. 그 대신 정적이 그 시간을 메꿨다.
"그걸……, 왜요?"
"필요해서 그래. 생 쓸개든 냉동 쓸개든. 돈은 줄게. 수능 선물이라고 생각하고 구해다 주면 안 될까? 박사님이나 이모네 약재상에서는 구하지 말고. 아마 못 구하실거야. 다른 부원들이 아는 것도 싫고. 어디서 구해야 할지도 잘 모르겠어. 너 말곤 부탁할 사람이 없네."
서범은 현나를 쳐다봤다.
'왜냐는 질문을 일부러 피하는 거 같은데, 그게 왜 필요한 거지? 수능 몸보신이라도 하려는 걸까? 그런데 그걸 왜 나한테 부탁하는 거지?'

서범은 자신 앞에 서 있는 이 여자의 생각을 도무지 알 수가 없었다.

"괜한 얘기를 했나?"
현나가 시무룩하게 웃었다.
"아니에요. 구해볼게요."
서범이 덥석 대답하였다.
"정말? 고마워. 그럼 다음 주 토요일엔 낮에 말고 저녁에 보자. 일이 있어서. 8시쯤 괜찮아?"
"네."
서범은 찜찜했지만, 한편으로 생각해 보면 그럴 수 있다는 생각이 들었다. 청민에게 부탁하지 않는 게 좀 이상하긴 했지만 생각을 금방 날려 보냈다.
'아무래도 잘 보이고 싶은 사람한테 구해다 달라 하긴 어려운 거니까.'

**

서범은 먼저 주변 보신탕집에 전화를 걸었다. 그런 거 안 팝니다. 요즘은 못 구해요. 다양한 반응들이었지만 결과적으로는 하나같이 안 된다고 못을 박았다.
개 쓸개를 한의학에서 견담(犬膽)이나 구담(狗膽)이라고 부르며 쓴 기록들이 없는 것은 아니었지만, 요즘에는 거의 쓰지 않는 처방들이 대부분이었다. '이모네 약업사'가 아닌 다른 약재상에도 문의를 넣었지만, 다들 그런 건 취급을 안 한다는 반응이었다. 결국 돌고 돌아 주변 개소주를 파는 건강원에까지 연락을 해 보게 되었다. 영 찜찜했지만, 구해 놓을 테니 금요일 날 받아 가라는 답을 받고선 서범은 한시름을 놓았다.

※※

그날은 동아리의 공식적인 마지막 활동 날이었다. 3학년은 2학기부터는 동아리 활동일에도 자습을 했다. 3학년 없이 수확을 했다. 이 수확물들은 박사님과의 겨울 스터디에 사용될 거라고 했다. 밭은 다시 텅텅 비게 되었다. 기장이 될 혜진이 내년에도 잘 부탁한다면서 자신의 다짐을 얘기했다. 제이는 서범의 씁쓸한 표정을 본 건지, 3학년 선배들의 입시가 끝나면 다 같이 모여야 하지 않겠냐며 비싼 음식을 잔뜩 얻어먹자며 너스레를 떨었다.
"그리고 오늘은 우리끼리 뒤풀이고. 예비 밭 지기님도 갈 거지?"
제이가 서범의 어깨에 팔을 두르며 말했다.
"죄송해요. 저 오늘 일찍 가볼 데가 있어서. 저 빼고 다녀오세요."
서범이 말했다.
"그래? 청민이 형도 오늘 온다던데, 오늘 고3들 야자 없는 마지막 날이라고."
"전 입시 끝나고 다 같이 모일 때 갈게요. 오늘은 정말 안돼요. 죄송해요."
"에이, 범이가 빠지면 섭섭한데……. 알겠어."
제이가 아쉬운 듯 말했다.

서범은 곧바로 '동방 건강원'으로 걸어갔다. 생각보다 마치는 시간이 늦어져 마음이 조급해졌다. '개 쓸개'라는 이름이 주는 께름칙함을 어서 벗어던지고 싶었다. 이걸 빨리 현나한테 전달해 마음의 짐을 치워버리고 싶었다. 학교에서 20분 정도 떨어진 건강원은 조그마했다. 촌스러운 간판과 유리문에는 형형색색의 글씨로 그곳에서 무엇을 파는지에 대해 적어두었다.

"……여기 있어. 학생, 나도 이건 처음 취급하는 물건이라, 잘 알아보고 사용하라고 부모님께 꼭 말씀드려."
건강원 아저씨가 탐탁지 않은 표정으로 당부하며 무언가를 냉동실에서 꺼내 비닐봉지 안에 넣어 건넸다. 받아든 봉투는 그렇게 무겁지는 않았지만 마음은 한없이 무거웠다.
"네."
계산을 마친 서범은 최대한 빨리 이 건강원과 멀어지고 싶었다. 건강원은 생전 처음 와봤다. 알 수 없는 냄새와 무엇이 들어있는지 모르는 커다란 통들로부터 멀리 벗어나고 싶었다. 사실 현나를 만났던 저번 주 토요일부터 서범은 불안한 마음이 자신을 계속해서 옥죄어오고 있음을 알고 있었다. 서범은 건강원을 나와 땅을 보고 집을 향해 뛰기 시작했다.

퍽!

"죄송합니다."
웬 맹해 보이는 여자애랑 부딪히고 말았다. 당황한 서범은 바닥을 보고 짧은 사과를 하고는 다시 황급히 가던 길로 향했다. 집에 도착한 서범은 개 쓸개를 냉동실 깊숙한 곳에 넣어두었다. 죄를 진 것만 같은 이 기분과 함께 깊숙이.

***

토요일 저녁 8시가 되기 전까지 서범은 자꾸만 물가에 애를 내놓은 사람처럼 안절부절못했다. USB와 개 쓸개를 챙겨 나왔다. 밖은 깜깜했고 제법 쌀쌀했다. 학교는 불이 다 꺼져 있어 음침한 기분이 들었다. 사람이 가득 차 있던 곳이라는 게 믿기지 않게 조용했다. 서범은 약속 시간보다 조금 일찍 도착했지만, 현나는 그보다 더 일찍 나와 있었다. 모자를 쓴 데다가 어두워서 현나의 표정이 잘 보이지 않았다.
"어, 범아."
"누나, 여기요."
서범이 쇼핑백을 건넸다.
"고마워, 구하느라 고생했겠네."
현나가 말했다. 서범이 주뼛대며 USB를 함께 내밀었다.
"그리고 이게 전에 드리겠다고 했던 거예요. 2학기 때는 동아리 활동 거의 못 하셨잖아요. 물 주러도 자주 못 오시고. 그래서 밭 사진 찍어 놓은 거 모아둔 거예요. 누나 폰으론 사진 보내도 잘 안 보이니까."
현나가 둘을 받아들었다. 가을밤 바람이 현나의 머리를 흩트렸다.

"서범아. 우리 사귈래?"
"네?"
서범은 전혀 의외의 말에 자기도 모르게 뒷걸음을 치며 말해 버렸다. 현나는 아무 말이 없었다.
"누나⋯⋯. 갑자기 그게 무슨 얘기에요."
서범은 하나도 기쁘지 않았다. 그냥 이 상황이 당황스럽게 느껴졌다. 현나는 긴장한 듯 보였지만 얼굴에 수줍음 같은 것은 하나도 배어 있지 않았다.
"말 그대로야."
"누나⋯⋯. 전 좀 이해가 안 돼요. 청민이 형은요? 그리고 지금은 시기도⋯⋯. 혹시 마음이 심란해서 그러신 거면 얘기해 주세요. 그리고 방금 한 얘기는 못 들은 걸로 해요. 수능 끝나고 그때 다시 얘기해 봐요."
서범이 어린아이 달래듯 현나에게 얘기했다. 현나는 피식 웃더니 말했다.
"정말 청민이랑 수능 때문이야? 아니면 그냥 네 마음이 내키지 않아서 그런 거야?"
"……."
침묵의 의미를 현나는 바로 알아차렸다. 서범도 그제야 자신의 마음을 정확히 알아차렸다. 물론 어렴풋이 느끼고 있었다. 현나를 토요일 날 만날 때마다 마음이 들뜨던 이유, 혼자 물을 주겠다고 했을 때 섭섭했던 이유, 현나가 없던 밭에서 물을 주며 콧노래가 나오던 이유.

서범은 착각을 하고 있었다. 현나의 눈이 반짝거려 보이던 이유는 단지 풀잎의 물방울이 반사되어 보이던 것뿐이었다. 반짝이고 있는 건 식물들이었다. 처음으로 자기가 뭘 좋아하는지 알게 된 17살이 그 벅찬 마음을 사람에게 투영했던 것이었다. 그리고 그 어렴풋하던 기분들은 현나의 고백과 동시에 너무 쉽게 확신으로 뒤바뀌어 버렸다.
'난 계속 착각해왔던 거구나.'
서범이 생각했다.

"거절당할 거 예상하고 있었어. 넌 내가 왜 이걸 가져다 달라고 했는지 크게 생각해 보진 않았지? 그냥 한약재일 거라고만 생각했을 거고, 무슨 효능이 있는지, 그런 것만 확인했을 거야."
현나가 검은 봉지를 살짝 들어 올리며 말했다. 서범이 말없이 현나를 쳐다봤다.
"심각한 표정 지을 필요 없어. 난 네가 어떤 거에 관심 있는지는 대충 알고 있거든."
"누나……."
"어쨌든 구해다 줘서 고마워. 먼저 가. 난 좀 있다가 가고 싶어서."
현나의 표정은 아무렇지도 않아 보였다. 거절당한 것에 대한 창피함도, 슬픔도 없어 보였다. 하지만 그렇게 침착하거나 안정되어 보이는 것도 아니었다. 불안해 보였다.
"……알겠어요. 조심히 들어가세요."
서범은 뒤를 돌아 후문을 빠져나갔다.
'현나 누나가 정말 나를 좋아했던 걸까? 그런 느낌은 전혀 못 느꼈는데. 청민이 형이랑은 끝낸건가?'
서범의 머리 위로 의문만 쌓여갔다. 머릿속이 물음표로 꽉 차버려서 어떤 다른 생각도 해낼 수가 없었다.

서범은 주말 내내 넋 놓고 현나에 대해 생각했다. 그날의 현나는 낯선 사람 같았다. 사귀자는 말은 좋아하는 마음이 터져 나와야만 할 수 있는 말 아니었나? 그렇기엔 너무 건조했던 현나의 표정이 계속해서 떠올랐다. 개 쓸개를 가져다주면 해소될 줄 알았던 불안감은 가실 줄을 몰랐다.

**

그렇게 월요일이 되었다.
'청민이 형이랑 딱히 사이가 틀어져 보이진 않았는데.'
서범은 쉬는 시간에도 자리에 꼼짝 않고 앉아 생각을 했다. 그때였다.
"저, 어떤 3학년 형이 너 좀 불러 달래."
반 아이가 서범의 어깨를 톡톡 치며 말했다. 자신을 찾아올 3학년이라면 청민밖에 없었다.
'지금은 뭔가 얼굴 보기가 좀 그런데…….'
서범이 느릿느릿 뒷문으로 걸어갔다.
서범이 청민의 얼굴을 쳐다봤다. 서범은 놀랄 수밖에 없었다. 청민은 당장이라도 울 것 같은 표정이었다.
'뭐야, 차였나?'

서범은 알 수 없는 죄책감을 느끼며 청민에게 다가갔다.
"혹시, 주말 동안 현나랑 연락됐어?"
"네?"
서범은 갑작스러운 질문에 뭐라고 대답해야 할지 갈피를 못 잡았다. 청민의 입에서는 전혀 예상하지 못한 말이 흘러나왔다.
"현나가 오늘 학교에 안 나왔어. 금요일 날 동아리에도 안 왔었다며."
서범의 심장이 불안하게 요동쳤다.

청민은 시간 순서대로 있었던 일을 설명하기 시작했다. 지난주 금요일 동아리 마지막 활동일 날, 현나가 평소답지 않게 자습실 담당 선생에게 동아리 활동을 갔다 와도 되냐고 물었다고 한다. 수능이 얼마 남지 않았기 때문에 자습이 원칙이었으나, 담당 선생은 현나의 편의를 봐줬다. 저 범생이가 얼마나 갑갑했으면, 하는 정도로 생각했던 것 같았다. 그러나 현나는 그 길로 사라져버렸고, 학교에서도, 동아리에서도 그리고 청민을 비롯한 현나의 모든 친구들조차도 이 사실을 알지 못했다.
주말에 아무의 연락도 받지 않았는데, 이렇게 월요일까지 현나답지 않게 무단결석을 하자, 불안해진 청민이 이 사람 저 사람에게 수소문을 하고 있던 중이었다.

"금요일부터 사라진 걸 오늘 아침에 알았어. 방금 혜진이 만나고 왔거든. 혜진이도 주말 동안 연락이 안 됐대. 넌 무슨 연락 못 받았어?"
청민이 극도로 당황한 표정으로 물었다.
"저 누나 만났어요⋯⋯. 토요일에요. 누나가 부탁한 거 주느라고요."
서범이 입술을 이로 짓이기며 말했다. 만나서 무슨 얘기를 했냐고 하면 뭐라고 해야 하지? 그때 누나 불안해 보였는데 무슨 일이 있었던 건가? 아니면 나 때문에? 서범은 목이 옥죄이듯 불안해졌다.

청민은 불안한 듯 한숨을 크게 푹푹 쉬며 말했다.
"토요일 날 봤구나. 그나마 다행이네. 특별한 얘기는 없었어? 무슨 부탁?"
서범은 속이 울렁거렸다. 아무리 이런 상황이라도 청민한테 고백에 대한 이야기를 말할 순 없었다. 청민은 금방이라도 무너져 내릴 거 같아 보였다.
"그게, 저한테 개 쓸개를 가져다 달라고······."
"뭐?······ 너한테도? ······그래서."
청민이 믿을 수 없다는 듯 무서운 표정으로 물었다.
'너한테도?' 그때 분명히 나밖에 부탁할 사람이 없다고 그랬는데······.'
서범은 생각했다.
"그래서, 가져다줬어요. 토요일 저녁에요. 왜 달라고 했는 지 이유는 모르겠어요······. 형은요? 형도 똑같은 부탁을 받았어요?"
"응, 그런데, 난 거절했어. 시간도 안 되고, 뭔가 이상했으니까······."
청민의 표정이 일그러졌다. 한숨을 쉬더니 알겠다, 나중에 다시 얘기하자, 하고는 반으로 돌아갔다. 그 뒤부터는 시간이 아주 빠르고 또 천천히 흘렀다. 현나의 무단결석은 어느샌가 병결과 체험학습으로 채워졌다. 그러더니 갑자기 현나네 반 담임이 현나가 전학을 갔다고 얘기를 했다. 물론 그 말을 믿는 사람은 아무도 없었다. 현나의 짐은 사물함과 책상 서랍에 그대로 있었다. 청민이 담임에게 몇 번이나 현나에 대해 물었지만 돌아오는 답은 똑같았다.

- 현나는 집안 사정으로 전학을 가게 되었고, 어디로 갔는지는 사생활이라 말해줄 수 없다.

그렇게 뒤숭숭할 수가 없는 10월이었다. 처음에 모두들 현나를 걱정하던 여론은 점점 바뀌었다. 현나의 실종으로 면학 분위기가 흐트러진 것은 자명한 사실이었다. 수능이 코앞으로 다가오는데, 누군가 실종된 것이든 자살한 것이든, 지금 상황에서는 어차피 할 수 있는 게 없었다. 결국 불문율이 만들어졌다. 아무도 수능 때까지는 현나에 대해 언급하지 못했다.

그 시기 혜진의 눈가는 늘 빨갛게 짓물러 있었다. 현나에게 건 전화가 수천 통이 넘어갈 때쯤, 전화번호는 주인 없는 번호가 됐다. 그마저도 곧 새로운 주인이 나타나 더 이상 전화를 걸 수조차 없게 되었다. 혜진은 무단 조퇴까지 해가며 현나를 찾아 헤맸다. 서범의 머릿속에는 계속해서 마지막으로 현나를 만났던 순간이 리플레이되고 또 리플레이되었다. 내가 그때 받아줬더라면? 개 쓸개를 왜 가져다 달라한 건지 계속 물어봤다면?

결국 수능일이 다가왔고, 현나와 같은 고사장에서 시험을 친 선배의 말에 의하면 현나 이름표가 붙은 자리는 텅 비어있었다고 했다.

**

1월, 부원들에게 현나 이름으로 이메일이 오고 나서야 혜진의 상태가 진정됐다. 서범은 혜진이 그 메일을 믿는 건지, 믿고 싶어 하는 건지 알 수는 없었지만, 어쨌든 다행이라는 생각이 들었다. 서범 역시 그 이메일을 그냥 믿고 싶었다. 괴로움을 회피하고 싶었다. 개 쓸개가 뭔지, 무슨 의미인지 그런 건 머리에서 지워내 버리고 싶었다. 그러면서도 청민이 금방 아무렇지 않게 대학교 생활을 하는 것은 너무 미웠다. 그래서 청민을 어색하게 대했다. 언제부터인가 청민은 정말로 괜찮아 보였다.

그렇게 자청비에 3월이 찾아왔다.

**

"알고 있었구나. 개 쓸개에 대해서······."
서범이 말했다. 어느새 서범과 은재가 있는 교실은 어둑어둑해졌다.
"어쨌든 너도, 개 쓸개가 무슨 의미인지 모른다는 거네."
은재가 굳은 얼굴로 물었다. 은재는 현나의 행동이 전혀 이해가 되지 않았다. 이렇게 다들 고통스러워했는데, 제이만 만났다고? 그것도 일부러 아무런 증거도 남지 않도록 하고? 현나랑 사귀기로 했던 사람은 청민이었구나. 그런데 진서범한테 고백은 왜 한거야?

"그래, 근데 네가 그 USB를 어떻게 가지고 있는 거야."
서범이 화가 난 건지 울고 싶은 건지 알 수 없는 시뻘게진 눈으로 물었다.
"우연히 주웠어. 밭에서. 그리고, ······현나 선배는 살아있어."
"뭐?"
서범이 말했다.
"이 USB, 네가 그 선배한테 준거라고 했지? 이거 현나 선배가 다시 묻어둔 거야. 네가 말하는 사진 같은 건 없었고, 암호화된 문서만 하나 있었어. 열어봐서 미안. 못 믿겠으면 확인해 봐."
은재가 교실 앞 컴퓨터에 USB를 꽂았다. 서범은 손을 부들거리며 '서범에게' 라고 적힌 파일을 클릭했다.

내가 왜 개 쓸개를 가져달라고 했을까? 세 글자야.
[_ _ _]

"왜, 왜 또 이런 걸로 괴롭히는 거야……. 이건 내가 계속해서 못 찾은 답이야. 제일 궁금한 건 나라고. 아마 이 문서 유서일지도 몰라."
서범은 무너지듯 자신의 팔에 얼굴을 묻었다.
"야, 진서범. 정신 차려. 그 선배 안 죽었다니까, 봐."
은재는 문서를 우 클릭하더니 문서의 상세정보 창을 띄웠다.
"자, 이거 작년 12월에 작성된 문서야. 그 누나 실종된 건 10월이라며. 그럼 적어도 그때 죽으려고 사라진 건 아니라는 거야."
은재가 입술을 꽉 깨물며 말했다.

생각할수록 열이 났다. 암호? 지금 이런 식으로 장난질이나 하고 있을 때인가? 그냥 와서, 미안했다. 너무 힘든 일이 있었다. 뭐, 그 한마디 하는 게 그렇게 힘든 걸까? 은재는 현나를 이해할 수도, 이해하고 싶지도 않았다.

"누가 내 죄책감을 덜어주려고 그러는 걸 수도 있잖아. 제이 형이 그랬던 것처럼."
서범이 얼굴을 묻은 채로 말했다.
"아니야. 일단 개 쓸개에 대해 알고 있는 사람은 나랑 청민 오빠, 현나 선배밖에 없다며. 일단, 난 12월에 널 알지도 못했는데 이런 문서를 어떻게 작성해? 그리고 청민 오빠는……! 물론 청민 오빠가 한 거일 수도 있긴 한데……."
은재가 말을 마무리 짓지 못하고 흐렸다.
서범이 얼굴을 살짝 내밀고 은재를 물끄러미 쳐다보며 물었다.
"……그거 밭 어디서 주운 거야?"
"고봉이가 주로 관리하는 뒤쪽 텃밭, 펜스 주변에서."
서범은 한동안 말이 없었다.

"그럼 맞아. 현나 누나인 거. 거긴 나랑 현나 누나만 아는 장소였거든. ……미안해."
그러더니 이마를 문지르며 말했다.
'뭐가 미안하다는 거야.'
은재는 그런 서범의 모습을 보기가 싫었다. 은재는 가방을 챙기며 말했다.
"제이 오빠가 너 많이 걱정해. 내가 함부로 말하면 안 되는 거지만, 현나라는 사람 썩 좋은 사람은 아니야."
"……."
"나 제이 오빠랑 약속했어……. 그 선배를 찾아보기로. 너만 괜찮다면 그 암호가 뭔지 찾아내서 확인하고 싶어. 네가 그만 괴로워했으면 좋겠거든."
서범이 은재를 쳐다봤다.
"……알았어."
서범이 갈라진 목소리로 말했다. 은재는 자기가 왜 울고 싶어지는지 알지 못했다.

※※

은재는 힘없이 집에 돌아왔다. 그러고는 책상에 앉아 생각했다.
'현나라는 사람은, 왜 진서범에게 고백을 했던 걸까. 그 시기에.'
은재는 현나의 입장에서 천천히 생각해 보기로 했다.
'진서범이 현나를 안 좋아했다고? 진짜 그럴 수가 있어? 그냥, 너무 힘드니까 좋아하지 않았던 거라고 얘기하는 거겠지. ……현나 선배라는 사람, 사진으로 봤을 때 꽤 예쁘던데.'
은재는 생각하면 할수록 드는 이 불편한 기분이 뭔지 알고 싶지 않았다.

'사라지고 두 달이나 지난 12월에 다시 힌트를 남긴다고? 좀 이상해. 자기를 찾아달라고 하면서 숨는 건 무슨 심리야, 대체. 그리고 두 남자한테 똑같이 쓸개를 찾아달라고 했지. 부탁할 사람이 너밖에 없다 말하면서.'

현나 누나는 어떻게 보면, 뭐랄까, 좀 사이비 교주 같은 사람이야. 사람을 잡아끄는 면이 있거든.

'그러고 보니 제이가 그런 말을 했었어. 혜진 언니도 엄청나게 따랐다고 했었고. 단순히 친한 선배 수준을 넘어설 정도로. ……나도 참 생각이 많지만, 이 사람은 왜 그렇게까지 꼬여있는 걸까.'
은재는 현나에 대해 생각할수록 머리가 지끈거렸다.

'이게 하나의 테스트 같은 걸지도 몰라. 자기 마음을 알아차려주고, 그대로 해줄 수 있는 사람에게 더 잘 대해주는 방식. 개 쓸개를 가져다주는 게 하나의 퀘스트라면, 그걸 가져다 준 서범에게는 보상을 주고, 가져다 주지 않은 청민에게는 보상을 주지 않는다……. 그럼 보상이 '고백'이야? 자기 말을 들어주는 사람은 자신과 더 가까운 사람이 되는 거?'
은재가 머리를 마구 긁으며 생각했다. 현나에 대해 생각할수록 머리가 이상해지는 기분이었다.
'만약에 내 생각이 맞는다면, 기분 나쁘지만, 어쨌든 개 쓸개의 의도를 알아차리는 게 두 번째 퀘스트인 셈이고, 그 보상은 '문서 안의 내용을 볼 수 있는 것'이 되겠지?'

은재는 문서 안의 내용이 무엇인지 어설프게 유추할 수 있었다.
'문서 용량이 되게 작았어. 아마 그 선배와 연락이 되는 연락처나 주소 정도일 거야. 1월에 제이 오빠를 만나러 온 걸 보면 어쨌든 자신을 남에게 드러내고 싶은 거는 같은데. 음, 자신이 직접 드러내는 게 아니라, 남이 찾아주길 바라고 있어……. 만약에 내 생각이 맞다면, 그 선배는 학교에 힌트를 더 남기려고 했을 거야. 서범과 그 선배가 동시에 접근할 수 있는 장소로……. 애초에 서범과 자기만 알고 있는 장소 같은 데에 USB를 숨긴 것만 봐도……. 그럼 다른 힌트는 또 두 사람만의 공간에 있으려나? 두 사람만의 일이 어떤 게 있었을까? 내가 찾을 수 있을까? 애초에, 내가 낄 일이 아닌데 괜히 끼고 있는 거라면?'

은재는 서범과 현나 둘 만 가지고 있을 비밀에 대해 생각하기 시작했다. 은재는 서범이 USB를 보고 슬퍼하던 장면이 계속해서 떠올랐다. 기분이 썩 유쾌하지만은 않았다. 생각이 막힌 은재는 인터넷에 계속 개 쓸개에 대해 검색을 해 나갔다. 딱히 도움이 될 만한 정보는 없어 보였다.
은재는 제이에게 연락해 대강의 상황만 알렸다. 암호나 그런 건 말하지 않았지만, 결국 제이의 부탁은 결국 하나였다.
"혜진이만 엮이지 않게 해줘."
제이는 현나와 그렇게까지 가까운 사람이 아니었으므로, 그다지 도움이 되는 정보를 가지고 있지는 않았다.

은재는 현나가 비누 같다는 생각이 들었다.
꽉 쥐고 붙잡고 싶을수록, 멀리, 더 빠르게 튀어 나가 버리는 비누.

6월

물 준 곳에 또주기

"뭐 했다고 벌써 기말고사 기간이냐. 아오, 진짜 공부하기 싫어."
진아가 투덜거렸다.
"습도 높아서 더 짜증 나지 않냐."
승미가 문제집으로 부채질을 해댔다.
기말고사가 일주일 앞으로 다가왔다. 은재는 현나에 대한 생각에 정신이 팔려 시험공부도 잘 못하고 있었다. 그렇다고 별 수확은 없고. 은재는 그날 이후 서범이 어색하게 느껴졌다.

[밭 짝꿍] 내일 우리 물주는 당번인 거 알지?"

은재는 어제도 서범이 보내온 문자에 '그냥 나 혼자 주고 올게. 시험기간이라 바쁠 텐데.'라고 답장을 보냈다. 그에 대한 답은 오지 않았다.
'벌써 핑계 대고 따로 물 준 지도 몇 주 됐네. 안 보니까 오히려 더 어색해지는 거 같아.'
은재는 고개를 푹 숙이며 생각했다.
'USB 얘기를 괜히 꺼냈나? 아니야, 현나가 죽은 줄 아는 것보단 나으니까. ……그렇지만 암호도 모르겠고, 머리가 하나도 안 돌아가.'

"야, 더운데 매점 가서 아이스크림 사 먹자."
승미가 신경질적인 부채질을 멈추고 진아와 은재에게 말했다.
"그래, 가자, 가자."
진아가 벌떡 일어났다.
"난 안 갈래……. 너네끼리 가라."
은재가 머리를 책상에 처박고 생각했다.
"얜 가끔씩 혼자 땅굴을 판다니까. 왜, 요즘엔 범이랑 잘 안돼?"
승미가 놀리는 투로 은재의 어깨를 쿡쿡 찌르며 말했다.
"언제 봤다고 범이래. ……너네는 만날 수 없는 사람을 계속 좋아할 수 있을 거 같아? 죽은 사람 그런 거 말고."
은재가 힘 빠진 목소리로 말했다.
"그럼, 뭐, 아이돌 같은 거?"
진아가 물었다.
"……뭐, 그런 거."
은재가 힘없이 몸을 늘어뜨리며 말했다. 현나가 아이돌. 그래, 별로 다를 것도 없어 보였다. 매력적이고, 누구나 자신을 좋아하게 만들 수 있고…….
"야, 걔가 아이돌 좋아한대? 이상한 걸 신경 쓰고 있어. ……어!"
진아가 말을 하다 멈췄다.

"범도 제 말 하면 온다더니. 우린 매점 간다!"
승미가 킥킥대며 진아의 팔짱을 끼고 나갔다.
'뭐야.'
은재가 고개를 들었다. 눈앞에 서범이 서 있었다. 반가운데, 심란했다.
"야, 너 나 피해."
"시험 기간이니까 그러지, 피하긴 언제……."
은재가 다시 책상에 머리를 파묻었다.
"……나와, 물 주러 가자."
"이따 나 혼자 간다니까……."
"알아, 그래서 같이 가주겠다고."
"그래? 그럼 오늘은 네가 가서 줘……."
"진짜, 말장난 그만하고, 일어나, 얼른"
서범이 은재의 어깨를 잡고 일으켜 세웠다. 억지로 일으켜 세워진 은재가 힘없이 터덜터덜 걷자 서범이 뒤에서 등을 밀어댔다.
'얘를 보고 싶었던 건지, 피하고 싶었던 건지 모르겠어.'
은재는 고개를 푹 숙이고 걸었다.

**

오랜만에 온 밭은 잡초투성이였다. 여름인데다가 한동안 밭일을 못하면서 잡초들이 쑥쑥 자라난 것이었다.
"잡초들이 더 잘 자란다니까."
은재가 힘 빠지는 말을 하며 밭에 물을 흩뿌렸다.
'어색하게 말 시킬 줄 알았는데, 별말이 없네'
은재가 서범 쪽을 힐끔 봤다. 분명히 땅을 향해 물을 뿌리고 있는데, 얼굴에 차가운 물방울이 튄다. 은재는 손바닥을 펼쳐 들었다.

"비 온다."
톡, 토독 하고 더 많은 방울들이 떨어졌다. 곧 쏴아-하는 소리가 멀리서부터 들리더니 소나기가 내렸다. 운동장에서 떠돌아다니던 아이들이 소리를 지르며 비를 피했다.
"야, 뭐해! 일단 창고로 가자."
서범이 맹하게 서있는 은재를 이끌고 창고로 들어갔다.

"비 온다는 예보는 없었는데."
은재가 창고 밖으로 하얗게 내리는 비 구경을 하며 말했다. 창고 안은 어둡고 서늘했다.
"어으, 추워. 물 괜히 줬네."
서범은 팔뚝에 묻은 빗물을 손바닥으로 쓸어내렸다. 텃밭이 가까워서 그런지 평소보다 비 냄새가 진하게 올라왔다. 은재는 숨을 깊게 들이마셨다. 비 냄새를 맡으면 기분이 좋아진다. 그런데 더 차분해져야 할지, 더 날뛰고 싶어져야 할 지는 늘 헷갈렸다. 밖은 회색빛으로 변했다. 빗물에 흠뻑 젖은 이파리들은 매끈하게 윤기가 났다.
"천둥번개라도 쳤으면 좋겠다."
은재가 말했다. 번쩍번쩍하고 우르르 쾅쾅 하고. 뇌에 커다란 자극이 필요했다. 머리가 굳어서 아무 생각이 들지 않는 기분이었다. 서범은 그런 은재를 물끄러미 쳐다보더니 말했다.

"……야. 너 그거 하지마."
서범의 목소리에는 화가 섞여 있었다.
"뭘."
"알잖아. 그 USB 암호 찾는 거. 그거 그만하라고."
은재는 아무 말이 없었다.

"나 제이 형한테 얘기 대충 들었어."
서범이 말했다.
"너 말대로, 그 누나 살아있는 것도 맞고, 별로 좋은 사람이 아니라는 말도 무슨 얘기인지 알겠어."
"……그래도 신경 쓰이잖아. 정말 살아있는 게 맞는지. 그 문서 안에 뭐가 들어있을지."
"신경 안 쓰여. 기껏해야 미안하다는 편지거나 연락처 같은 거겠지."
서범이 부루퉁하게 말했다.
"……그 선배 좋아했잖아. 그런데 어떻게 신경이 안 쓰여?"
은재가 퉁명스럽게 대꾸했다. 서범이 창고 밖을 쳐다보던 은재와 시선을 맞추며 말했다.
"나 그 누나 안 좋아했었다니까. 혼자 왜 이상한 생각을 해? 결국 이 암호를 찾는 것도 그 누나 의도대로 행동하게 되는 거잖아. 너까지 그 누나랑 엮이는 거 싫어. 제이 형한테 혜진이 누나 얘기 듣고 나서 내가 얼마나 그 누나한테 화가 났는지 알아? 혜진이 누나가 얼마나 힘들어했었는데……!"
"……넌 그 암호가 풀릴 때까진 결국 어떤 방식으로든 그 선배에 대해 생각하게 될걸. 풀든 안 풀든 결국 그 선배에 대해 계속해서 생각해야 돼. 둘 중에 하나를 고르라면, 매듭을 푸는 쪽으로 골라야지. 그래야 생각도 끝이 나니까."
은재의 말에 서범은 아무 말 없었다. 비가 사람을 감성적으로 만들고 있었다.
서범이 한숨을 푹 쉬었다. 한동안 빗소리가 추적추적 비오는 소리만 들렸다.
"……알았어. 그럼 대신 네가 꼭 풀어. 나도 이젠 이 이상한 마음에서 완전히 벗어나고 싶으니까."

서범이 말했다. 어느새 소나기는 잦아들었다.

**

은재는 반으로 돌아와 앉았다. 은재의 뒤통수를 누군가의 작은 손바닥이 꾸욱 눌렀다. 뒤를 돌아보니 승미와 진아가 서있었다. 승미는 은재 책상 위로 작은 초콜릿을 던졌다.
"데이트 잘 했냐? 얘 표정 핀 거 봐. 우리랑 있을 때는 똥 씹은 표정이었으면서. 그러게, 안 어울리게 걱정은. 뭔지는 모르겠지만, 단순하게 생각해. 오케이?"
고맙다는 인사를 할 겨를도 없이 진아와 승미는 자리로 돌아갔다. 곧 야간 자습을 알리는 종이 쳤다. 은재는 껍데기를 까서 초콜릿을 입에 넣었다. 평범한 초콜릿이었다. 힘을 내라는 소리겠지.
'그래, 다시 단순하게 생각해 보자. 단순하게.'
혀끝에 달콤한 초콜릿 맛이 돌았다.

똑같아 보여도 정 반대

"은재, 오랜만이네? 기말고사는 잘 쳤어?"
은재는 급식실에서 나오는 길에 혜진을 마주쳤다.
"보자마자 상처가 되는 말을……. 그냥 늘 그럭저럭이죠."
두 사람은 소화도 시킬 겸 운동장을 빙빙 돌며 산책했다.
"그래도 곧 방학이잖아. 조금만 더 힘내. 공부 열심히 했었나 보네. 다크서클 좀 봐."
"그, 그렇죠. 뭐."
다크서클은 암호를 알아내느라 생긴 것이었지만 대충 고개를 끄덕이며 대답했다.
"곧 약재 시장 축제네요. 저희 뭐 하게 되는 거예요?"
"안 그래도 얘기하려고 했는데. 사실, 가면 잡일을 더 많이 해. 그래도 이번엔 조그마한 실내 체험관도 대여받았어. 안을 어떻게 꾸미면 좋을지

고민이네."
"우와, 체험관이 얼마만한 건데요?"
"뭐, 이름만 체험관이지, 작은 기념품 가게 정도 크기야. 좋은 아이디어 한번 생각해 봐. 요즘 그것 때문에 정신이 없다."
혜진이 말했다. 은재는 그런 혜진을 빤히 쳐다봤다. 분명 한숨을 내쉬고 있지만, 활기가 느껴졌다.
"…… 언니, 언니는 뭘 하고 싶어요? 졸업하고 나서요."
"나? 지금으로선 재수만 안 하면 좋겠는데, 하하"
혜진은 은재의 갑작스러운 질문에 머쓱한지 머리를 긁적였다.
"언니는 어쩌다 들어오신 거예요, 자청비에? 1학년 때부터 하신 거죠?"
"나? 갑자기 그게 왜 궁금해졌어?"
"전 앞으로 어떻게 하면 좋을까 싶어서요. 아직 진로도 못 정했거든요."
현나에 대해 떠볼 심산으로 시작한 질문이었지만, 그건 은재의 진짜 고민이기도 했다.
"성적도 그럭저럭이고, 그렇다고 동아리 활동을 일관되게 한 것도 아니고. 그래서요."
은재가 말했다.
"뭐, 나도 처음에 막 들어오고 싶어서 들어온 건 아니었어. 그냥 유제이가 억지로 가입시켰던 거거든."
혜진이 민망한 듯 웃으며 말했다.
"어쩌다가요?"
"내가 아무 동아리에도 안 들어가고 있으니까, 걔가 자기가 있던 동아리에 집어넣은 거야. 선배들이 되게 좋은 사람들인 거 같다 하면서. ……그때 좀 방황기였거든, 내가."
제이가 먼저 얘기한 거였구나. 은재는 제이가 왜 혜진에게 그런 부채감을 느끼고 있었는지 어렴풋이 느낄 수 있었다.

"뭐, 결국 유제이 말이 맞았지. 덕분에 많이 나아졌거든. 유제이는 이런 얘기 하는 거 싫어하지만, 현나 언니가 많이 도와줬어. 누군지 대충은 알지?"
"네……. 재수하면서 지내신다고 들었어요. 메일 보내셨다고…….."
은재가 천천히 고개를 끄덕였다.
"그것까지 아는구나? 맞아."
"……섭섭하지는 않으세요? 갑자기 사라져서."
은재가 말했다. 혜진의 눈을 쳐다볼 수가 없어서 운동장 바닥이나 쳐다보며 말했다.
"안 섭섭하다면 거짓말이지만, 그것보다는 그냥 다행이라고 생각했어. 살아있어서 다행이다."
은재는 묵묵히 고개를 끄덕였다.
"그 언니는 나한테 특별한 사람이야. 그런데 어떻게 섭섭하다는 생각을 하겠어……. 그때쯤 내가 집에 사정이 좀 있었거든. 그래서 방황했던 거고. 그런데 그 언니가 상담도 많이 해주고, 도움도 많이 줬어. 지금은 거의 해결됐고. 나한테 언니는 은인이나 다름없어. 유제이 때문에 들어온 건데, 결국엔 내가 더 몰입해서 하다가 기장까지 한 거야. 웃기지?"
혜진이 담담하게 말했다.
"난 그 기억 때문에 계속 남아있는 거야. 내가 그 선배처럼 너네한테 잘해 준 거 같진 않지만."
혜진의 눈은 먼 곳을 향하고 있었다.

'그 선배는 언니가 생각하는 만큼 좋은 사람이 아닐지도 몰라요.'
은재는 속으로 말을 삼켰다.

"무슨 얘기를 하다가 말이 샜지? 하여튼 기주나 청민 선배처럼 꼭 한의대생이 되려는 게 아니더라도, 그냥 이 활동을 한 것만으로도 많은 의미가 있지 않았어?"
혜진이 말했다.
"네, 그렇죠."
"내가 신경 쓴 만큼 밭이 자라나니까, 보고 있으면 뿌듯하기도 하고. 부원들이랑 놀러 다니기도 하고. 어쨌거나 너무 걱정하지 마. 일은 어떤 식으로든 풀리니까."
혜진은 은재의 등을 힘줘서 두드렸다.
"그리고, 내신은 아직 절반밖에 안 지났잖아. 수능까지 시간도 많고. 고3 놀리냐? 천천히 해 나가면 돼."
혜진이 보던 중 가장 밝게 웃었다.
'혜진 언니한테 이렇게 따뜻한 면도 있구나……'
은재는 떠보려고 질문을 시작한 스스로에게 죄책감을 느꼈다.
"아, 맞아. 은재 너 전에 한방차 시음회 과자 값 보내줘야지. 어떻게 했어, 영수증? 오늘 나 장부 점검할 거거든."
"아, 그거 그때 장부 안에 뒀어요."
은재가 대답했다.
"장부? 그런 영수증 없던데. 잘 둔 거 맞아?"
혜진이 인상을 팍 쓰며 말했다. 따뜻한 표정은 온데간데 없었다.
"네……. 그날 장부 마지막 장에 끼워뒀어요."
은재가 자신 없는 표정으로 말했다.
"끼워뒀어? 붙여두던가 잘 보관했어야지! 내가 그렇게 잘 챙기라고 평소에도 여러 번 얘기했는데. 어휴. 영수증 없으면 박사님이 지원 안 해주셔. 못 찾으면, 네가 채워 넣을 각오해."
혜진이 이를 꽉 깨물며 잔소리를 시작했다.
'따뜻하다는 거 취소……'

"지금 가서 빨리 찾아봐!"
혜진이 소리쳤다.

***

은재는 혜진의 반에 같이 가 장부를 펼쳐봤지만 역시나 영수증 같은 건 없었다. 결국 창고 바닥이라도 뒤져볼 요량으로 창고에 들어갔다.
'바닥에도 없다……. 벌써 꽤 지났으니까, 있는 게 이상하지. 그때 한 3만 원은 썼었는데……. 아오, 아까워! 심지어 그날은 선생님들이랑 김슬기가 과자 다 먹었구만.'
이리저리 뒤적거렸지만 먼지만 일어날 뿐이었다.

그때 창고 밖으로 쏴아- 하는 소리가 들렸다. 은재는 창고 밖으로 나갔다. 기주가 밭에 물을 뿌리고 있었다.
"언니-. 혼자 뭐 하세요?"
은재가 기주에게 손을 흔들며 다가갔다.
"어, 이은재, 오랜만이다? 보면 모르냐? 물 주고 있지."
"고봉이는요?"
"고봉이는 카메라 챙겨온다고 아직 안 왔어."
'처음엔 고봉이가 다 독박 쓸 줄 알았더니. 지금 보니까 반대였네.'
은재가 생각했다.
"그러는 넌 왜 거기서 나와?"
기주가 물었다.
"아, 저 영수증 잃어버려서 찾고 있었어요."
은재는 기주에게 상황을 대충 설명했다.
"혹시 다른 연도 장부에 끼워놓은 거 아니야?"

"음, 아닐걸요? 제일 오른쪽에 꽂혀있는 장부에다가 껴놨었는데."
은재가 말했다.
"아니야, 한번 봐봐. 나도 가끔 장부 확인하는데, 그냥 끼워 놓거든. 순서대로 안 꽂아 뒀다고 혜진이한테 혼났었는데."
"엑, 그랬어요? 한번 보고 올게요."

**

'진짜 다 뒤죽박죽이었네. 내가 그때 분명히 연도별로 정리해놨었는데.'
은재는 속으로 투덜대며 가장 오른쪽에 꽂혀 있는 장부를 꺼냈다. 작년 장부였다.
'있다! 휴, 다행이다.'
영수증은 얌전히 작년 장부의 가장 마지막 페이지에 꽂혀있었다. 은재는 장부를 이리저리 살펴보았다.
'그러고 보니, 장부는 기장이랑 부기장이 주로 관리하지? 작년 기장이 현나 선배였으니까, 보면 단서가 될 만한 게 나올지도 몰라.'

은재는 찾은 영수증을 주머니에 챙겨 넣고는 장부를 처음부터 살펴보기 시작했다. 하지만 창고가 워낙 어두워 작은 글씨들은 잘 보이지 않았다.
'반에 가져가서 보는 게 낫겠어. 근데 이걸 지금 가지고 나가면 기주 언니가 좀 이상하게 생각할 텐데.'
은재는 창고 밖을 빼꼼 바라봤다. 다행히 기주는 고봉의 사진 촬영을 구경하는 데에 여념이 없었다. 고봉은 요상한 포즈를 취해가며 예술혼을 불태우고 있었다.
'고봉이 늘 저렇게 촬영했구나. 되게 열정적이네. 오케이, 지금 들고 나가는 게 딱이야.'

은재는 장부를 들고는 곧장 반으로 돌아갔다.

**

반에 돌아온 은재는 작년 장부를 하나하나 읽어나가기 시작했다.
장부의 구성은 간단했다. 왼쪽 면에는 영수증이 붙어있고, 오른쪽 면엔 그 영수증이 무엇에 쓰였는지에 대한 간단한 메모가 적혀 있었다. 모든 영수증 위에는 붉고 둥근 도장이 찍혀있었다. 도장이 무슨 의미인지는 알 수 없었다.
은재는 생각했다.
'별 내용은 없잖아. 모종 값, 산행 뒤풀이, 시음회, 스터디에 쓴 약재들……. 올해랑 거의 똑같네. 약재는 매년 '이모네 약업사'에서 사는 거 같아. 오, 작년에는 시장 축제 때 '한약재로 천연 염색하기'를 진행했었구나. 음, 그래서 진서범이 저번에 자초로 염색이 된다는 걸 알고 있었던 건가? 뭐야, 지도 이걸로 알았으면서 잘난 척은.'
은재는 서범이 거들먹거리던 모습을 생각하며 콧방귀를 뀌었다.
'벌써 거의 다 봤는데 별로 특별할 건 없네. 뭐라도 나올 줄 알았는데.'
은재가 실망하며 마지막 페이지를 펼쳤다.
왼편에는 중식당 영수증이, 오른편에는 반듯반듯한 글씨체로 '동아리 마지막 날 뒤풀이'라는 메모가 적혀있었다.
'이 앞은 계속 동글동글한 글씨체였는데, 이 페이지만 반듯한 글씨체야. 동아리 마지막 날 이후로 현나가 사라졌다고 했지. ……부기장이었던 청민 오빠가 나중에 대신 적었나 보네. 영수증 위에 도장이 아니라 자기 서명을 해놨어. 장부 쓰면서 마음이 얼마나 안 좋았을까, 청민 오빠.'
우울한 마음에 은재는 가슴이 시렸다. 청민의 메모를 끝으로 장부 내역은 끝이 났다. 그 뒤부터는 빈 페이지뿐이었다. 빈 페이지에 뭐라도 있나 살펴보던 은재의 눈에 띄는 게 있었다.

'이게 뭐지?'
은재는 노트에 눈을 들이밀었다. 마지막 뒤풀이 메모가 쓰여있는 페이지 바로 다음 장 왼편에 작은 화이트 칠 자국이 있었다. 은재는 손톱 끝으로 화이트를 살살 긁어 벗겼다. 그러자 그 아래로 곡선 모양의 잉크 자국이 드러났다.
'번진 게 보기 안 좋아서 화이트 칠을 해놓은 건가? …… 이런 모양은 이렇게…….'
은재는 주머니에 들어있던 영수증을 잉크 자국 옆에 가져다 댔다.
'이런 식으로 영수증이 붙어 있었고 그 위에 노트와 살짝 겹치게 도장을 찍었다가 종이를 다시 뺐을 때 생기는 모양이야. …… 우연히 묻은 걸까? 우연히 묻은 거라기엔, 딱 마지막 페이지 다음 장에 묻어 있다는 게 이상해. 일부러 화이트로 지워둔 것도. 일단은 쉬는 시간에 혜진 언니한테 다과 영수증을 가져다가 주면서 캐봐야겠어.'
은재는 도장 자국을 쳐다보며 생각했다.

**

"잘 찾았네? 다음부터는 잘 둬라. 잠깐만 기다려, 바로 돈 보내줄게."
혜진이 핸드폰을 만지작대자 곧 은재의 핸드폰으로 입금 문자가 날아왔다. 혜진은 스카치테이프로 장부에 영수증을 붙여 넣고는 오른쪽 면에 '교사 다도회 시음회 다과 값'이라고 적었다. 그리고 나선 필통에서 도장을 꺼냈는데, 현나가 쓰던 것과는 다른 모양이었다. 혜진은 그 도장을 영수증 위에 쾅 찍었다.
"이 도장은 무슨 의미예요?"

은재가 물었다.
"응, 확인이 끝난 영수증이라는 거야. 이런 걸 안 찍으면 너네한테 입금을 해줬는지 아닌지 나중에 가서 헷갈리거든. 안 하면 박사님한테 혼나기도 하고. 박사님이 돈을 지원해 주시는 대신 꼭 지켜야 하는 게 두 가지 있어."
"뭔데요?"
"먼저, 약재는 무조건 '이모네 약업사'에 가서 사라는 거야. 두 분 자매라는 거 기억나지? 그때 네가 맞췄었잖아. 물론 약재 가격도 싸게 해주고 품질도 좋아서 전혀 불만은 없지만." 혜진이 웃으며 말했다.
"두 번째는요?"
"장부 정확히 쓰기. 도장을 찍어야 하는 것도 그런 것의 일환이야."
혜진이 대답했다.
"도장은 기장만 가지고 있는 거예요?"
"응, 아무래도 그렇지?"
혜진이 말했다. 혜진의 책상 위에는 동아리 자료들이 잔뜩 쌓여있었다.
'언니, 안 그래도 바쁠 텐데 동아리 업무까지 열심히 하시네.'
은재는 열심히 하는 또 다른 사람이 떠올랐다.
"참, 언니. 전에 말했던 체험관 꾸밀 아이디어 말이에요, 생각난 게 있는데."
은재가 씨익 웃으며 말했다.

**

은재는 교실로 돌아와 다시 작년 장부를 펼쳐 보았다.
'그렇다면 이 빨간 도장의 주인은 현나 선배라는 말이니까, 진짜 마지막 페이지에 영수증을 남긴 사람은 현나일 가능성이 커. 아마, 힌트를 남긴 사람이 정말 본인임을 인증하려는 이유였겠지. 여기다가 어떤 영수증을 붙여놨다가, 다시 떼어낸 건가? 김현나는 USB도 그대로 놔둔 사람이야. 그런 선배가 굳이 그랬을까? 그리고 오른쪽에 메모를 안 남긴 것도 이상해. 도장까지 찍어가며 장부 형식을 맞춰놨으면서 메모는 안 남겼다니……. 만약에 메모가 남겨진 페이지도 찢어낸 거라면?'
은재는 빈 페이지를 자세히 살펴보았다.
'이럴 때 추리 소설에서는 보통…….'
은재는 필통에서 잘 쓰지 않는 뭉뚝한 연필을 꺼냈다. 그러고는 그 연필을 빈 페이지 위해 살살 문댔다.

'내가 이것들을 왜 샀을까?'

동글동글한 글씨체의 현나의 메시지가 공책 위로 떠올랐다.

**

이걸 누군가가 가져갔다는 얘기는, 그 누군가가 영수증과 메모를 숨기고 싶어 한다는 말이 된다. 은재는 작년 장부의 제일 첫 페이지를 펼쳐보았다. 재작년 1월 5일부터 시작되어 있었다. 호스, 비료 등과 관련된 지출이 적혀있었다.
'그럼 혜진 언니도 역시 작년 1월쯤부터 장부를 작성했을 거야. 장부를 처음 작성할 때는 전년도 장부를 참고했겠지. 그런데 혜진이 현나 언니에 대한 아무런 단서를 발견 못했다는 건, 그 전에 이 영수증과 메모가 이미 뜯어졌다는 얘기가 돼. 마지막 뒤풀이 날보다는 당연히 뒤니까, 이 영수증이 붙고 또 떨어진 시기는 10월 초에서 1월 초 사이가 된다는 말이 돼. 현나가 스스로 뗀 걸까, 아니면 다른 누군가가 발견하고 뗀 걸까?'

하지만 그 무엇보다도 은재가 궁금한 건 떼어진 영수증에 적혀있었을 내용이었다.

'지금으로써 해 볼 수 있는 건 '이모네 약업사'뿐인가?'

**

은재는 토요일 아침부터 일어나 버스를 탔다. 엄마는 공부하러 가는 줄 알고 싱글벙글이다.
서범과 함께 탔을 때의 벚꽃은 온데간데없고 어느새 매미 우는 소리만 들린다.
'다시 왔네. 약재 시장.'
은재는 기억을 더듬어 서범과 함께 갔던 약업사를 찾아갔다. 유리문을 여니 딸랑 하는 경쾌한 소리가 울려 퍼졌다. 사장님의 모습은 보이지 않았다.
"계세요?"
"……네, 잠시만요-."
멀리서 사장님의 목소리가 들리더니 곧 나무 미닫이문이 둔탁한 소리를 내며 열렸다. 사장님이 가게 안 작은방에서 나왔다. 잠깐 쉬고 있었던 모양이다.
"사장님, 안녕하세요? 저 기억하세요? 그때 왔던 자청비 학생인데."
사장님 얼굴에 기억을 해내려고 애쓰는 듯한 표정이 스치더니 곧 얼굴이 화아악 폈다.
"아, 그때 그 시체 학생!"
"……하하, 기억하고 계시네요."
은재가 머쓱해 하며 대답했다.

"그래요. 뭐 살 거 있어요? 범이는 어디다 두고 혼자 왔대?"
"아, 아뇨. 그런 건 아니고, 그, 자청비랑 관련된 것인데, 그동안 저희가 사간 약재 목록을 가지고 계시다고 들어서요. 좀 볼 수 있을까요? 작년 거요."
"있죠. 선배가 시켰나 보네?"
사장이 웃으며 물어봤다.
"네? 아, 뭐……."
"꼭 그렇게 후배들을 시킨다니까. 기다려 봐요. 참, 우리 팽 박사랑 이미 만나봤겠네. 민지야! 자청비 학생 왔다!"
사장님이 작은방을 향해 소리쳤다. 작은방에서 익숙한 얼굴이 고개를 빼꼼 내밀었다.
"어? 박사님, 안녕하세요?"
은재가 놀란 표정으로 박사를 쳐다봤다. 나이 많은 박사도 누군가에게는 이름으로 불린다니, 이질감이 들었다.
"그때 도꼬마리 학생이구만. 다리는 괜찮나?"
박사는 그다지 반가워하지 않는 눈치로 인사했다.
"아, 네. 덕분에요. 감사합니다."
은재가 얌전히 인사를 했다.
"도꼬마리 학생? 그러면 그 학생 얘기가 이 학생이었어?"
사장님이 멀리서 깔깔 웃으며 무언가를 뒤적거리며 말했다.
'윽, 벌써 내 얘기를 다 주고받으셨나 보군. ……전에 두 분은 친자매라고 하셨지.'
은재는 새삼 박사의 얼굴을 천천히 쳐다봤다. 얇은 입술이며 납작한 코가 똑 닮아있었다. 하지만 풍기는 분위기는 전혀 딴판이었다. 사장님이 신데렐라의 요정 대모라면 박사님은 인어공주의 마녀 정도?
"자네는 왜 방학 스터디에 안 나오나?"

박사가 물었다. 저번에 들은 말을 미루어보았을 때, 동아리원들은 방학 때마다 종종 박사의 집에서 약재 스터디를 하고 있는 거 같았다. 아무도 은재에게 스터디에 대해 말하지는 않아 별생각은 없었는데, 이렇게 다른 사람의 말을 통해 듣게 되니 괜스레 섭섭해졌다.
"딱히 들은 얘기가 없어서요."
은재가 머리를 긁적이며 말했다.
"그래? 범이 녀석, 물어보겠다고 그렇게 얘기를 하더니 까먹었나 보군. 뭐 어쨌든 잘 생각해 봐."
박사가 말했다. 그때 사장님이 종종걸음으로 다가와 은재에게 수첩을 건넸다.
"자, 찾는 게 이거 맞죠?"
사장님이 친절한 미소로 물었다.
"아, 감사합니다. 잠깐 보고 돌려드려도 될까요?"
"그래요, 작은방 안에 책상 있으니까 거기서 봐요. 우리는 신경 쓰지 말고."
사장님이 신고 있던 슬리퍼를 벗고는 방에 들어갔다. 은재도 사장님을 따라 방 안으로 들어갔다. 노란 장판과 곳곳에 놓여있는 잡동사니 때문인지 작은 가정집 방에 들어온 것처럼 느껴졌다. 은재는 가방에서 작년 장부를 꺼내서 수첩과 하나하나 비교해나가기 시작했다. 박사와 사장님이 여름 나기에 대해 뭐라 뭐라 수다를 떨고 있었지만 은재의 귀에는 잘 들리지 않았다. 사장님의 수첩에도 날짜 순서대로 항목들이 적혀있었기 때문에 비교가 그렇게 어렵지는 않았다.

9월 25일 김현나
육계, 목통 각 500g
13500원

'장부에 없는 구매 목록은 이날밖에 없어. 9월 25일 날 산 육계랑 목통. 사라지기 전에 샀었던 거네.'
은재는 핸드폰을 꺼내 두 약재에 대해 검색을 했지만 둘 다 흔히 사용하는 약재인지 특별한 단서가 될만한 건 없었다.
'육계 목통 개 쓸개……. 이렇게 검색해 봐도 역시 특별한 내용은 없는데. 그냥 누락된 건가?'
"사장님, 현나 선배한테 육계랑 목통 파셨던 날 기억나세요?"
"현나? 학생도 현나를 알아요?"
"뭐, 네."
은재는 말을 얼버무렸다.
"글쎄, 근데 내가 그런 거 하나하나까지는 기억을 못 해서. 둘 다 흔한 약이기도 하고."
"저, 박사님, 그럼 혹시 육계랑 목통 스터디 하신 적 있어요?"
"……그건 왜 묻지?"
박사는 까칠하게 반응했다.
"아휴, 은재 학생, 선배 대신 장부 점검하러 온 거래. 그냥 알려주면 덧나?"
사장님이 동생을 부드럽게 타일렀다. 하지만 박사의 경계심은 전혀 풀리지 않았다.
"육계만 스터디했었다."
박사가 딱딱하게 말했다.
"그, 그러면 혹시 개 쓸개도 한약재예요?"
"에이, 쯧. 내 이럴 줄 알았어."
박사는 혀를 차며 인상을 더 강하게 찌푸리더니 이어 말했다.
"청민이 녀석한테 무슨 얘기를 들었는지 모르겠지만, 동의보감에 투명인간이 되고 그러는 건 없어."

"……네?"
갑자기 이게 다 무슨 귀신 씨나락 까먹는 소리인가, 은재는 어안이 벙벙했다.

"투명 인간…… 뭐라고요?"
은재가 다시 물었다. 사장님이 냉랭해진 분위기를 풀고자 어색하게 웃으며 얘기를 꺼냈다.
"아유, 애들이니까 궁금할 수도 있는 거지. 그, 동의보감에 은형법(隱形法)이라고, 몸을 안 보이게 숨기는 방법, 그러니까 투명인간 되는 법이 적혀있거든. 아무래도 옛날 책이니까 그런 게 적혀있는 거지. 참, 청민이도 애들한테 그런 얘기나 해주고, 엉뚱한 면이 있네."
"언니까지……. 그런 게 아니야."
박사는 짜증을 냈다.
"저, 천천히. 천천히 좀 얘기해 주세요. 저 지금 이해가 하나도 안돼요."
은재의 어리둥절한 반응에 박사는 한숨을 푹 쉬고는 말없이 방 한편에 꽂혀 있는 책을 뽑아내고는 팔랑팔랑 종이를 넘겼다.
"자, 이 줄 읽어 봐라."
박사가 건넨 책은 동의보감의 스캔본이었다. 온통 한자가 가득인데다가 세로로 글자가 늘어져 있었다.
"저 한자 잘 모르는데……."
은재가 자신 없는 표정으로 말하고는 박사가 가리킨 부분을 눈으로 훑어보았다.

[隱形法] 白犬膽, 和通草·桂心作末, 蜜和爲丸服, 能令人隱形, 靑犬尤妙.

'백견(白犬)밖에 못 읽겠어. ……어? 백견이면 흰 개라는 뜻인데. 분명히

동방 건강원 아저씨가 그랬지. '꼭 흰 개의 쓸개여야 한다' 했다고.'
은재가 불안한 표정으로 바라봤다.

"요즘 애들은 한자 공부를 안 해서 문제야, 문제. 자. '은형법, 백견담, 화통초 · 계심작말, 밀화위환복, 능영인은형, 청견우묘' 대강 해석하자면, 은형법에는 흰 개의 쓸개, 통초, 계심이 필요하다. 꿀로 반죽하여 환을 만든다. 사람으로 하여금 은형할 수 있게 도와준다. 청색 개가 더욱 좋다. ……네가 물어본 개 쓸개랑, 통초, 계심으로 은형법에 필요한 약을 만들 수 있다는 얘기다."
"제가 여쭤봤던 건 육계랑, 목통이었는데요……."
은재가 물었다.
"계심은 육계[2]에서 겉껍질을 벗겨낸 거고, 목통[3]이랑 통초[4]는 같은 약초로 보고 사용하는 경우도 많아."
사장님이 부드러운 말투로 대신 대답해 주었다.
'암호는 '은형법'인 건가? 딱 세 글자니까. 몸을 숨기는 방법……. 현나 선배는 이 말을 믿기라도 한 건가? ……그런데 청민 오빠가 이걸 물어봤었다고?'
"하여튼, 이게 남에게 모습이 안 보이게 해주는 거라는 거죠?"
은재가 다급하게 물었다.
"옛날에나 주로 그렇게 해석했었지."
박사가 답답하다는 듯 설명을 하기 시작했다.

---

2) 육계(肉桂): 녹나무과 육계의 나무껍질(樹皮)
3) 목통(木通): 으름덩굴의 줄기. 통초라고도 불린다.
4) 통초(通草): 두릅나무과 통탈목의 줄기(莖髓)

**

집에 돌아온 은재는 손부터 씻으라는 엄마의 말을 뒤로한 채 바로 노트북에 USB를 꽂았다.

내가 왜 개 쓸개를 가져달라고 했을까? 세 글자야.

은재는 떨리는 손으로 한 글자씩 타이핑을 했다.

[은형법]

'열렸다.'

0505-xxxx-xxxx
연락 줘.

암호 뒤에 있던 문서는 짧은 메시지였다.
'이게 다야? 역시 연락처가 맞았구나.'
은재는 당장이라도 전화를 걸어 어떻게 된 거냐고 마구 따져 묻고 싶었지만, 화를 삼키고 천천히 생각을 시작했다.
'그런데 0505는 뭐지? 지역번호인가?'
은재는 인터넷에 검색을 했다.

050 안심번호 발급 서비스란?
상대방이 내 안심 번호(가상 번호)로 전화를 걸면 고객님의 휴대전화로 연락이 오는 서비스입니다.

개인 번호 노출 걱정은 그만
안심 번호로 자유롭게 연락을 주고받아 보세요.
원하실 때 언제든 폐기가 가능합니다.
이런 분들에게 추천합니다 : 업무용 전화번호로! 택배나 배달을 받을 때!
……

은재는 손끝을 이로 짓이기며 생각했다.
'철저하게도 준비했네. 안심번호라고……. 결국 자기 마음이 변하면 언제든지 자기 쪽에서 연락을 끊을 준비가 되어 있다는 얘기네. 어쩌면 이미 폐기된 번호일지도 몰라. 이걸 서범에게 전해주면 그 뒤론 어떻게 되는 걸까. ……어쨌든 빨리 얘기해 줘야겠지.'
은재는 한숨을 푹 쉬고는 의자에 깊숙이 몸을 기대곤 목을 뒤로 넘겼다. 방이 거꾸로 보였다.

'그 전에 만나봐야겠어.'

원앤온리

카페 문이 열렸다. 반팔 차림의 청민이 은재를 발견하고는 인사를 했다.
"먼저 와 있었네. 무슨 일 있어? 나한테 상담할 게 다 있다 하고."
"바쁘실 텐데 와 주셔서 감사해요."
"우린 벌써 다 종강했는데, 뭘."
청민의 말에는 언제나 매너가 배어 있었다. 막상 말을 어디서부터 꺼내야 할 지 모르겠어. 은재는 초조한 듯 커피가 든 머그잔의 손잡이를 엄지손가락으로 문질러댔다. 한참 전에 시킨 커피가 싸늘히 식어 있었다.
"천천히 얘기해도 괜찮아. 나도 커피 주문하고 올게."
청민이 부드러운 미소를 지었다.

"하하, 몰라서 그렇지 그 형이 쫄보 같다는 말, 농담만은 아니야."
제이가 언젠가 했던 말이 머릿속을 스쳤다. 대체 무슨 얘기를 해야 할까.

어떻게 조심스럽게 돌려 말할 수 있을까.

그 사이 음료를 받아들고 온 청민이 은재 앞에 앉았다.
"혹시 연애 상담 아니야? 범이 때문이니? 하하하."
"……선배는 현나 선배랑 연락하고 지내는 거예요?"
은재가 울컥 내뱉어버렸다. 농담으로 분위기를 풀려던 청민의 얼굴이 삽시간에 굳어졌다.
"……갑자기 무슨 얘기야?"
"은형법, 박사님한테 물어보셨잖아요."
청민은 무언가를 말하려 입을 달싹이다 다시 다물었다. 입술을 잘근잘근 씹었다. 경계심이 가득한 표정이었다.
"그 선배, 살아있는 거죠? 왜 부원들한테 얘기 안 했어요? 현나 선배가 말하지 말라고 했어요? 다들 얼마나 힘들어했는지 저보다 더 잘 아셨을 거 아니에요. ……오죽하면 제이 오빠가 가짜 메일까지 보냈겠어요?"
은재는 말을 쏟아냈다.
"……내가 너한테 그거에 대한 얘기를 할 필요는 없는 것 같다. 넌 현나랑 아는 사이도 아니잖아?"
청민의 표정은 은재의 커피보다 더 싸늘하게 식었다. 주제넘게 굴지 말라는 뜻이었다.
"……그게 가짜 메일이었냐고 안 물어보시네요?"
청민의 눈빛이 흔들렸다. 이럴 때일수록 강하게 밀고 나가야 된다.
"오빤 그때 현나 선배랑 만나고 있었으니까, 이미 가짜인 걸 알았던 거죠? ……현나 선배한테 제이 오빠의 위치를 알려준 사람도 선배인가 보네요."
청민은 아무런 대답이 없이 눈썹을 세게 문질렀다.
"사람들이 얼마나 괴로워했는지 아시잖아요. 죽었는지 살았는지, 그거 하나 말해주는 게 어려워요?"
"……나한테는 현나 보고 애들 앞에 나타나라 마라 할 권리가 없어. 어떻게 알았는지는 모르겠지만, 너도 은형법이 뭔지 알 거 아니야. 제이를 만난 것도 내 제안으로 간 게 아니야. 그냥 대화 중에 우연히 걔의 학원을 내가 말했을 뿐이었어. 현나가 그걸 기억했다가 자신의 의지로 제이를 찾아간 거였고. 제이 말고는 누구도 만나기 싫다고도 했었어. 게다가, 부원들은 가짜 메일 덕에 현나가 살아있다고 생각하고 있어. 그 정도면 충분한 거 아니야? 제이의 노력을 헛수고로 만들고 싶진 않아."
"말도 안 돼. 현나 선배가 다른 사람은 보고 싶지 않다고 했다고요? 그런 사람이 굳이 학교로 돌아와서 힌트를 남겨요? 제발 나 좀 찾아달라고?"
"……"
"현나 선배가 장부에 남긴 메모랑 영수증까지 없앤 것도 오빠죠? 오히려 부원들이 현나 선배에 대해 알지 못했으면 했잖아요."
은재의 얼굴이 시뻘게졌다. 목이 메어 마른침을 몇 번이고 삼켜냈다.
"……넌 어떻게 힌트가 있다는 걸 알게 된 거야?"
청민이 낮은 목소리로 물었다.
"그 언니가 진서범한테 남긴 걸 제가 우연히 발견한 거예요. 그리고 제가 암호를 풀어주겠다고 약속했어요."
"그게 진서범한테 남긴 거라는 걸 어떻게 알아?"
"……그 선배랑 진서범 둘이서만 알고 있는 곳에 남겼으니까요."
은재의 목소리가 가늘게 떨렸다. 청민이 우두커니 은재를 쳐다봤다. 눈썹은 내려가 있었고 눈은 실망한 듯 공허했다.
"범이한테, 연락처 얘기했니?"
"아직 말 안 했어요."
"왜 얘기 안 했어? 네가 나를 굳이 만나서 이런 얘기를 할 필요가 있어? 그냥 범이한테 바로 알려주면 되잖아."

청민이 서늘하게 말했다. 이번에 말문이 막힌 사람은 은재였다. 얼굴이 화끈거렸다. 청민의 말이 맞았다. 굳이 이러고 있는 이유가 뭐란 말인가.
"너나 나나 별반 다를 바 없어. 너도 두려운 거잖아. 연락처를 알려주면 그다음은 어떻게 될지."
청민이 은재를 똑바로 쳐다보며 말했다. 눈의 실핏줄이 새빨갰다.
"네가 너랑 상관도 없는 김현나 찾기에 이렇게까지 열을 올리는 거 보면, 대충 알만한데. 뭐, 아니면 정말 평소에 하던 탐정 놀이라도 하고 싶었어?"
청민이 빈정댔다. 늘 복잡하던 은재 머릿속은 텅 비어 버렸다.
"……전 곧 알려줄 거예요. 걔가 어떻게 할지는 걔가 선택할 일이니까."
"너도 별로 솔직하지 않네."
청민이 비웃듯이 콧방귀를 뀌며 고개를 가볍게 가로저었다.
"정말이에요. ……오빠가 아까 그랬죠? 오죽하면 은형법을 써가면서까지 그러겠냐. 그런데 그거 아세요? 은형(隱形), 형태를 숨긴다는 거, 내 모습을 남들 눈에 안 보이게 숨긴다는 뜻이 아니에요. 눈앞에 보이는 형체를 사라지게 하는 것, 그러니까 눈앞을 흐리게 하는 염증 같은 걸 없애는 처방이에요. 오히려 눈앞이 잘 보이도록 도와주는 약이라고요."

'개 쓸개, 계심, 통초. 셋 다 눈 염증에 효과가 있는 약재들이야. 여기 마지막을 보면, 흰 개보다도 청색의 개를 쓰면 더 좋다고 적혀있지? 청색은 눈과 관련된 색이라고 생각해 왔어. 그러니까 기왕이면 눈에 좋다고 생각했던 청색 개를 쓰라는 말이 적혀 있는 거지. 은형(隱形). 숨길 은, 형태 형. 풀이하면, 형태를 숨기다. 이걸 과거에는 몸을 숨기다라고 해석해서, 투명 인간이 되는 말도 안 되는 법이 동의보감에 적혀 있다는 소문이 돌았었지. 지금은 형태를 숨긴다는 게, 눈앞에 보이는 물질들이 안 보이도록 숨겨주는 법이라고 해석해서, 눈의 염증이나 비문증[5]을 보이지 않게 하는 처방으로 해석하는 게 보통이야.'
은재는 그날 박사가 해 준 설명을 떠올렸다.

"그 선배가 왜 이것들을 구하려고 했는지 저는 알 수 없지만요, 적어도 오빠는 현나 선배가 잘 보고 옳은 선택을 할 수 있게 도와줘야죠. 부원들을 위해서도, 그 선배를 위해서도. 이런 식으로는 아무것도 해결되지 않아요."
"……넌 네가 뭘 알기라도 한다는 듯이 말하는구나?"
"그 선배가 계속 부원들을 만나고 싶어하는 것처럼 느껴지니까요. 그 선배도 괴롭겠죠. 약간의 용기가 부족해서. 선배도, 이런 식으로 그 선배를 독점하는 게 의미가 있어요? 힌트까지 없애가면서 말이에요."
청민은 은재의 말을 잠자코 들었다. 청민의 눈은 다시 차분해졌다.

"……그래, 어쩌면 은재 네 말이 맞을지도 모르지. 난 걔가 나한테만 특별한 사람이길 바랐어. 걘 모두에게 특별한 사람이고 싶어 했고. 넌 진짜 내 허를 찌르는구나. 오늘 별로 좋은 모습 보여주지 못한 거 같네."
청민이 헛웃음을 지으며 말했다.
"……나도 현나처럼 계속 회피만 해 온 걸지도 몰라. ……그렇지만 너무 기대하진 마."
청민의 말뜻을 알아들은 은재가 그의 눈치를 살폈다. 분명히 잘된 일인데, 마음 한편이 답답해졌다.
"저도 오늘 죄송했어요. ……먼저 가볼게요."

---

5) 눈앞에 실이나 먼지 모양의 물체가 날아다니는 것처럼 보이는 증상

은재가 자리에서 일어났다. 카페에 혼자 남은 청민은 의자에 기대 고개를 넘겨 천장을 바라봤다. 손바닥으로 눈두덩을 문지르며 깊은 한숨을 쉬었다.

※

현나를 보고 있자면, 초조하다.

2학년이 되어 같은 반이 되던 날, 두 사람은 같이 밥을 먹었다. 1년간 같이 동아리 활동을 하며 나름 친해지긴 했지만, 이렇게 단둘이 밥을 먹는 건 처음이었다. 현나는 대뜸 청민에게 자기 가족사에 대한 얘기를 했다. 부모가 자신을 무척 무시하고 자신에게 관심이 없다는 얘기, 초등학생 때 자기를 방치하다시피 둬서 밥을 굶은 적도 있다는 얘기.
"성적이 오르고 나서부터 뜨문뜨문 관심을 주시더라. 내가 아예 쓸모없는 애는 아니었다면서. 아버지 한의원을 이어 하라고 했어."
'이런 얘기 들어도 되는 건가⋯⋯.'
청민은 담담하게 얘기를 꺼내는 현나를 쳐다보며 생각했다.

"얘기가 길었지? 이런 얘기 할 사람이 너밖에 없네. 부담스러웠겠다."
현나가 슬픈 표정으로 웃어 보이더니 바닥을 내려다봤다. 언제나 긍정적이고 밝은 현나에게 이런 면이 있었구나. 현나가 왜 그렇게 공부를 열심히 했는지 조금은 알 거 같았다.
"아니, 전혀. 날 믿고 얘기해 줘서 고맙지. 너 주변에 친한 친구들도 많을 텐데⋯⋯."
"내 주변에? 글쎄, 이런 깊은 얘기를 할 수 있는 친구는 없어서. 이런 말 하면 좀 그렇지만, 난 내 외로움을 해소하려고 친구를 사귈 때가 많거든.

좀 이기적이지? ……넌 좀 달라. 넌 내 외로움이랑 상관없이 너 자체로 괜찮은 애니까. 작년에 같이 동아리 하면서 느꼈어. 이런 얘기 누구한테 처음 해본다."
현나는 어색하게 웃어 보였다.

그날 이후로 두 사람은 부쩍 가까워졌다. 두 사람은 거의 맨날 붙어 다녔다. 주변에서 사귀냐고 놀려도, 현나는 별 부정 없이 그냥 헤헤 웃어넘길 뿐이었다. 청민은 어느새 자신이 현나를 좋아하고 있다는 걸 알았다. 장난삼아 '교과서 커플'이라고 부르는 사람들도 있었다. 다시 동아리는 시작되었고, 밭 짝꿍까지 하면서 부쩍 두 사람만의 시간이 늘어났다.

현나가 물을 뿌리며 말했다.
"이번에 들어온 혜진이라는 후배, 내가 잘 좀 챙겨주려고."
"그 머리 노란 애? 걔 기장 형한테 화내는 거 못 봤어? 되게 무섭던데."
청민이 걱정하며 말했다.
"너무 그렇게 생각하지 마. 제이 얘기 들어보니까 잠깐 방황하고 있는 거 같더라. 그래서 우리 동아리로 데려온 거래."
"넌 너무 착해서 탈이라니까."
청민이 웃으며 장난삼아 현나에게 물을 뿌렸다. 현나가 웃으며 도망쳤다.
'제이한테는 또 언제 그런 얘기를 들은 거지. 아직 동아리 활동도 시작 안 했는데 많이 친해졌나 보네.'
청민은 새삼 현나의 친화력이 감탄스러웠다.

※※

현나는 종종 혜진과의 자리에 청민을 부르곤 했다. 청민은 그렇게 현나를 만나는 게 좋았다.
"이제는 많이 해결됐어요. 언니 덕에요. 언니도 언니네……. 아, 죄송해요……."
혜진이 자신의 입을 틀어막으며 사과하자 현나가 부드럽게 웃으며 말했다.
"청민이도 다 알아. 편하게 얘기해도 괜찮아."
"아……. 언니도 언니네 일로 정신없으실 텐데, 죄송해서요."
'혜진이한테도 집 얘기를 했나 보네.'
청민이가 봐도 혜진은 많이 변했다. 예전처럼 화를 내지도 않았고, 품행도 단정해졌고, 많이 안정되어 보였다. 혜진은 현나를 정말 친언니처럼 따랐다. 현나가 혜진에게 베푸는 호의는 정말 단순한 호의를 넘어선 어떤 커다란 품을 제공하는 것처럼 느껴졌다. 청민은 그런 현나가 대단해 보였고, 그런 현나와 가장 친한 친구가 자신이라는 것에 그만 성취감마저 느껴버렸다.

**

3학년이 되고, 새로운 기장은 자연스럽게 현나로 정해졌다. 애초에 모두가 이미 그렇게 생각하고 있었다. 현나는 겸손하게 한번 거절을 했지만, 기장 형의 강력한 권유로 결국 수락하였다. 모두가 찬성했다. 청민은 현나의 부탁으로 부기장을 맡았다. 현나는 사람도 잘 챙겼고 일도 잘했다. 두 사람은 여전히 밭 짝꿍이었다. 3학년 생활은 생각보다 더 정신없었다. 학기 초, 담임이 나누어준 희망 대학 조사서에 청민은 현나를 따라 일학대 한의학과를 적어냈다. 청민에게는 약간의 상향 지원이었다. 그래도 청민은 두 사람이 같은 꿈을 향해 간다는 사실이 참 좋았다.

두 사람은 바빴지만 매주 수요일 밭에 늘 물을 같이 줬다.
"이번에 새로 들어온 서범이라는 애, 동아리에 억지로 들어온 거 같더라."
"그래? 하다 보면 재밌어하겠지."
"너무 한다. 하여간 무관심해. 어떻게 챙겨주지?"
현나가 입을 삐죽이며 말했다.
"네가 관심이 너무 많은 거야."
청민은 호스에서 나오는 물줄기만 쳐다보고 있었다.

현나와 같이 걸어가면 모두가 현나에게 인사를 한다. 수줍은 인사, 활기찬 농담, 청민은 그런 현나 옆에선 존재감이 얄팍했다. 가끔씩 덤으로 받는 인사도 그다지 달갑지는 않았지만, 그마저도 없이 청민을 없는 사람 취급하며 현나와 대화를 하며 함께 걸어가 버리는 경우도 더러 있었다. 그럴 때면 현나는 청민에게 다시 돌아와 미안한 표정을 지으며 사과했다.

'그래도 결국 옆에 남는 사람은 나뿐이니까.'
청민은 그렇게 생각하기로 했다. 자신이 착각한 게 아니길 바랐다.

*

"그거 알아? 서범이가 지난주 토요일에 혼자 밭 구경을 하고 있더라고. 아예 관심 없는 줄 알았더니. 물주는 거까지 도와줬어."
현나가 함박웃음을 지으며 옆에서 쫑알댔다.
"그럼 우리 산행 갔던 날 다시 학교 갔었던 거야? 토요일 날까지 물 안 줘도 괜찮다니까."
현나는 무뚝뚝한 목소리에 청민을 슬쩍 올려다봤다. 청민의 표정이 그다지 좋아 보이지는 않았다.
"…… 다음 주 토요일 날 물 주러 같이 갈래? 끝나고 오랜만에 밥이나 먹자."
현나가 밝게 웃으며 말했다.
"……응."
청민이 고개를 돌리고 대답했다. 귀가 새빨개졌다. 현나가 그런 청민의 귀를 빤히 쳐다보았다.

**

현나는 청민의 고백에 기뻐했다. 그 말을 기다리고 있었다고 그랬다. 하지만 지금은 이대로가 딱 좋다고, 입시가 끝나고 시작하자고 미뤘다. 고백 이후로 딱히 바뀌는 것은 없었다. 오히려 좀 더 조심스러워졌다. 청민은 자신이 고백한 게 잘 한 일인지 헷갈렸다. 현나를 붙잡아 두고 싶었지만 그럴수록 자신이 물을 잡으려고 헤집는 사람처럼 느껴졌다.

청민은 현나가 서범이랑 토요일에 같이 물을 줬다는 게 신경 쓰였다. 현나는 기장으로서 동아리에 적응하도록 도와주는 거라고는 했지만, 청민은 투덜댔다. 현나는 뾰루퉁하게 내려간 청민의 입꼬리를 손가락으로 잡아 올렸다. 그러더니 귀엽다는 듯 혼자 웃음을 터뜨렸다.

**

가을, 현나와 같은 학교에 가고 싶다는 소망 때문인지, 그동안 청민의 성적은 많이 올라 정말 일학대에 도전해 볼 만한 점수가 되었다. 함께 늦게까지 면접을 준비하는 날들조차 고되다기보단 즐거웠다.

두 사람은 같은 학교에 가서 시험을 쳤다. 청민은 예상보다 면접을 더 잘 봤다. 자청비 활동이 면접관 눈에 흥미롭게 비친 것 같았다. 청민이 벅찬 마음으로 면접을 마치고 나왔다. 핸드폰을 켜니 현나에게 메시지가 와 있었다.

[현나] 나 끝나서 먼저 갈게. 조심히 가.

30분 전에 보내놓은 메시지였다.
'면접 설마 잘 못 쳤나? 집 갈 때도 같이 갈 줄 알았는데.'
청민은 자신이 면접을 잘 봤다는 사실을 잊기라도 한 듯 침울해졌다. 현나가 걱정됐다. 하지만 섣불리 물어볼 수도 없었다.
'준비한다고 고생했어. 피곤했을 텐데 이번 주는 푹 쉬어.'
그렇게 주말이 지나고 월요일이 되었다. 현나가 면접을 잘 쳤다는 건 다음 날 담임과의 면담에서 알게 됐다.
"너네, 정말 CC라도 되는 거 아니니?"
담임의 실없는 얘기가 끝나고, 청민은 뛸듯이 기뻤다.
'혹시 내가 못 봤을까 봐 티를 못 냈나?'
가벼운 발걸음으로 반에 달려갔다. 이제, 수능만 끝나면 모든 게 완벽하다. 반에 돌아와 현나의 표정을 살폈다. 평소와 별반 다를 게 없어 보였다. 청민은 걱정이 풀렸다.
"현나야, 오늘 우리 물 당번인 건 알지?"
청민이 활짝 웃으며 얘기했다.

**

밭에 물을 주던 청민이 먼저 입을 뗐다.

"너도 면접 잘 봤다며! 담임 선생님한테 들었어."
청민의 마음은 붕 떠 있었다. 어쩌면, 꿈까지 같은 두 사람이, 같은 대학, 같은 학과에 가서, 20대를 시작할지도 모른다고. 너무 붕 떠버린 마음은 걷잡을 수 없이 하늘로 올라가 버린 풍선 같았다.
"선생님이 말씀하셨구나?"
"응. 나한테도 얘기해 주지. 넌 너무 겸손해서 탈이야. 넌 맨날 시험 점수도 예상 점수보다 높게 나오잖아. 하긴, 네가 준비를 얼마나 많이 했는데. 진짜 고생했다."
청민은 주워 담을 수 없는 말을 계속해서 내뱉기 시작했다.
"나도 나쁘지 않게 본 거 같아. 동아리 질문을 많이 하시더라고. 너한테도 하셨어? 네가 평소에 얘기해 줬던 것들도 많이 생각나고. 압박 면접이었는데 나름 잘 말한 거 같아."
"아니, 나한텐 동아리 얘긴 안 물어봤었어."
현나가 웃으며 청민의 얘기를 들었다. 청민은 평소답지 않게 떠벌리며 면접 이야기를 늘어놓았다.
"내년에 같은 대학 가면 정말 좋겠다."
현나가 싱긋 웃으며 말했다. 그 이상의 별다른 말은 없었다.
'내가 너무 호들갑을 떨었나?'
청민은 머쓱해졌다.

현나가 물을 주며 말했다.
"청민아."
"응?"
"나, 부탁할 게 있는데, 이상하게 생각하지 말고 들어?"
"응, 당연하지. 뭔데?"
청민이 웃으며 물었다.

"나……개 쓸개 좀 구해다 줄 수 있어?"
"……뭐?"
청민이 갑작스러운 부탁에 주고 있던 물을 멈추고 물었다.
"이런 거 부탁할 사람이 너밖에 없어서……."
"그게 왜 필요한데?"
"그냥…… 한약재야."
"아버지한테 부탁해 보지 않고?"
현나는 별말이 없었다. 청민은 곧바로 자신이 말실수를 했다고 생각했다. 그 시기쯤 현나와 부모와의 관계는 더욱 악화되고 있었다. 학교에서는 모두의 사랑을 받는 현나였지만, 집에서는 무시를 당하는 신세였다. 청민은 그런 현나가 불쌍했지만 그렇다고 부탁을 들어주기엔 영 께름칙했다.
"……요즘 힘이 없어서, 몸보신이라도 하려고 그런 거야."
현나가 어색하게 웃어 보이며 말했다.
"……미안, 우리 집 개 키웠던 거 알잖아. 당장 어디서 구해야 할지도 모르겠고……. 어려울 것 같아."
"아니야, 내가 무리한 부탁한 건데. 미안해."
현나는 자신의 말을 잊어달라며 별것 아니었다고 말을 얼버무렸다.

집에 돌아온 청민은 침대에 누워 생각했다.
'오늘 너무 들떠서 얘기했나? 생각해 보면 현나만 붙을 수도 있는 건데. 괜히 현나도 잘 봤다니까 오버했어. 그나저나 현나도 참. 갑자기 개 쓸개라니. 요즘 그렇게 피곤했나? 뭐라도 주면 좋을 텐데.'

며칠 뒤 야간 자습이 끝나고 집으로 돌아가는 길에 청민은 현나에게 무언가를 건넸다.

"이걸로라도 힘이 될지는 모르겠네."
간식과 영양제들이었다.
"신경 쓰고 있었구나."
현나가 와락 안겼다. 그러고는 한동안 아무 말이 없었다.
"……요즘 너무 힘들어. 어디론가 사라지고 싶어."
현나가 작은 목소리로 말했다.
"……이제 수능만 치면 다 끝이니까, 좀만 참자."
청민이 현나의 머리를 쓰다듬으며 말했다.
"바래다줄까?"
"……아니야, 괜히 부모님이랑 마주칠 수도 있고."
현나는 코를 훌쩍이며 말했다. 현나는 한 번도 집이 어디인지 알려 주지 않았다. 청민이 할 수 있는 거라곤 현나의 뒷모습을 바라보는 것뿐이었다.

※※

"오늘 2층 중앙 자습실 가서 공부하려고. 교실은 영 집중이 안 되네."
"그래. 끝나고 동아리 뒤풀이 갈 거지?"
"아니, 그냥 집에 가서 공부하려고. 애들한텐 잘 말해 주라."
그날은 자청비 활동의 마지막 날이자 수능 전 마지막으로 야간 자습이 없는 날이기도 했다. 청민은 가방을 챙겨 자습실로 가는 현나를 빤히 쳐다봤다.
'좀 쉬지. 열심히네. 요즘 부쩍 더 피곤해 보여.'
7교시가 끝나고, 청민은 현나에게 인사하기 위해 학교 중앙 자습실로 향했지만, 이미 현나는 가고 없었다.

※※

오랜만에 본 부원들은 청민을 반갑게 맞았다.
"현나 언니는 안 오셨네요?"
혜진이 물었다.
"응, 요즘 많이 피곤해 했거든."
청민의 말에 혜진은 티나게 아쉬워했다.
"그런데 서범이는?"
"오늘 바쁘다고 먼저 갔어요. 형도 오셨는데 바쁜 척은. 그래도 저 있으니까 좋으시죠?"
제이가 알랑방귀를 뀌었다.
'하필이면 그 둘이 안 왔네.'
청민은 떨떠름한 기분이었지만 그 기분을 떨쳐내고 싶었다. 서범은 어느새 청민에게도 꽤 아끼는 후배가 되었다. 서범이 청민과 현나의 관계를 알게 된 뒤부터, 서범과 현나 사이가 어색해진 것 같아 속으로 괜한 미안함을 느끼고 있던 참이었다.

뒤풀이 내내 현나의 이야기는 빠지지 않았다. 현나가 없는 자리인데도 주인공은 현나처럼 느껴졌다. 제이가 다음엔 꼭 다 같이 모여 다시 뒤풀이를 해야 한다며 너스레를 떨었다. 뒤풀이가 끝나고, 청민은 집에 돌아가는 길에 현나에게 문자 한 통을 보냈다.

자청비 애들이 너 많이 보고 싶어 하더라. 수능 끝나고 꼭 다 같이 보자.

청민은 가을 공기를 크게 들이마셨다. 시린 손을 주머니에 넣고 집으로 발걸음을 향했다.

***

"……넌 현나 사라지고 나서 더 열심히다? 진짜 독해. 너네가 어떤 사이였는데…… 어떻게 그래?"
현나와 친했던 반 아이의 원망 섞인 목소리. 청민은 그 말에 반박할 수가 없었다. 그 말은 어느 정도 사실이었다. 아이러니하게도 청민에게 수능은 도피처였다. 현나가 어떻게라도 된 걸까 봐. 혹시라도 자기 탓일까 봐, 그걸 확인하는 것이 두려워서 청민은 아무것도 할 수 없었다. 부원들과도 어색해졌다. 특히 혜진은 완전히 제정신이 아니었다.

수능은 어떤 모의고사 점수보다도 높게 나왔다. 웃기는 일이었다. 하지만 그런 건 청민에게 아무런 의미가 없었다. 이제, 현나를 찾아다닐 수 있을까? 이미 너무 늦은 건 아닐까?

※※

"이거 네 거지?"
현나와 친했던 아이가 싸늘한 표정으로 청민을 불렀다.
"어?"
"현나 사물함 정리하다 나온 거야."
여자아이는 억지로 청민 손에 영양제를 쥐여주었다. 청민이 선물했던 영양제였다. 청민은 울음을 참으며 영양제 뚜껑을 돌려 열었다. 통이 많이 가벼운 걸 보면 그만큼 피곤했다던 거겠지? 이런 거 보다도, 현나에게 따뜻한 말 한마디라도 더 해줬어야 하는 건데. 후회가 됐다.

'이게 뭐지?'

검은 무언가가 알약 사이 파묻혀 있었다. USB였다. 어리벙벙한 표정으로 꺼내 살펴보니 뒷면에 견출지 위로 '연청민'이라는 글자가 적혀 있었다.
'현나 글씨체다.'
청민은 곧바로 학교에 있는 프린트용 공용 컴퓨터로 달려갔다. 청민은 떨리는 손으로 USB를 꽂았다. 몇 번이나 뒤집었다가 겨우 꽂은 건지 모르겠다. USB에는 '청민에게' 라는 짤막한 문서가 들어있었다. 청민은 문서를 클릭했다.

내가 왜 개 쓸개를 가져달라고 했을까? 세 글자야.
[_ _ _]

**

'서범이한테도 개 쓸개를 부탁했다고 그랬어. 어쩌면 혜진이나 제이한테도 남겼을 지도 모르지. 걔네도 암호를 풀고 있는 걸까? 아니면 이미 풀고 연락한건 아닐까? 암호를 직접 푼 사람만 연락하라는 의미겠지?'

청민은 스스로가 이기적이라는 걸 알았다. 어느새 청민은 장부에 붙어 있던 영수증을 떼어내고 현나가 남긴 메모 페이지도 뜯어내고 있었다. 청민은 현나의 힌트를 금방 풀어냈다. 박사님에게 물어서 금방 그 답도 알아냈다. 그러는 동안 청민은 그 누구에게도 이 사실을 말하지 않았다.

현나에게 전화를 걸었을 때, 전화를 받은 상대방은 아무런 말도 없었다. 청민은 마음에 있던 말을 토해 내듯 쏟아냈다. 수화기 너머에선 흐느끼는 듯한 숨소리가 들려왔다. 전화 통화가 끝나고 청민은 새하얗고 차갑게 변해 있는 자신의 손을 매만졌다. 손이 무척 떨렸다.

두 사람은 크리스마스에 다시 만났다. 눈이 내리는 화이트 크리스마스였다.
현나의 코끝이 붉게 물들어 있었다.
"너라면, 날 찾아 줄 거라 생각했어. 난 너밖에 없어."
현나가 청민의 품에 얼굴을 파묻었다. 가슴팍이 척척해졌다. 청민은 아무 말 없이 현나의 머리를 쓰다듬었다.

***

"면접은 완전히 망쳤어. 왜 지원했냐는 질문에, 준비했던 말이 혀끝에만 맴돌고 튀어나오지 않더라. 난 너처럼 스스로를 설득해 내지도 못했고, 서범이처럼 정말 약재를 좋아하는 것도 아니었어. ……범이가 토요일에 나 없이도 혼자 즐거운 얼굴로 물을 주고 있는 걸 봤거든. 걔가 동아리 활동에 관심을 가졌으면 좋겠다고 생각했는데, 막상 그 모습을 보니까 스스로가 초라하게 느껴졌어. 난 사실 한 번도 내가 정말 약초를 좋아하는지, 한의사가 되고 싶은지 생각해 본 적 없다? 부모님 관심을 끌려고 그런 거였으면서, 원래 그런 걸 좋아한다고 스스로를 속였던 거야. 난 그냥 밭에 물을 줄 때의 해방감만을 좋아했던 거고. 거기에 뭐가 어떻게 피고 지고 있는지는 사실 그다지 관심이 없었어. 면접을 엉망으로 보고 나서, 나 정말 두려웠어. 너랑 부원들이 해주는 축하의 말들은 결국 다 나에게 닿을 수 없는 이야기라는 걸 알았으니까. 사실대로 말하고 싶었어. 그런데 담임 선생한테 했던 면접 잘 봤다는 거짓말이 너무 빨리 퍼져나가더라. ……그리고 나한테 혜진이를 미워하는 마음이 있다는 걸 인정하기 싫었어. 집안일이 해결된 혜진이한테 열등감을 느끼고 있었거든. 내 스스로가 너무 한심하게 느껴졌어. 아빠 말대로 난 무가치한 사람이구나, 그렇게 생각했어. 한편으로는 더 관심을 끌고 싶었던 거 같아. 내가 그 약재들을 집에 두고 나가버리면 부모님이 그게 뭔지 생각해가면서 내 마음을 조금이라도 알아줄까 싶었거든. 너한테 개 쓸개를 부탁하고, 이상한 USB를 남긴 것도 마찬가지야. 그게 뭔지 맞춰서 나를 찾는다면 스스로가 그렇게 쓸모없는 사람은 아니구나, 누군가는 찾아주는 사람이구나, 하고 생각할 수 있을 거 같았거든. 결국 정말 네가 이렇게 찾아와 줬고."

현나의 불행한 이야기에, 청민이 느끼는 감정은 웃기게도 우월감과 안도감이었다. 이 사실을 아는 사람이 자신뿐이라는 것에 기뻐하는 스스로가 미친 사람처럼 느껴졌다.

**

현나의 부모는 현나가 사라지고 얼마 가지 않아 현나를 찾아냈다. 적잖이 충격을 받았다고 했다. 그 와중에도 현나가 고등학교를 졸업 못한 사람이 되는 건 죽어도 싫어했다. 한의사인 현나의 아버지는 무슨 방법을 쓴 건지 현나의 무단결석들을 최대한 병결 처리로 바꾸어 놓았다. 현나의 담임에게는 현나가 전학 간 것처럼 말해 달라고 부탁했다. 그렇게 현나는 청민을 제외하고는 아무도 모르게 졸업을 했다. 그리고 곧 청민은 일학대 한의학과에 덜컥 붙어버렸다.

"나, 애들한테 연락해야 된다고 생각은 하면서도 그게 너무 괴로워. 아직 꼬여있는 감정들이 정리가 안 된 거 같아. 아직은 겁도 나고."
"그래, 그건 급할 거 없어. 일단은 다시, 다시 해보자. 너 성적도 좋았잖아. 아깝지 않아? 나랑 같은 학교에 들어와. 네가 들어오면 내가 휴학할게. 우리 같이 다니자."
"……그래."

현나는 슬픈 얼굴로 대답했다.

※※

"제이는 갑자기 왜 만났어?"
"…… 가끔씩 못된 마음을 주체를 못 하겠어. 너무 불안해. 애들이 날 그냥 신경도 안 쓰고 잊어버렸을까 봐. 불안해 미치겠어……. 어떻게 해서든 내 얘기를 해야 할 거 같아. 사실 혜진이가 잘 지내나 걱정도 됐어. 내가 없어서 잘 못 지냈으면 좋겠는데, 또 잘 지냈으면 좋겠어."
"…… 애들한테는 나중에 연락해. 애들도 네가 다시 나타나면 힘들 거야. 제이랑 혜진이도 이제 고3이고……."

'현나가 다시 돌아왔어. 결국 늘 그랬듯 돌고 돌아 나에게로.'
다시는 현나를 잃고 싶지 않았다. 청민은 현나에게 서범에 대한 이야기는 전혀 꺼내지 않았다. 아예 수면으로 떠오르게 하고 싶지 않았다. 사라지기 전 마지막으로 만난 사람이 자신이 아닌 서범이라는 사실은 청민에게 오래된 트라우마같이 깊게 남았다.

청민은 자신이 이젠 물이 아니라 안개를 헤집고 있다는 걸 몰랐다.

7월

뒤풀이가 더 재밌는 법

방학식이 후루룩 지나가고 축제가 시작됐다. 그동안 청민이나 현나의 연락 같은 건 오지 않았다.
'청민 오빠, 결국 설득 못한 걸까? 아니면 아직까지 얘기도 못 꺼낸 건가? 하긴 그러는 나도…….'
은재는 주머니 속에 든 은색 USB를 손으로 만지작거리며 생각에 잠겼다.
'……오늘은 정말 진서범한테 줘야겠지. 오늘 이후론 방학이라 한동안 만날 수도 없을 텐데.'
은재에게 이 자그마한 USB가 납덩이보다 더 무겁게 느껴졌다.

은재는 야외 천막 아래서 이마에 송골송골 맺힌 땀 위로 부채질을 했다.
"쯥, 이은재, 너 그거 설문지 아니야? 그걸로 부채질 하지 말랬지."
"깜짝이야, 언니……."

혜진의 잔소리에 은재는 종이를 손에서 내려놓았다.
"설문조사 잘 해드려. 노인분들이 많이 오시니까 직접 읽어 드려야 하는 경우도 많을 거야. 난 간다."
혜진은 축제 준비로 바빠 보였다. 계속 이리저리 뛰어다니며 일을 해결하러 다녔다. 체험관에는 은재의 의견대로 고봉의 사진 전시가 열렸다. 사진 앞에는 실제 수확물들과 설명글을 가져다 놓아 한 학기 동안의 동아리 활동 과정을 구경할 수 있었다.
기주와 고봉이 체험관에 상주하며 간단한 설명을 해주고 행사 사은품을 나누어주었다. 일학년들은 한방화장품 만들기 체험의 보조를, 서범과 제이는 사무실 보조를 맡았다. 사무실 안은 시원하다며 좋아했다. 은재는 혼자 야외 천막 아래서 설문 조사를 진행했다. 설문 조사를 해준 방문객에게 시장에서 쓸 수 있는 할인 쿠폰을 나눠주는 게 일이었다.
'이렇게 되면 진서범한테 전해줄 수가 없잖아…….'

천막 아래서 일하고는 있지만, 더운 건 어쩔 수 없었다. 아스팔트 바닥에 아지랑이가 피어올랐다. 가뜩이나 신경 쓸 일도 많은데, 더위를 먹은 건지 정신이 아득했다. 설문 조사지를 받자마자 모든 항목에 일자로 체크하고는 쿠폰을 달라는 아저씨부터, 설문용 스티커를 책상에 온통 붙여 놓은 아이들까지. 은재는 정신을 차리기 어려웠다. 매미가 발악하듯 소리를 내며 울고, 방학임에도 입어야 하는 딱 맞아 불편한 교복 상의는 팔을 옥죄어 오고 있었다.

일한 지 한 시간이 넘어가자 실수가 눈에 띄게 늘기 시작했다. 쌓아둔 설문 조사지가 날아가는 줄도 모르고 불어오는 바람을 헤벌레 쏘기도 하고, 쿠폰 대신 팸플릿을 줬다가 한 소리를 듣기도 하고. 잠시 아무도 오지 않는 동안 은재는 완전히 늘어져서 입을 벌리고 있었다.

'매미 소리를 계속 들으니까, 이젠 귀에서 아무 소리가 안 나는 것 같아. 냄새도 계속 맡다 보면 희미해지니까, 그런 거랑 비슷한 걸까? 어쨌든 이렇게 몸을 늘어뜨리고 있으니까 좀 나은 거 같아. 표면적이 넓어져서 열 방출이 잘 돼서 그런 거겠지. 그래서 개들이 더울 때 혀를 내밀고 있는 건가? 그러면 좀 덜 덥나…….'
은재는 잠시 생각하더니 혀를 에- 하고 내밀었다.

"야, 이은재, 너 뭐해?"
제이가 은재 귀 옆에다 대고 손가락으로 딱 소리를 냈다.
"아악! ……아씨, 혀 씹었다."
은재는 눈물을 찔끔 보였다. 제이는 그런 은재를 한심하다는 듯 쳐다보며 말했다.
"공기 맛이라도 보고 있었어? 뭐, 나도 초등학생 때 종종 그런 적이 있긴 한데……."
"그, 그런 거 아니에요. 왜, 왜 오셨어요? 일 끝났어요?"
은재가 황급히 말을 돌렸다.
'이 인간이 쪽팔리게 이 이상한 꼴을 다 보고 있었다니…….'
"왜 왔냐니, 섭섭하게. 잠깐 점심 먹으러 가자. 범이도 기다린다."
서범이 멀리서 두 사람을 쳐다보고 있었다. 은재는 종이들을 간단히 정리하고는 제이와 서범이 있는 쪽으로 걸어갔다.
'쟤도 있었네. 하아, USB 언제 주지……. 그나저나, 왜 나한테 박사님 스터디는 안 물어본 거야? 아직 수준이 안된다고 생각했나. 참나, 나한테 약재를 좋아하게 해주네 어쩌네 그러더니…….'
은재는 입술을 삐죽 내밀며 생각했다.
"할 만하냐?"
서범이 실실 웃으며 말했다.

"으, 더워죽는 줄 알았어. 사무실은 시원해서 좋겠다!"
"시원하긴 개뿔. 갔더니 계속 짐 옮기는 거 시켜서 힘들어 죽는 줄 알았다. 종이 잔뜩 든 상자라 진짜 무거워 죽는 줄 알았어."
듣고 있던 제이가 툴툴댔다.
"혜진 언니나 다른 사람들은요?"
"다른 사람들은 먼저 먹었대. 우리는 사무실 가서 거기 아저씨들이랑 시켜 먹으면 돼."
"그래요? 에이. 온 김에 시장 떡볶이 먹고 싶었는데."
은재가 아쉬워했다.
"시장 사무실 사람들이 시장 음식을 퍽이나 먹고 싶겠다."
서범이 말했다. 쟤게 오늘따라 왜 이렇게 얄밉지. 은재는 서범을 흘겨보며 생각했다.
세 사람은 사무실 아저씨들과 중국 음식을 시켜 먹었다. 사무실 안은 시원했다. 사무실 에어컨 바람을 조금이라도 더 쐰다고 밥을 먹고도 한참을 앉아 있었다. 팔뚝이 서늘해질 때쯤 은재는 다시 천막으로 터덜터덜 돌아갔다.

'그래, 아까는 사무실 아저씨들이랑 제이 오빠도 있었으니까. 그래서 못 준 거야. 근데 내가 왜 혼자 변명을 하고 있지?'
"야, 이은재!"
뒤에서 제이가 은재를 불렀다.
"천막까지 바래다줄게."
제이가 씩 웃으며 말했다. 친절한 제이씨가 따로 없었다.

"……오빠, 저 현나 선배 연락처 알아냈어요."
제이는 우뚝 서서 매우 놀란 듯 물었다.

"정말이야? ……어떻게?"
"말하자면 복잡해요. 다 얘기할 수 있는 이야기들도 아니고."
제이는 놀란 듯 한동안 아무 말도 하지 않았다.
"그래서 어떻게 했어?"
"아직 아무것도 안 했어요."
"……혜진이한테 말할 거야?"
제이는 한결같이 혜진이 걱정을 했다.
"아니요, 애초에 그 연락처는 진서범한테 남긴 것이거든요. 현나 선배라는 사람이 혜진 언니한테 남긴 게 아닌 이상, 제가 함부로 전해 줄순 없는 거겠죠. 걱정 마세요."
은재가 웃어 보였다. 제이는 고개를 가볍게 끄덕였다. 안심하는 눈치였다.
"그래. 진짜 내 말대로 네가 찾아냈다니, 대단하다. 고마워. 그 선배도 언젠가는 준비가 되겠지."
제이는 씁쓸한 표정으로 은재를 바래다주고는 돌아갔다.
'글쎄요. 그 준비라는 게 얼마나 걸릴지는 모르겠지만요.'
은재는 다시 사무실로 돌아가는 제이의 뒤통수를 바라보며 생각했다. 그 뒤통수 너머로 서범이 걸어오고 있었다.
'뭐야, 쟤 뒤에서 걸어오고 있었어?'
서범이 은재 앞으로 다가왔다. 더운지 와이셔츠 목깃을 흔들어 부채질하며 비닐봉지를 건넸다.
"뭐야? ……오."
봉투 안에는 편의점에서 파는 얼음 컵과 물, 그리고 휴대용 미니 선풍기가 들어있었다.
"땡큐 땡큐. 사 온 거야?"
"무슨 얘기를 그렇게 해?"
"어?"

얜 꼭 현나 선배 얘기를 할 때 물어본다니까, 은재는 생각했다.
"별 얘기 안 했어. 아, 그리고, 그러는 넌, 나한테 여름 방학 스터디 얘기 왜 안 했어? 나한테 약재를 좋아하게 해 준다 어쩐다 할 때는 언제고."
하려던 말은 이게 아니었는데. 왜 이런 말이 튀어나온 걸까? 어쨌든 은재의 말에 서범이 크게 당황하는 걸 보면, 말 돌리기에는 확실히 성공한 것 같았다.
"……나도 방학 때 스터디 안 갈 거니까."
"네가? 왜?"
은재가 의아해하며 물었다.
"방학 때 할 거 있어서. 나 간다."
'자기가 방학 때 할 일 있는 거랑 나한테 스터디 말 안 한 거랑 무슨 상관이래?'
은재는 미간을 찌푸렸다.

**

"은재야. 이제 설문조사는 그만하고, 체험관 가서 좀 도와줄래?"
혜진이 땀을 뻘뻘 흘리며 다급하게 다가와 얘기했다. 행사 위원회 사람들이 다가와서 천막을 정리하기 시작했다. 벌써 시간이 그렇게 됐나? 어느새 다섯 시가 넘었다.
"지역 신문사에서 우리 동아리 얘기를 실을 예정인가 봐."
혜진이 들뜬 목소리로 말했다.
"정말요?"
"응. 사진전을 되게 인상 깊게 보신 모양이야. 간단하게 인터뷰를 할 것 같아."
"와, 진짜 잘됐네요?"

"응, 지금 아마 체험관 안에서 기사에 들어갈 사진 촬영 중일 텐데, 그거 끝나고 고봉이 인터뷰도 짧게 실기로 했거든. 괜찮으면 그동안 체험관 좀 지켜줄래?"
"당연하죠!"
은재는 기뻐하며 말했다.

**

이전에는 기념품점으로 쓰였다는 작은 체험관은 통 유리창으로 되어 있어 밖에서도 그 안이 환하게 보였다. 고봉이 쭈뼛쭈뼛한 자세로 자신의 사진을 배경 삼아 누군가에게 사진이 찍히고 있었다.
'남들은 그렇게 잘 찍어주면서, 정작 본인이 찍히는 건 되게 어색해 하네. ……전에 봤었을 때처럼 고봉이 눈이 반짝거려.'
기주는 고봉과 달리 자신감 있는 표정으로 체험관에서 나눠주는 사은품인 한방 립밤과 한약재 향낭을 양손에 들고 사진을 찍었다.

어느 정도 촬영이 끝나고, 기주는 유리창 밖에서 우두커니 서 있는 은재를 발견하고선 얼른 들어오라는 손짓을 했다. 기주의 광대가 한껏 부풀어 있었다. 기자가 촬영한 사진들을 확인하더니 흡족해하는 표정으로 말했다.
"원래는 우리 기장님이랑 최고봉 학생 인터뷰만 할까 했는데, 학생 이름이 어떻게 되죠?"
"저요? 이기주라고 합니다."
기주가 혹시나 하는 기대를 하며 어깨를 폈다.
"그래요, 기주 학생. 보니까, 학생도 같이 인터뷰하면 내용이 더 풍성해질 거 같아."

"정, 정말요? 근데 저 여기 지켜야 하는데……."
기주가 평소답지 않게 얼굴을 붉혔다.
"언니, 제가 보고 있을게요. 다녀오세요."
은재가 불쑥 말했다.
"이은재, …… 너 혼자 여기 지킬 수 있겠어?"
"그러려고 온 건데요. 그리고 언니, 언니 없이 둘이서 말을 잘 하겠어요? 혜진 언니는 무뚝뚝하지, 고봉이는 수줍음 잘 타지."
은재가 너스레를 떨면서 말했다. 고봉이가 고개를 마구 끄덕이며 기주의 팔을 붙잡았다.
"그래요, 1시간도 안 걸리니까."
기자가 웃으며 말했다.
"뭐, 그럴까요? 그럼 잠깐만요."
기주는 비장한 표정을 짓더니 주머니를 뒤적거렸다.
"저 입술만 좀 바르고요."
기주가 입술을 옆으로 늘렸다가 위아래 입술을 붙였다가 하며 현란하고 야무지게 틴트를 발랐다. 그러고는 가져온 거울을 쳐다보더니 마음에 든다는 듯 자신감 넘치는 미소를 짓고는 간단히 머리를 정리했다.
'기주 언니답네.'
은재는 주먹으로 입을 가리며 말없이 웃었다.

**

"여기 카운터 자리에 서 있다가 체험관에 누구 들어오면 인사하고, 나가기 전에 사은품으로 여기 한방 립밤이랑 향낭 중에 하나 고르시면 된다고 해. 홍보 팸플릿도 같이 보시라고 드리고."
"네."

"그럼 수고해. 이따 저녁 맛있는 거 먹자."
기주가 웃으며 은재의 어깨를 톡 쳤다. 기자와 고봉, 기주는 체험관 밖으로 나갔다.
시간이 늦어서 그런지 사람들이 그렇게 많이 찾지는 않았다. 부모님이랑 놀러 온 지루해 보이는 꼬마 손님, 향낭 냄새가 좋다며 칭찬하는 할머니, 향낭과 립밤 둘 다 갖고 싶었는지 체험관에 슬쩍 다시 들어와 구경하는 손님들. 어쨌든 일은 간단했다.

'인터뷰 잘 하고 있으려나?'
은재는 고봉과 기주의 반짝이던 눈을 떠올렸다. 분명히 축하할 일인데, 이 싱숭생숭함은 뭘까. 뭔가 센티해지는 기분이다.
'에이, 체험관 꾸며 놓은 거나 구경하자.'
은재는 손님이 없는 틈을 타 체험관에 걸린 사진들을 뒤에서부터 하나하나 구경했다.

'이건 시음회 하던 날이네. 기주 언니 연기력이 대단했는데. 그러고 보니, 고봉이 그 후로 더 여유로워진 것 같아. 별로 신경을 못 쓰고 있었네. 이건 자초랑 황기 캐던 날. 슬기는 진짜 앳되게 생겼네. 로훈이도 열심히 했구나, 귀엽네. 둘 다 뺀질거리기만 하는 줄 알았는데.'
은재는 천천히 걸으며 다음 사진들을 구경했다.
'산행 때구나. 뭐야, 그때 제이 오빠 모델처럼 찍어줬던 사진들도 인화했네. 분명히 그 인간이 잘 나온 거 꼭 뽑으라고 그랬겠지. 오빠는 이상하게 그래도 밉지가 않다니까. 그때 혜진 언니가 나 다쳤다고 울었다고 그랬었는데, 진짠가? 이건 산행 끝나고 찍었던 단체 사진. 엑, 나만 눈 감았었네?'
은재는 쿡쿡 웃었다.
'그때 진서범한테 한참 업혔었지. 까먹고 있었어. 음……. 이건 첫 밭일

하던 날이구나. 이 사진만 화질이 안 좋은 거 보니까 핸드폰으로 찍었었던 건가? 이때 처음으로 모종도 심고 물장난도 치고, 재밌었는데. 와, 이렇게 보니까 약초들이 알게 모르게 많이 자랐었구나. 처음 심었을 때는 정말 조그맣다.'
전부터 고봉이가 틈틈이 채팅방에 올려줘서 이미 다 봤던 사진들이었지만, 크게 인화해서 보는 건 또 다른 느낌이었다.

은재가 다른 사진들도 둘러보려던 참에 유리문이 열렸다. 은재는 서둘러 카운터 자리로 이동하고는 말했다.
"안녕하세요. 천천히 구경하세요."
여자는 고개를 가볍게 끄덕였다. 검은 원피스 차림에 챙이 큰 모자를 쓴 작은 체구의 단발머리 여자였다. 방금 전 은재가 그랬던 것처럼 사진들을 하나하나 뜯어보았다.
'사진 되게 꼼꼼하게 보네. 사진은 대충 보고 립밤만 받아 가는 사람들도 많던데. 이따 고봉이한테 말해주면 좋아하겠지?'
은재는 생각했다.
체험관에는 여자의 구두가 바닥에 닿아 내는 경쾌한 소리만 울려 퍼졌다. 은재는 사은품이 든 바구니를 만지작대며 손장난을 쳤다. 그 여자는 어느새 은재 바로 옆에 걸린 사진 앞으로 걸어왔다. 막 꺾어낸 꽃에서 날 것 같은 좋은 향기가 났다.

"치자도 심었구나. 꽃까지 피우고, 예쁘다."
여자는 사진을 바라보며 은재더러 들으라는 듯 혼잣말을 했다. 작지만 뚜렷한 미성의 목소리였다.

아. 이 사람이구나.

은재는 직감적으로 알 수 있었다.
"……언니가 현나 선배예요?"
은재가 여자의 눈을 똑바로 쳐다보며 말했다. 여자가 고개를 돌렸다. 모자챙 아래로 드러난 여자의 눈은 신비로운 밝은 갈색이었다. 보고 있자면 모든 게 빨려 들어가 시간마저 천천히 흐르는 듯한 기분을 주었다.

"안녕?"
그 여자는 은재가 알아차릴 걸 예상했다는 듯한 표정으로 잠시 바라보더니 웃었다.
"……작년 부원들 보러 온 거예요?"
은재가 경계하듯 물었다. 은재와 달리 여자는 온화한 표정이었다.
"아니. 새로 들어온 후배들을 보러 온 거야. 감사 인사를 전하려고."
현나를 직접 만난다면 때려주고 싶을 만큼 화만 치솟을 거 같았는데, 이상하게 눈물이 날 것 같은 기분만 들었다.
"언니는…… 정말 비겁한 사람이에요."
은재가 울렁거리는 마음을 꿀꺽 삼키고 말했다. 목소리가 약하게 떨렸다.
"……너무 그러지 마. 나도 반성하는 중이니까."
현나가 눈썹을 내리고 미안하다는 듯한 표정으로 웃었다. 현나의 밝은 눈이 더 투명하게 빛나는 것 같았다.
"그럼 지금 바로 가서 인사라도 하고 가요. 제발……."
말을 뱉어내고 숨을 들이마시니 코 훌쩍이는 소리가 났다. 내가 왜 이러는 걸까. 나는 이 일이랑 아무 관련도 없는데, 쪽팔리게. 은재가 어금니를 꽉 깨물었다.
"미안해. 난 남들보다 시간이 많이 필요하거든."
"……."
은재는 잠긴 목소리를 들려주고 싶지 않았다. 아무 말도 할 수 없었다.

"하하. 언젠간 정말로 돌아갈 거야. 음, 난 향낭이 좋겠다."
현나가 밝은 목소리로 말하고는 바구니에서 향낭 하나를 집었다. 은재는 표정을 들키고 싶지 않아 고개를 숙여 바구니만 쳐다봤다.
"안녕."
현나가 인사를 하고는 체험관을 나갔다. 은재는 그제야 고개를 들고 유리문 밖으로 멀어져 가는 현나를 바라보았다. 현나가 점이 되어 사라진 뒤에야 소매로 눈가를 스윽 닦았다. 순식간에 벌어진 일들이었다.

**

"아니 학생, 립밤으로 달라니까?"
아줌마의 말에 은재는 퍼뜩 정신을 차렸다. 현나가 다녀간 후로 은재는 정신을 놓고 있었다. 현나는 내가 혼자 남을 때까지 기다린 걸까? 그냥 가서 미안하다고, 힘들었다고. 그렇게 말하면 끝날 일인데, 현나는 결국 그렇게 하지 않았다.
'어떤 사람한테는 그렇게 단순한 문제가 아닌 걸지도 몰라.'
은재는 한숨을 쉬었다. 어느덧 여섯 시가 되었다. 인터뷰가 늦어지는 듯했다. 은재는 유리문 앞에 걸려있는 안내판을 'close'로 돌려놓고는 바구니와 팸플릿들을 정리하기 시작했다. 그때 유리문이 열리는 소리가 들렸다.
"죄송해요. 저희가 마쳐서⋯⋯ 어, 뭐야!"
은재가 고개를 돌리자 일곱 명의 부원들이 서 있었다.

"마치기는, 우리는 이제 시작이지."

제이가 체험관의 유리문을 잠갔고, 서범이 창문의 블라인드를 내렸다. 행사 위원회의 허락을 맡고 늘 여기서 1학기 뒤풀이를 한다고 했다.

"누나, 배고파 미치는 줄 알았어요!"
슬기가 양손에 한가득 비닐봉지를 들고서 말했다. 따끈한 음식 냄새가 났다.
"자, 와서 먹어. 시장에서 막 사 온 거야. 네가 먹고 싶다고 그랬다며."
혜진이 말했다. 로훈이 들고 온 신문지를 바닥에 깔고, 부원들은 그 위에 포장해 온 음식들을 펼쳐놓기 시작했다. 떡볶이, 닭강정과 칠리새우, 삼겹살 구이 같은 것들이 윤기를 뽐냈다.
"이거 지 선생님이 쏘시는 거야. 한참 전에 집으로 돌아가셨지만."
혜진이 나무젓가락을 뜯으며 말했다. 기분이 좋아 보였다. 현나에 대한 얘기를 누구에게 어디까지 꺼내도 되는지 헷갈렸다.
"잘 먹겠습니다!"
슬기가 우렁차게 말하고는 젓가락을 삼겹살로 가져다 댔다.
"잠깐만!"
기주가 슬기를 막고는 체험관 안 냉장고에서 지퍼백을 꺼내 보였다.
"짜안-! 이거 우리가 키웠던 거야. 삼겹살 싸 먹자!"
기주가 내민 것은 텃밭에서 키웠던 상추잎이었다.
"우리가 너네 몰래 가져오느라 얼마나 힘들었는지 알아?"
제이가 생색을 내며 말했다. 조그마한 크기였지만 싱싱하고 맛있었다. 기주가 정성스럽게 싼 쌈을 은재에게 내밀었다.

"자."
"웬일이에요? 안에 매운 거라도 잔뜩 집어넣은 거 아니에요?"
"얘가, 날 뭘로 보고. 사진전 아이디어 낸 게 너라며? 덕분에 인터뷰도 하고 고마워서 그렇지. 가만 보면 넌 참 관찰력이 좋아. 이런 생각을 진짜 잘하더라? 자, 아-."
기주의 칭찬에 은재는 민망한 듯 웃으며 입을 쩍 벌렸다.

찰칵!

"오케이, 내년 동아리 오티에 쓸 PPT 사진 건졌다. 그것도 초고화질로."
제이가 고봉의 카메라를 들고 말했다.
"아, 오빠!"
제이가 찍은 은재의 굴욕 사진을 본 슬기와 기주가 꺽꺽대며 웃어댔다.
혜진이 작년에 당했던 수법 그대로였다.
"그래도 기주가 말한 것처럼 고맙다는 말은 정말이야. 넌 우리 동아리 탐정이잖아."
제이가 옆에서 속삭이듯 말하고는 윙크를 했다.

"이제 슬슬 정리하자. 한 시간 뒤에 용달차 오기로 했어."
혜진의 말에 부원들은 네에, 하고 대답을 했다. 그때 슬기가 말을 꺼냈다.
"참, 아까 체험 부스에 어떤 예쁘게 생긴 누나가 이거 기장한테 전해 달라 했어요. 작년 행사 때 가져간 거라고요."
"응? 뭐지?"
슬기가 가방에서 종이봉투를 꺼내 혜진에게 건넸다. 봉투 안을 본 혜진이 놀란 표정으로 벌떡 일어나 밖을 두리번거렸다.
"어, 언제? 언제 받았어?"
"두 시간쯤 전에요. 왜요? 이상한 거 들어 있어요?"
슬기와 로훈이 어리둥절한 표정으로 서로를 쳐다봤다. 혜진은 슬기의 말을 듣고는 다시 털썩 앉았다.
"왜 그래?"
제이가 걱정되는 표정으로 쳐다봤다.

"이거……."

7월

혜진이 봉투 안에서 보랏빛 손수건을 꺼내 보였다. 제이의 얼굴이 굳어졌다. 천연 염색을 한 건지 손수건은 특이한 무늬를 하고 있었다. 손수건은 보자기처럼 무언가를 감싸고 있었다.

'작년엔 천연 염색 체험 부스를 했었다고 했지. 결국 현나 선배가 혜진 언니한테도 무언가를 남겼구나.'
은재는 말없이 손수건을 응시했다.

혜진은 떨리는 손으로 손수건을 풀었다. 그 안에는 잘려 있는 약재가 들어있었다.
"……이게 뭐지?"
혜진는 쉰 목소리로 말했다.
"……당귀 같아요."
가만히 있던 서범이 대답했다. 그 말에 혜진은 결국 눈물을 보였다. 기주와 고봉, 1학년들은 어리둥절한 표정으로 멀뚱멀뚱 혜진을 보고 있었다.

***

밖으로 나온 제이의 얼굴에 노을이 비쳤다.
"왜 그 누나가 당귀를 보낸 건 줄 알아?"
제이가 은재에게 얘기했다. 은재는 말없이 제이를 쳐다봤다.
"당귀(當歸)는 '마땅히 돌아온다'는 뜻이거든. 옛날 여자들이 전쟁 나가는 남편한테 주던 거래. 힘들 때 먹고 꼭 돌아오라고. 현나 누나가 그 얘기를 종종 했었거든, 로맨틱하다면서."
언젠가는 돌아오겠다는 얘기겠지. 마지막까지 현나다운 방식이었다.
'청민 오빠가 결국 설득을 했구나.'

당귀 當歸

마땅히 당 돌아오다 귀
Angelicae Gigantis Radix
미나리과에 속한 당귀의 뿌리

효능 혈(血)을 보충해준다.
 다양한 여성 질환에 사용

당귀는 여성 질환과 같이, 혈(血)과 관련된 질환 치료에 주로 사용된다.

과거에는 전쟁에 나가는 남편에게 당귀를 주는 풍습이 있었는데, 이는 기력이 쇠하였을 때 당귀를 먹고 힘을 내서 **꼭 다시 돌아오라**는 염원이 담긴 것이었다. 그래서 당귀(마땅히 돌아오다)라는 이름이 붙게 된 것이다.

우리나라에서는 주로 참당귀(토당귀)를 사용하는데, 자주색의 꽃이 특징이다. 한편, 흰색 꽃을 피우는 일본 당귀(대화당귀)와는 다른 종의 식물이다.

은재는 신발 앞 코로 흙바닥에 동그란 원을 그렸다.
"고마워."
제이가 웃으며 인사를 하고는 혜진에게로 걸어갔다.

***

"이제 삼십 분 뒤에 용달 오니까, 다들 쓰레기 버릴 거 버리고, 빠진 물건 없나 확인해 봐."
혜진이 평소 같은 무뚝뚝한 말투로 얘기를 했다. 하지만 눈은 빨갰다.

은재는 재활용할 쓰레기들을 양손에 한가득 들고 시장 뒤편에 있는 분리수거 창고로 걸어갔다. 일곱 시가 넘었는데도 날이 꽤 밝았다. 하늘에 짙붉게 깔린 노을 덕이었다. 여름이라 해가 길구나. 분리수거는 금방 끝이 났다.
'좀만 쉬었다가 가야겠다.'
은재는 이 싱숭생숭한 마음을 정리하고 싶었다. 분리수거 창고 주변 냇물이 보이는 언덕에 앉았다. 저녁이 되니 그래도 좀 시원했다. 부원들의 얼굴이 은재의 머릿속에 둥실둥실 떠올랐다.
'오늘 다들 열심이였지. 다들 조금씩은 달라진 것 같아. 좀 더 솔직해지고, 밝아지고……. 방학이면 한동안은 부원들 못 보겠네. 이젠 밭도 비었으니까, 물 주러 올 일도 없고. 나도 참, 들어가기 전엔 그렇게 하기 싫었는데.'
은재는 언덕에 벌러덩 누웠다. 머릿속은 현나 생각으로 가득 찼다.
현나는 생각보다도 훨씬 예뻤다. 단순히 예쁘게 생긴 걸 넘어서, 같은 여자조차 홀릴 것 같은 오묘한 느낌이었다.
'이러니까 마치 내가 그 선배를 짝사랑하는 것 같네.'

은재는 헛웃음을 지었다. 그때 은재의 얼굴에 그림자가 졌다. 머리 위로 익숙한 목소리가 들렸다.
"여기서 뭐 해. 농땡이 치고 있었어?"
서범이 서서 은재를 내려다보고 있었다. 은재는 몸을 일으켜 세워 앉았다. 서범은 은재 옆에 걸터앉아 말을 걸었다.
"그래, 너도 땡땡이치려고?"
은재가 피식 웃으며 대꾸했다.
"……이제, 진짜로 방학이네. 한 학기 동안 진짜 별일이 다 있었다. 방학 되면 진짜 펑펑 쉴 거야."
은재가 운을 뗐다.
서범은 머리에 손깍지를 끼고는 벌러덩 드러누웠다. 서로의 표정을 볼 수 없었다. 잠깐의 적막이었다.
"다들 달라진 거 같아. 좋은 방향으로. 밝아지고, 솔직해졌잖아."
"그렇지, 다들."
서빔이 대답했다. 은재는 자기 발끝을 쳐다보았다. 나는? 은재 자신은 여전히 그대로 머물러있는 기분이 들었다. 서범이 냇물에 시선을 고정한 채 말했다.
"저 물이 그냥 보면 멈춰 있는 거 같아도, 계속 흐르고 있는 거래. 내가 봤을 때 제일 달라진 사람은 너야. 갈수록 뭐든지 직접 부딪혀서 해결해 냈잖아. 다른 부원들도 네가 관심을 가지고 나서서 해결해 준 덕에 달라진 점도 있고."
"……그런가. 고맙다."
서범의 어색한 듯 진지한 위로에 은재의 기분은 한결 가벼워지는 것 같았다. 바람이 시원하게 얼굴을 간지럽혔다. 은재는 결심했다는 듯 침을 꿀꺽 삼키고는 말했다.

"…아까, 현나 선배 체험관에 왔었어."
"……음, 그래?"
서범의 떨떠름한 반응에 은재는 김이 팍 샜다.
"그으래-? 넌 반응이 그게 다야?"
"왜, 내가 더 관심 가졌으면 좋겠어?"
서범은 몸을 일으켜 앉더니 씨익 웃으며 은재의 눈을 빤히 쳐다봤다. 또, 저 능구렁이 같은 웃음. 은재는 인상을 쓰고는 눈을 피하며 대답했다.
"뭐, 꼭 그런 건 아니지만. 아니, 무슨 소리야. 네가 그 언니한테 관심을 가지든 말든 나랑 무슨 상관이야? 말해주는 사람은 한참 고민하다가 기껏 얘기해 주는 건데. 짜증나게 하고 있어."
은재는 빠르게 말을 내뱉었다.
"그리고 자, 암호는 풀어놨어. 현나 선배 연락처야. 연락해 봐."
은재가 USB를 꺼내 건넸다. 서범은 놀란 표정을 짓더니 말했다.
"뭐야, 진짜 풀었어?"
"그래, 이제 너 알아서 해."
은재가 앞만 쳐다보고 말했다.
"진짜 알아서 해? 어떻게 해도 상관없어?"
"그래. 알아서 하라고."
은재가 한숨을 섞어 말했다. 갑자기 서범이 USB를 힘껏 던졌다. 냇물에 퐁 소리가 나며 작은 파동이 일어나더니 곧 잠잠해졌다. 놀란 은재가 서범을 휙 쳐다보며 소리쳤다.
"야, 뭐해! 어떻게 푼 건데! 백업 같은 거 안 해놨단 말이야."
"알아서 하라며. 이제 별로 필요 없어. 그 선배가 살아있다는 거 확인했으니까. 오늘 찾아오게 한 것도, 네가 한 거지?"
은재가 멍한 표정으로 서범을 쳐다보다가 고개를 돌려 다시 앞을 응시했다.

"그럴 줄 알았다. 뭐 어떻게 한 건진 모르겠지만, 고마워. 이제 이상한 죄책감 같은 거 느낄 필요 없게 됐으니까. 그리고 내가 계속 얘기했지. 난 그 누나가 아니라 정말로 그 밭을 좋아했던 거라니까? 그 자리에 물 주던 사람이 현나 누나가 아니라 다른 사람이 있었어도 마찬가지였어."
"……그럼 작년에 물 주러 오던 사람이 청민 선배였으면…… 청민 선배가 너한테 고백했으려나?."
"청민이 형? ……야, 넌 이 오빠가 진지한 얘기 하는데 농담이 나오냐?"
은재는 서범이 진절머리를 치는 모습을 보며 킥킥 웃었다. 웃음을 멈추니 아주 멀리서 위원회 사람들이 행사를 정리하는 소리만 들려올 뿐 조용했다.

"……나도 마찬가지야?"
은재가 냇물만 응시하며 말했다.
"뭐가?"
"나 약초부에 어떻게 들어왔는지 알지? 그냥 담임이 인원수 채우려고 넣은 거였어. 너랑 짝 된 것도, 그냥 내가 남는 사람이어서 그런 거였고. 그 자리에 내가 아니라 누가 들어왔어도 이상할 거 없잖아."
"뭐어?"
서범의 어이없다는 듯한 말투에도 아랑곳하지 않고 은재는 말을 이어나갔다.
"그랬으면, 지금 이렇게 네 옆에 있는 사람이 내가 아니라 다른 사람이었을 거 아니야."
"……"
"됐다……. 내가 별소리를 다한다. 됐어, 그냥 못 들은 걸로 해."
"…… 진짜, 넌 이상한 쪽으로도 머리를 너무 굴리는 게 문제야. 내가 말했지. 가끔은 우연이 필연보다 낫다고. 난 박사님 스터디도 안 가고 방학 때 너랑 놀러 다니려고 그랬는데, 넌 그런 생각이나 하고 너무하네."
서범이 씩 웃으며 은재를 쳐다봤다. 은재는 서범이 평소처럼 능청맞게 구는 건지, 진지하게 말하는 건지 헷갈렸다. 둘 중에 무엇이든 중요한 건 아니었다. 능구렁이한테는 능구렁이처럼 똑같이 대하는 게 최선이다.
"진서범."
"뭐야. 갑자기 무섭게."
"그럼 대신 방학 때 스터디도 해줘. 네가."
은재는 말을 마치고는 대답을 듣지도, 서범 쪽을 쳐다보지도 않고 벌떡 일어났다. 그러더니 곧 용달차가 오겠다며 혜진에게 혼나기 전에 얼른 돌아가자고 말하곤 서둘러 걸어갔다.
그래서 서범의 새빨개진 귀를 보지 못했다.
서범 말대로, 은재는 많이 달라진 것 같았다.

(완)

작가의 말

대학교 수업을 들으러 가야 하는데 쓰던 필통이 안 보여 급한 대로 고등학교 때 쓰던 걸 가지고 강의실에 들어갔습니다. 오랜만에 열어본 필통 뚜껑엔 입시생 시절의 제가 꾹꾹 눌러 적은 이런 진지하고도 웅장한 글귀가 쓰여 있었습니다.

'도망쳐서 도착한 곳에 천국은 없다.'

주변에 앉은 친구들이 발견해서 놀리는 바람에 조금 민망하긴 했지만 그래도 참 맞는 말인 것 같습니다. '도망친다'라는 건, 카펫 밑으로 쓰레기를 밀어 넣는 것처럼, 문제인 걸 알면서도 문제가 아닌 양 덮어 버리는 것이지요. 잠수를 타버리거나, 자기합리화를 하거나, 도피성 행동을 하는 것 등, 방법도 참 다양합니다. 하지만 그렇게 하면 결국 그 문제가 발목을 꼭 잡더라고요. 문제가 생기는 것도 억울한데, 문제가 터지기 전까진 마음도 켕기고 소화도 잘 안됩니다.

한편 책임을 지는 것은 그 순간엔 고통스러울지라도 결과적으로는 편안함과 개운함을 가져다줍니다. '생각보다 별거 아니었네?'라는 생각도 들고요. 여러분들도 묻어둔 마음의 숙제가 있으신가요? 저는 이 작가의 말을 다 쓰면 미뤄뒀던 방 대청소를 하려고 합니다. 몇 개월간 치우지 않은 크리스마스트리가 마음을 뭉근하게 짓누르고 있네요.

국어 국문과나 문예 창작과에 가야지만 소설을 쓸 수 있는 줄 알았습니다. 하지만 재미있게도 한의학과에 와서 마지막 학년에 이렇게 한의학 소재의 소설을 쓰게 되었네요. 범이의 말처럼 우연은 필연보다 나을 때가 있나 봅니다. 긴 시간 동안 제 안에서 케케묵혀 온 '소설 집필'이라는 숙원을 현실로 이끌어 내도록 도와주신 모든 분들께 감사 인사를 전하고 싶습니다. 대한한의사협회와 도서출판 KMD 여러분들, 응원과 도움 주신 저의 가족, 친구, 선후배님들 정말 사랑하고 감사합니다. 저를 늘 격려해 주고 믿어 주어 선뜻 그림을 맡아 준 영원한 절친 이소희 님께 특히 감사드립니다.

3월입니다. 저도 이 책 맨 앞의 은재처럼 막 새로운 시작을 하고 있는 중입니다. 이 책은 독자님들의 어떤 계절을 찾아갔을까요? 자청비 부원들과 함께 소설의 끝까지 함께 달려와 주신 독자님들께 감사드립니다. 지금 가지고 계신 고민과 걱정들이 모두 한 달 안에 눈 녹듯이 사라지길, 편하게 잠드실 수 있는 밤이 찾아오길 기원합니다.

아직 벚꽃이 피지 않은
2022년 3월에

홍 다 인

사람 잡는 약초부

초판 1쇄 인쇄 2022년 3월 29일
초판 1쇄 발행 2022년 4월 5일

글 홍다인 그림 이소희
펴낸이 홍주의
기획, 감수 대한한의사협회 소아청소년위원회
(황만기, 김세중, 김지희, 김현동, 이승환, 이용호, 이훈, 장승훈, 정진호, 황건순)
제작지원 윤석호
편집디자인 인디프린트
교정교열 하재규, 박인혜
펴낸곳 도서출판 KMD
출판등록 제2011-000047

주소 서울특별시 강서구 허준로 91
전화 02-2657-5050
팩스 02-6007-1122
이메일 akom7575@daum.net
ISBN 979-11-978174-2-7

* 이 책은 저작권법에 의해 보호를 받는 저작물이므로 무단전재와 무단복제를 금지하며,
  이 책 내용의 전부 또는 일부를 이용하려면 반드시 저작권자와 도서출판 KMD의
  서면동의를 받아야합니다.
* 본문중 글꼴 일부는 (사)세종대왕기념사업회 문화바탕체 폰트를 사용하였습니다.
* 파손된 책은 구입처에서 교환해 드립니다.
* 책값은 뒤표지에 있습니다.
* 이 도서는 2022년 대한한의사협회 소아청소년 서적 출판 공모전 당선작입니다.